Christa Picard
Moorblues

Die Autorin

Christa Picard, 1950 in Bremen geboren und dort aufgewachsen, lebt mit ihrem Mann in Worpswede und ist hier schriftstellerisch tätig. Bisher sind von ihr erschienen: *Unfreiwillige Wege – Auf den Spuren der Familie Trinker* (2011), *Annas Weg* (2013), *Die Engelkens – Eine Familiengeschichte aus dem Teufelsmoor* (2014) und der Krimi *Mord im Moorexpress* (2017), 2. Aufl. (2018), *Verschollen im Teufelsmoor* (2018).

Titelabbildung: fotolia/wim

1. Auflage 2019

Copyright © Edition Falkenberg, Bremen
ISBN 978-3-95494-199-5
www.edition-falkenberg.de

Christa Picard

Moorblues

Edition Falkenberg

Sonntag, 1. April

Der Wind wehte leichte Musikfetzen von der anderen Uferseite herüber. Einen kurzen Moment hörte Peter den klagenden Ton eines Saxophons. Wenig später gab ein Bass den Rhythmus an. Doch dann übertönte das Knirschen der Fahrradreifen auf dem Schotterweg den fernen Klang. Gisela, die neben ihm fuhr, lächelte. »An der Hamme machen sie eine Blues-Session. Wie ich gelesen habe, wurde sie wegen des warmen Frühlingswetters spontan so früh angesetzt. Wenn du Lust hast, können wir hinfahren.«

Als sie sich dem Wasser näherten, sah Peter die Lampions, die leicht im Wind schaukelten. Die Band schien eine Pause einzulegen. Stattdessen erklangen laute Stimmen und Gelächter.

Gisela führte ihn zu den Biertischen am Ufer, die um das überdachte Podest aufgebaut waren. Kurz nachdem sich beide an der Theke ein Bier geholt und einen Platz gesucht hatten, kehrten die Musiker zurück und griffen nach ihren Instrumenten. Peter stellte fest, dass fast alle das Rentenalter erreicht hatten. Der weißhaarige Schlagzeuger gab jetzt den Rhythmus vor. Nach ihm setzten der hagere Bassist und der Gitarrist mit dem grauen Lockenkopf ein. Als der Sänger »Saint James Infirmary« anstimmte, lächelte Peter und summte leise mit.

Erstaunt schaute ihn Gisela an. »Kennst du das Stück?«

Er nickte. »Pass auf, jetzt müsste eigentlich das Solo einsetzen.«

Es stimmte. Ein vierter Musiker griff zum Saxophon und begann zu spielen. Sein Klang tönte weit über den Platz hinaus. Abgelöst wurde es durch die Mundharmonika des Sängers, der ebenfalls die Melodie wiederholte, bis beide Instrumente im Duett erklangen.

»Woher weißt du das?«, fragte sie erstaunt.

Er lächelte versonnen. »Ich habe das auch mal gespielt.«

Donnerstag, 5. April

Endlich Stille auf dem Hof. Zunächst hatten die Kinder mit ihren Ranzen auf dem Rücken das Haus verlassen, wie immer streitend, wer als erstes aus der Scheunentür fahren durfte. Dann waren sie die lange

Auffahrt zur Straße hinauf gesaust, hatten vermutlich ihre Räder wieder ohne abzuschließen neben das Wartehäuschen geworfen und waren als letzte in den Schulbus gestiegen.

Wenig später war ihnen Arndt gefolgt, nicht ohne Petra noch ein paar Aufgaben zu übertragen. Sein dunkelgrauer Anzug musste aus der Reinigung geholt und die letzte Rechnung für das Baumaterial bezahlt werden. Schnell musste er noch seine Schuhe putzen, denn so konnte er dem neuen Kunden nicht begegnen. Er war spät dran. Mit einem flüchtigen Kuss hatte er sich von ihr verabschiedet und war mit dem dunkelblauen Audi davongebraust.

Petra schlüpfte in ihre Gummistiefel und verließ das Haus. Im Hühnerstall gackerten ungeduldig die Hennen. Nachdem sie ihnen die kleine Tür geöffnet hatte, hüpfte eine nach der anderen die Leiter hinunter ins Gehege und begann in der Erde zu scharren. Auf diese Weise hatten sie schon viele kleine Kuhlen geschaffen, in denen sie an wärmeren Tagen ein Sandbad nahmen.

Petra warf ihnen noch eine Handvoll Körner ins Gehege, auf die sich die vier Hennen sofort begeistert stürzten. Einen Moment sah Petra ihnen zu, bevor sie ihren Blick auf den Horizont und die darüber aufgehende Sonne richtete, die den Himmel und die Wiesen in ein rötliches Licht tauchte.

Sie atmete tief die frische Morgenluft ein. Dabei fiel ihr auf, dass im Augenblick keine Güllewagen fuhren, um ihren Inhalt auf die Felder zu verteilen. Sie seufzte zufrieden. Es war so wunderschön hier. Der Entschluss, von der Stadt aufs Land zu ziehen, war doch richtig gewesen, auch wenn er mit viel Arbeit und Kosten verbunden gewesen war.

Motorenlärm lenkte sie ab. Ein Kleinlaster näherte sich auf der Zufahrt ihrem Haus. Der Fahrer hielt vor der Dielentür und stieg aus. Petra ging zu ihm.

»Moin Jens, kommst du heute allein?«

Der stämmige Mann mit ersten grauen Haaren im Vollbart und dunkelblondem Pferdeschwanz lächelte. »Jo, Bernd kommt später. Er ist noch mal mit der Lütten zum Arzt. Inge geht es noch nicht so gut. Ich fang dann schon mal an.« Als er Petras gequälten Gesichtsausdruck sah, fügte er besänftigend hinzu: »Der Beton ist fast draußen. Dann ist der Lärm vorbei.« Sie seufzte. »Dann mach mal. Ich fahre gleich zum Einkaufen.«

Jens nahm seine riesigen Arbeitshandschuhe vom Beifahrersitz, zog sie über und verschwand in der baufälligen Fachwerkscheune auf der anderen Seite des Hofs. Wenig später setzte der höllische Lärm des Pressluffthammers ein, mit dem Jens den Boden aufstemmte.

Eigentlich sollten die Vorarbeiten bereits Ende letzter Woche abgeschlossen sein. Laut Planung stand für heute das Gießen der Punktfundamente an. Doch wieder einmal mussten die Baumaßnahmen verschoben werden. Bernds Familie war an Grippe erkrankt, so dass er selten zur Arbeit erschien. Zum Glück blieb er von der Krankheit verschont. Bisher, dachte Petra. Was ist, wenn er ganz ausfällt? Immerhin konnten sie sich auf Jens verlassen.

Sie lief schnell zurück ins Haus, warf ihren Geldbeutel in den Einkaufskorb und griff nach ihrem Schlüsselbund. Im Auto drehte sie die Musik laut und fuhr die Einfahrt hinauf zur Straße.

Froh, dem Krach entkommen zu sein, ließ sie sich Zeit beim Einkaufen. Im Bioladen prüfte sie in Ruhe das Gemüseangebot und erstand beim Schlachterwagen Geflügel für das Mittagessen. In der Bergstraße gönnte sie sich in einem Café einen Cappuccino und beantwortete auf ihrem Smartphone die eingegangenen Nachrichten zweier Freundinnen.

Als sie nach knapp zwei Stunden nachhause zurückkehrte, stellte sie fest, dass der Lärm verstummt war. Sie sah, wie Jens die mit den Betonresten gefüllte Schubkarre aus dem Schuppen fuhr und in den daneben stehenden Container kippte.

»Fertig«, sagte er zufrieden. »Jetzt fange ich mal mit den Löchern an. Du weißt, da muss ich durch den Sand und die Moorerde bis zum Ortstein runtergehen.«

Petra nickte. Von Jens hatte sie erfahren, dass die Betonböden auf Dauer nur standfest wurden, wenn die Punktfundamente bis in die steinharte unterste Schicht im Moorboden ragten. Sie kannte das Verfahren, mit dem bereits die Böden im Haupthaus erneuert worden waren. Hier hatten Jens und Bernd in allen Räumen die alten Dielen entfernt, die vor vielen Jahren einfach auf Sand und aufgeschichtete Steine gelegt worden waren.

In der Küche goss sich Petra ein Glas Wasser ein und schaute auf die Uhr. Für einen Moment konnte sie noch in den Weser-Kurier schauen. Doch dann warteten die Hausarbeit und die Ablage der Rechnungen auf sie.

Als sie die einzelnen Zeitungsseiten glattgestrichen und ordentlich zusammengelegt hatte, hörte sie Schritte auf der Diele. Wenig später stand Jens in der Tür.

»Petra, komm mal.« Seine Stimme klang gepresst. Sie schaute ihn erstaunt an. Er sah ungewöhnlich blass aus.

»Ist was?«, fragte sie überrascht.

»Sieh selbst.«

Er war kein Freund vieler Worte, das wusste sie. Aber so einsilbig hatte sie ihn selten erlebt. Petra folgte ihm, schlüpfte am Hauseingang in ihre Holzschuhe und schloss die Tür hinter sich. Der Wind hatte aufgefrischt und ließ sie frösteln. Es wäre besser gewesen, eine Jacke anzuziehen. Sie konnte Jens kaum folgen, so schnell war er in der Scheune verschwunden. Sie sah, dass er im hinteren Bereich des Raums zwei Löcher gegraben hatte. Jens winkte sie zu sich und deutete auf den Boden: »Da!«

Petra beugte sich hinunter. Tief unten ragte etwas aus der schwarzen Erde. Eine dunkle Hand!

Erschrocken sah sie Jens an. »Oh Gott!«, rief sie.

»Ja«, sagte er mit tonloser Stimme. »Ich glaube, da ist jemand verbuddelt worden.«

Petra wurde übel. Sie rannte aus der Scheune und holte draußen tief Luft. Ihr wurde schwindelig, sie fürchtete umzufallen, riss sich aber zusammen. Sie musste Arndt und die Polizei verständigen. Auf dem Weg zum Telefon überschlugen sich ihre Gedanken.

＊

Wenig später erreichte die Nachricht das Polizeikommissariat Osterholz in Osterholz-Scharmbeck. Kriminalhauptkommissar Peter Köster machte sich mit seinen Mitarbeitern, den Kriminaloberkommissaren Anne Grotheer und Thomas Kruse sofort auf den Weg. Die beiden Kriminaltechniker der Polizeidienstelle folgten ihnen.

Als die Polizeifahrzeuge vor dem Bauernhaus vorfuhren, wurden sie bereits erwartet. Ein mittelgroßer, schlanker Mann in korrekt geschnittenem Anzug hielt eine schmale, dunkelhaarige Frau in seinen Armen. Neben ihnen stand ein bärtiger Mann mit Pferdeschwanz in Arbeitskleidung, der die neben ihm Stehenden deutlich überragte. Köster schätzte das Paar auf Mitte Vierzig, der zweite Mann schien einige Jahre älter zu ein. Der Hauptkommissar trat auf die Wartenden zu und stellte sich und seine Kollegen namentlich vor.

Er fügte hinzu:»Wir sind vom Kriminal- und Ermittlungsdienst des Polizeikommissariats Osterholz. Ich leite die Ermittlungen. Frau Michels und Herr Dammann sind für die Spurensicherung zuständig. Und wer sind Sie?«

Der Mann im Anzug ergriff das Wort:»Mein Name ist Arndt Müller und das ist meine Frau Petra. Jens Kück arbeitet für uns. Er renoviert hier alles auf dem Hof.«

»Sie haben hier auf dem Grundstück die Hand eines Toten gefunden?«

Arndt Müller nickte und deutete auf das Fachwerkgebäude hinter ihm.»Ja, hier.«

»Dann führen Sie uns bitte hin.«

Die Kriminaltechniker waren bereits in ihre weißen Overalls geschlüpft und betraten gemeinsam mit den Kommissaren, dem Ehepaar Müller und Jens Kück die Scheune.

Obwohl draußen die Sonne schien, drang nur wenig Tageslicht durch die kleinen Fenster. Müller knipste das Deckenlicht an, das vor allem die Mitte des Raumes gut ausleuchtete. Die unverputzten Wände hingen voller Spinnweben, doch Mauerwerk und Balken schienen in gutem Zustand zu sein. Der Boden war mit dunklem, festem Sand bedeckt.

Der Hausherr deutete auf eine Stelle am Ende des Raums. »Jens hat gerade angefangen, Löcher für die Punktfundamente auszuheben, da ist er darauf gestoßen.« Die Kommissare und Kriminaltechniker folgten dem Fingerzeig in die hintere Ecke des Raums. Da sahen alle das tiefe Loch, aus dem die Hand ragte. Sie war von einer dunklen, ledrigen Haut umgeben.

Köster ging in die Hocke und betrachtete sie eine Weile. Der Kriminaltechniker knipste eine Taschenlampe an und leuchtete den Boden aus. »Sieht ganz danach aus, als liege da eine vollständige Leiche«, meinte er. »Da haben wir was zu tun.«

Während die Kriminaltechniker ihre Ausrüstung aus dem Auto holten, begleiteten die Kommissare das Ehepaar Müller und Jens Kück in das Wohnhaus. Petra Müller war erleichtert, den grausigen Fundort verlassen zu können. Gemeinsam nahmen sie an dem langen Esstisch in der Diele Platz. Die Hausherrin holte einen Krug Wasser, füllte erst einmal ein Glas für sich selbst und trank es auf einen Zug aus. Danach bot sie den Kriminalbeamten und ihrem Mann etwas zu trinken an. Köster ließ seinen Blick kurz durch den großen Raum schweifen. Helle, rustikale Holzdielen bedeckten den Boden. Die hohe Decke war ebenfalls mit Holz verkleidet. Eichenständer unterteilten die Diele in verschiedene Bereiche. Auf der einen Seite befand sich eine Küchenzeile, auf der anderen standen ein Ledersofa und zwei Sessel.

Köster bemerkte, dass auch Anne Grotheer sich umschaute. Er konnte ihrer Mimik nicht entnehmen, ob ihr gefiel, was sie sah.

Die junge Kriminalbeamtin stammte selbst von einem Bauernhof. Köster hatte sie einmal nach einem Einsatz dorthin gebracht und war von ihren Eltern gebeten worden, kurz hereinzuschauen. Die Gebäude ähnelten einander. Doch an dem Platz, an dem sie jetzt mit dem Ehepaar Müller und Jens Kück saßen, standen in Grotheers Bauernhaus noch die Jungkühe. Hinter dem Stall befand sich der Wohnteil der Grotheers. In der kleinen Küche hatte er gemeinsam mit dem alten Ehepaar noch eine Tasse Kaffee getrunken. Deren Raum hatte mehr Gemütlichkeit ausgestrahlt als die große Wohndiele, dachte Köster für sich. Kommissar Kruse lehnte sich auf seinem Stuhl zurück und ließ seinen Blick ebenfalls schweifen. Er schien sich wohl zu fühlen.

Köster wandte seine Aufmerksamkeit wieder den Bewohnern des Hauses und ihrem Arbeiter zu.

»Können Sie uns berichten, wie Sie die Leiche gefunden haben? Und wann das gewesen ist?«, fragte der Kommissar Jens Kück.

Kück räusperte sich. »Das muss so gegen zehn gewesen sein. Um halb neun bin ich gekommen und habe den letzten Teil des alten Betonbodens heraus gestemmt und mit der Schubkarre abgefahren. Danach fing ich mit dem Graben der Löcher für die Punktfundamente an. Dabei bin ich auf was Hartes gestoßen. Erst habe ich gedacht, es wäre ein Stein. Es bleibt manchmal einer von den alten Mauern über und wird einfach mit eingebuddelt. Ich wollte ihn mit der Schaufel herausheben. Das ging aber nicht. Da habe ich mich gebückt und die Hand entdeckt.«

Für einen Moment schwieg der Arbeiter. Ihm war anzumerken, dass er sich nur ungern an die grausige Entdeckung erinnerte.

»Was haben Sie dann gemacht?«, fragte Köster.

»Ich habe Petra Bescheid gesagt und ihr die Hand gezeigt.«

Petra Müller nickte. Sie sah immer noch sehr blass aus.

»Das war wirklich schrecklich. Ich kenne so was nur aus Krimis im Fernsehen. Und jetzt ist da eine Leiche bei uns auf dem Hof!«

»Und danach haben Sie uns angerufen?«, fragte Kruse.

»Ja. Und meinen Mann. Der ist sofort gekommen.«

Müller griff nach der Hand seiner Frau. »Petra war völlig aufgelöst. Zum Glück war mein Klient gerade gegangen. Da habe ich meinen Angestellten gesagt, dass ich schnell fort muss.«

»Was machen Sie denn beruflich?«, fragte Anne Grotheer.

»Wir sind Steuerberater. Unsere Kanzlei befindet sich in Lilienthal. Wenn die Fachwerkscheune fertig ist, wollen wir mit unserem Büro ganz dorthin umziehen.«

Seine Frau nickte. »Dann arbeite ich wieder mit. Für die Umzugs- und Renovierungszeit habe ich ausgesetzt.«

»Und seit wann wohnen Sie hier im Teufelsmoor?«

Arndt Müller ergriff wieder das Wort. »Seit einem Jahr. Vor einein-halb Jahren haben wir das Anwesen gekauft. Doch es dauerte einige Zeit, bis das Wohnhaus renoviert war und wir einziehen konnten.«

»Leben Sie alleine hier?«

»Nein, mit unseren Kindern Leonie und Jonas. Sie sind gerade in der Schule. Zum Glück haben die beiden nichts von dem Leichenfund mit-bekommen.«

Petra Müller richtete sich auf. »Leonie kommt in einer Stunde nach-hause. Sind Sie dann noch da?«

»So schnell werden wir die Arbeit hier nicht beenden können«, erwi-derte Köster ernst.

»Vielleicht ist es besser, die beiden kommen erst nach dem Abtrans-port der Leiche wieder auf den Hof. Können sie solange bei einem Freund oder einer Freundin bleiben?«

Petra nickte und zog sich mit dem Telefon zurück. Währenddessen befragte Köster den Hausherrn.

»Bitte teilen Sie uns noch mit, wer Ihre Vorbesitzer waren. Dazu benötigen wir noch deren Anschrift. Was wissen Sie über die Leute?«

»Das war das Ehepaar Otten. Beide waren Landwirte und haben den Hof bis zuletzt bewirtschaftet. Jan Otten ist vor einem halben Jahr gestorben. Soviel ich weiß, lebt Erna bei ihrer Tochter in Hambergen. Die Anschrift kann Ihnen meine Frau geben.«

»Wissen Sie, wie lange die Ottens hier lebten?«

»Ich glaube, etwa vierzig Jahre. Beim Verkauf erzählten sie uns, dass sie den Hof von ihrem Onkel übernommen hatten. Die Ehe von Onkel und Tante blieb kinderlos. Deshalb wurden sie die Nachfolger.«

Petra Müller kehrte aus dem hinteren Teil der Diele zurück. »Leo-nie und Jonas bleiben bis zum Abendbrot bei ihren Freunden«, sagte sie erleichtert, nahm wieder Platz und goss sich noch ein Glas Wasser ein. »Ich habe den Müttern erklären müssen, warum, habe mich aber sehr kurz gehalten. Und sie gebeten, den Kindern noch nichts davon zu sagen.« Sie trank einen Schluck und wandte sich an ihren Mann: »Wir werden heute Abend mit den Kindern darüber reden müssen. Denn sonst verstehen sie nicht, warum in der Scheune ein tiefes Loch gegraben wurde.«

»Sie wird auch noch genauer untersucht werden müssen. Ich glaube nicht, dass unsere Kollegen heute damit fertig werden«, sagte Köster. »Der Raum wird für diese Zeit beschlagnahmt und abgesperrt werden. Das müssen Sie an Ihre Kinder weitergeben. Die Renovierungsarbeiten können erst fortgesetzt werden, wenn die Scheune von uns freigegeben wird.«

Die Türklingel läutete und die Kriminaltechnikerin Michels betrat den Raum. »Könnt ihr mal kommen?«, fragte sie die Kriminalbeamten und sagte zu den anderen gewandt: »Es ist wohl besser, Sie bleiben erst einmal hier.«

Petra Müller hob abwehrend die Hände. »Ich will auch gar nicht mit. Die Scheune betrete ich erst wieder, wenn die Leiche weg ist.«

Köster, Kruse und Grotheer folgten Hanne Michels in den hinteren Teil der Scheune. Im hellen Licht der Lampen sahen sie, dass die Kriminaltechniker einiges an Sand und Erde hatten abtragen müssen, um den Toten ganz freizulegen.

Anne Grotheer schaute betroffen auf die Gestalt, deren Gesicht und Hände dunkel und eingetrocknet erschienen. »Der sieht ja aus wie eine Moorleiche!«

Der Kriminaltechniker nickte: »Du hast Recht. Es ist ja auch eine. Wie ihr seht, lag sie tief in der Moorerde vergraben. Die ist sehr sauer und hat den Toten konserviert, dabei Haut, Haare und Fingernägel dunkel gegerbt. Man kann daher sehen, dass es sich um eine männliche Leiche handelt. Die kurzen Haare und das schmale Gesicht sind noch gut zu erkennen, auch seine Kleidung. Außerdem trägt er einen Bart. Wie lange er hier schon liegt, wird erst die gerichtsmedizinische Untersuchung ergeben.«

»Konntet ihr denn schon etwas feststellen?«

Auf diese Frage schien die Kriminaltechnikerin gewartet zu haben. »Der hier ist keines natürlichen Todes gestorben. Schaut euch mal den Schädel an. Seht ihr das Loch in der Stirn? Das ist nicht von selbst dahingekommen. Ich tippe auf eine Schusswaffe. Wer auch immer ihn umgebracht hat, hat ihn so tief vergraben, damit er auf keinen Fall gefunden wird.«

Köster nickte. »Gute Arbeit. Wann kommt der Leichenwagen?«

»Gleich. Wir haben schon in der Bremer Gerichtsmedizin Bescheid gesagt. Wir werden nach weiteren Spuren suchen. Es kann ja sein, dass dies nicht die einzige vergrabene Leiche ist.«

Kruse kehrte noch einmal in das Wohnhaus zurück. Die Bewohner und der Handwerker saßen immer noch still am Tisch. »Gibt es etwas Neues?«, fragte Müller leise.

»Ja, in Ihrer Scheune liegt tatsächlich eine vollständige Leiche. Sie wird gleich abgeholt und in das gerichtsmedizinische Institut nach Bremen gebracht«, antwortete Kruse. »Und wie wir schon sagten, muss die Scheune als Fundort noch genauer untersucht werden.«

*

Nach der Rückkehr ins Kommissariat informierte Köster die Staatsanwaltschaft und die in Verden angesiedelte Polizeiinspektion Verden/Osterholz über den Leichenfund in der Müller'schen Scheune. Nach den bisherigen Feststellungen lag hier ein Fall für die Mordkommission der Polizeiinspektion vor. Leiterin der »MoKo«, wie es im internen Sprachgebrauch kurz hieß, war seit geraumer Zeit die Kriminalhauptkommissarin Gisela Schmidt.

Eine Stunde später trafen Gisela Schmidt und Kriminaloberkommissar Harald Bayer im Polizeikommissariat in Osterholz-Scharmbeck ein. Die Kriminalbeamten und -beamtinnen aus den benachbarten Kreisstädten Verden und Osterholz-Scharmbeck begrüßten einander herzlich.

»Wie schön, dass wir wieder einmal zusammen arbeiten können.« Gisela Schmidt strahlte.

»Da stimme ich dir zu.« Köster schien ebenfalls erfreut, wurde aber gleich wieder ernst. »Auch wenn eine Leiche kein Grund zur Freude ist.«

»Natürlich hast du Recht.« Die Kommissionsleiterin nickte. »Wenn ich dich richtig verstanden habe, liegt der Tote zwar schon einige Zeit unter der Erde. Aber Mord verjährt nicht! So ist es unsere Aufgabe, die Hintergründe der Tat und die Identität des Opfers zu ermitteln.«

Gemeinsam nahmen die Kommissionsmitglieder in einem größeren Besprechungsraum Platz. Kruse fasste die Ergebnisse zusammen. Anne Grotheer trank einen Schluck Kaffee.»Das tut gut. Der Anblick des Toten war einfach schrecklich.«

»Wie kamst du denn gleich auf eine Moorleiche?«, fragte Köster erstaunt.»Wir sind hier im Teufelsmoor, das weiß doch jeder.«

Bayer lächelte.»Ich lebe ja schon viele Jahre in Verden, das befindet sich auf der Geest. Aber ich habe schon einiges von Moorleichen gehört.«

»Beim Torfstechen ist früher so manche entdeckt worden«, fuhr Kruse fort.»Die konnten schon mal mehr als tausend Jahre alt sein. Das saure Milieu des Moores konserviert die Toten unglaublich gut.«

Der ältere Kommissar lächelte.»Aber so lange wird unsere Leiche da nicht gelegen haben.«

Gisela Schmidt nickte.»Sicher nicht. Genaueres erfahren wir erst nach der Obduktion. Doch können wir jetzt schon von einem Gewaltverbrechen, einem Tötungsdelikt ausgehen. Irgendjemand hat diesen Mann erschossen und in der Scheune vergraben. Vielleicht kurz bevor der Betonboden gegossen wurde. Vielleicht aber auch schon viel früher.«

»Wir müssen herausfinden, wer der Tote war und ob er auf dem Hof gelebt oder gearbeitet hat. Und wer ein Motiv hatte, ihn zu ermorden. Wir kennen jetzt den Namen der Vorbesitzer des Hofs. Von ihnen lebt noch die Ehefrau Erna Otten und deren Tochter. Wenn das Ergebnis der Leichenschau vorliegt, sollten wir beide befragen, dazu noch die Hofnachbarn«, sagte Köster nachdenklich.

Bei der Verabschiedung der Verdener umarmte Peter Köster Gisela Schmidt innig.

»Die Sonne scheint. Ich wäre gerne noch geblieben und mit dir in Worpswede über den Berg gelaufen«, sagte Gisela leise.»Aber ich bin mit Bayer hier und es gilt jetzt, nach dem ersten Überblick gleich nach Verden zurückzukehren und den Einsatz der Mordkommission zu planen. Es wartet also einige Arbeit auf uns.«

»Das sehe ich auch so«, flüsterte Peter.»Das können wir morgen nachholen. Lass uns heute Abend telefonieren.«

Freitag, 6. April

Am Nachmittag erreichte Köster der Anruf der Bremer Rechtsmedizin. »Dr. Meyer hier. Hallo Herr Köster. Da haben wir mal einen interessanten Fall auf den Tisch bekommen. Moorleichen werden heute nicht mehr so oft gefunden. Doch vorab ein paar Informationen, die Sie sicher interessieren: Es handelt sich um einen männlichen Leichnam, zum Zeitpunkt seines Todes etwa fünfunddreißig Jahre alt. Durch den Konservierungsprozess ist er geschrumpft, er war also größer als im jetzigen Zustand. Ich schätze mal 1,80 m. Sie haben ja selbst das Loch in seiner Stirn gesehen. Er wurde wahrscheinlich mit einer Kleinkaliberwaffe erschossen, vermutlich Kaliber 22.

Die Kugel ist aus dem Hinterkopf herausgetreten und hat dort ein großes Loch hinterlassen. Aus welcher Entfernung der Schuss erfolgte, lässt sich nicht mehr genau sagen. Dazu bräuchten wir eine Schmauchanalyse, die aber in unserem Fall kaum noch gelingen wird.«

»Können Sie denn schon mal abschätzen, wann dieser Mann ermordet wurde?«

»Das lässt sich bei einer Moorleiche nur schwer feststellen. Wenn unter Sauerstoffabschluss ein bestimmter Grad der Verwesung erreicht ist, kann die Leiche über Jahrzehnte unverändert bleiben. Vielleicht bekommen wir über die Kleidung einige Hinweise. Auf jeden Fall lag er schon eine ganze Zeit in der Erde. - Ist Ihnen aufgefallen, dass der Tote einen Ohrring trug? Nein? Den werden wir noch säubern und genauer in Augenschein nehmen. Ich melde mich wieder, wenn ich mehr weiß.«

Nachdem Köster die Verdener Ermittlungsleiterin telefonisch informiert hatte, bat er seine beiden Mitarbeiter zu sich. »Ich habe gerade mit Gisela gesprochen. In unserem neuen Fall liegt die Tat bereits länger zurück und wir können davon ausgehen, dass kaum die Gefahr besteht, dass in naher Zukunft der Täter oder die Täterin noch einmal einen Mord begeht. Aus diesem Grund wird ab sofort die Mordkommission in kleiner Besetzung eingesetzt. Die MoKo wird wie in unseren vergangenen beiden Fällen wegen der größeren Nähe unseres Polizeikommissariats zum Fundort, der möglicherweise auch Tatort ist, die Räume und

Einrichtungen unserer Dienststelle nutzen. Außer den Verdener Kolleginnen und Kollegen sind wir drei bei der MoKo dabei.«

Nachdenklich wiegte Kruse seinen Kopf hin und her. »Bisher sind unsere Erkenntnisse zu dem Fall sind noch sehr vage. Daher bin ich mir nicht sicher, ob wir jetzt schon mit den Ermittlungen beginnen sollten.« Anne Grotheer richtete sich auf. »Das sehe ich anders. Wir können davon ausgehen, dass der Todeszeitpunkt vor der Übernahme des Hofs durch die Familie Müller liegt. Die Ottens wohnten vierzig Jahre auf dem Hof, das ist ein langer Zeitraum. Wir sollten schon einmal die ehemalige Bäuerin befragen.«

Köster nickte. »Da stimme ich dir zu. Frau Otten kann uns bestimmt sagen, wann die Bodenplatte gegossen wurde und wer das gemacht hat. Der Tote wird kurz davor oder früher dort begraben worden sein. Ich hoffe, dass es in der Zeit passierte, als die Ottens den Hof bewirtschafteten. Sonst wird es sehr schwer, noch herauszubekommen, wer das Opfer ist. Und Frau Otten kann uns Auskunft darüber geben, wer alles auf dem Hof gelebt und gearbeitet hat. Anne, du hast dir doch die Nummer von der Tochter der früheren Bäuerin notiert. Ruf bitte einmal dort an und frage sie, ob wir ihre Mutter heute noch sprechen können.« An Kruse gewandt fuhr er fort: »Thomas, sieh du mal in den Vermisstenlisten nach, ob hier in der Gegend vor etwa zehn Jahren und davor ein ca. 1,80 m großer Mann, zwischen dreißig und vierzig Jahre alt, mit Bart als vermisst gemeldet wurde, der nicht wieder aufgetaucht ist.«

Wenig später kam Grotheer zurück ins Büro ihres Vorgesetzten.

»Ich habe Frau Tietjen erreicht und ihr mitgeteilt, dass wir mit ihrer Mutter sprechen möchten. Frau Tietjen arbeitet als Hauswirtschafterin in einem Altenheim und war ziemlich neugierig. Ich habe ihr aber nur gesagt, dass es sich um eine Angelegenheit handelt, die den früheren Hof ihrer Eltern betrifft. Frau Tietjen glaubt aber nicht, dass wir viel von ihrer Mutter erfahren werden. Sie wäre geistig nicht mehr auf der Höhe. Und wenn, sollten wir bald kommen, damit wir sie noch einigermaßen wach anträfen.«

Anne Grotheer und Köster hielten in Hambergen vor einem gepflegten, älteren Klinker-Einfamilienhaus. Er stellte fest, dass kein einziges Unkraut zwischen den Rhododendronbüschen im Vorgarten wuchs und die Erde frisch geharkt war.

Gleich nachdem die Kommissare das Auto verlassen hatten, öffnete eine kräftige Frau Anfang vierzig die Haustür. »Tach, da sind Sie ja.« Energisch winkte sie die beiden herein. Im Flur begrüßte Köster Inge Tietjen und stellte Anne Grotheer und sich vor.

Die Hausherrin nickte. »Wie ich Ihrer Kollegin schon gesagt habe, viel wird Ihnen meine Mutter nicht erzählen können. Sie ist nicht mehr ganz klar im Kopf. Das fing an, als mein Vater gestorben ist. Seitdem wohnt sie bei uns. Und sie hat ein schwaches Herz. Sie darf sich nicht zu sehr aufregen.« Sie deutete auf die offene Tür rechts von ihnen. »Sie sitzt wie immer am Küchentisch. Das ist ihr Lieblingsplatz.«

Inge Tietjen lief voraus und rief: »Mutti, da sind zwei Polizisten, die wollen dich sprechen!«

Erschrocken sah die alte Frau auf. Sie versuchte sich aufzurichten, was ihr nicht wirklich gelang.

»Behalten Sie Platz«, sagte Köster. ›Die hat einen Witwenbuckel‹ hatte seine Mutter ihm immer zugeraunt, wenn sie seine Oma väterlicherseits besucht hatten. Erst später hatte er erfahren, dass seine Großmutter unter Rheuma gelitten hatte und wohl aufgrund ihrer vielen Schmerzen meistens abweisend und schlecht gelaunt gewesen war. Seine Mutter hatte ihre Schwiegermutter nie gemocht und diese Abneigung wohl auf ihren Jüngsten übertragen. Selbst wenn Erna Otten in ihrem Alter und ihrer Zerbrechlichkeit seiner Großmutter ähnelte, sah der Kommissar hinter dem erschrockenen Blick ein deutlich freundlicheres Wesen. Er schätzte sie auf Anfang achtzig.

»Polizei?« Erschrocken schaute sie auf. »Ist was passiert?«

Köster ging auf sie zu, lächelte sie an und reichte ihr vorsichtig die Hand.

»Nein, es geht nur um eine alte Sache«, sagte er beschwichtigend.

»Erst einmal guten Abend. Mein Name ist Köster.« Auch Anne Grotheer begrüßte die alte Dame und stellte sich vor. »Dürfen wir uns zu Ihnen setzen?«, fragte sie.

Frau Otten nickte und deutete auf die Stühle neben sich. Während die Kommissare Platz nahmen, blieb Inge Tietjen neben dem Tisch stehen. »Möchten Sie was zu trinken?«

Köster schüttelte den Kopf. »Nein danke. Vielleicht aber Ihre Mutter.«

»Magst du noch einen Tee?« Erna Otten nickte wieder und wartete, bis ihre Tochter nachgegossen hatte.

»Danke Frau Tietjen. Lassen Sie uns jetzt mit Ihrer Mutter allein«, bat Köster die Hausherrin.

»Wenn Sie meinen.« Sie zögerte einen Moment und raunte den Kommissaren zu: »Denken Sie an ihr schwaches Herz. Erzählen Sie Ihr bloß nichts, worüber sie sich zu sehr aufregt!«

Unwillig verließ Inge Tietjen den Raum.

Im selben Moment atmete ihre Mutter tief durch und trank einen Schluck. Sie wirkte deutlich entspannter. Erwartungsvoll schaute sie die Kommissare an. »Was wollen Sie denn von mir wissen?«, fragte sie. »Eine alte Sache?« Ihr Blick wanderte von Kösters zu Anne Grotheers Gesicht. Das hat sie sich gemerkt, stellte Köster für sich fest. Anscheinend ist sie geistig doch noch präsenter, als ihre Tochter angekündigt hatte.

»Es geht um Ihren Hof, den Sie vor eineinhalb Jahren an das Ehepaar Müller verkauft haben«, erwiderte die Polizistin.

Erna Otten nickte lächelnd. »Eine nette Familie. Jan, mein Mann, mochte vor allem die Kinder. Sie sind gleich zusammen Trecker gefahren. Wir haben uns gefreut, dass sie unseren Hof haben wollten.« Im nächsten Moment wurde sie wieder ernst. »Da konnten wir ja noch nicht wissen, dass Jan nicht mehr lange leben würde.« Ihre Augen füllten sich mit Tränen. Anne reichte ihr ein Papiertaschentuch. Dankbar nahm die alte Frau es an und schnäuzte sich.

»Ein halbes Jahr haben wir in unserer schönen neuen Wohnung in Osterholz gelebt, dann war er tot. Schlaganfall. Das kam so plötzlich. Wir wussten, dass sein Blutdruck zu hoch war. Aber er nahm Tabletten dagegen. Deshalb haben wir nicht damit gerechnet, dass das so schnell gehen würde.«

Die Witwe holte tief Luft und wandte sich mit einem neuen Schrecken in den Augen an die Kommissare: »Ist den Müllers was passiert?«

»Nein, nein.« Dieses Mal versuchte Anne Grotheer die alte Dame zu beruhigen.

»Denen geht es gut. Sie lassen Sie herzlich grüßen.« Das stimmte zwar nicht so ganz, war aber sicher im Sinne der Hofnachfolger, dachte Köster für sich. Er sah, wie sich Erna Tietjen erleichtert zurücklehnte und versonnen lächelte. Gespannt wartete Köster, wie seine Kollegin das Gespräch auf das eigentliche Thema lenken würde, ohne Erna Tietjen erneut zu sehr zu beunruhigen.

»Es geht um den Hof selbst«, fuhr Anne fort. »Die Müllers sind gerade dabei, die alte Fachwerkscheune zu renovieren. Sie wollen daraus ein Büro machen. Wie Sie sicher wissen, sind die beiden Steuerberater.« Die alte Frau nickte und schaute Anne weiter aufmerksam an.

»Dafür haben Sie den Betonboden entfernen lassen. Bei den Arbeiten ist im Moorboden etwas entdeckt worden.«

»Was denn?«, fragte Erna Otten gespannt.

Anne Grotheer schluckte. »Ein Koffer mit der Kleidung eines Mannes. Die hat da jemand vergraben.«

»Ein Koffer?« Die Stimme der alten Dame klang skeptisch.

»Ja. Die Sachen darin waren wie neu. Und ein Bild war dabei von einem jungen Mann, das ist aber ziemlich unscharf. Wir vermuten, dass er zwischen 30 und 35 Jahre alt war, schlank und etwa 1,80 groß. Er hatte kräftige, vielleicht rote Haare und trug einen Bart. Die Sachen müssen ihm gehört haben, denn sie passten zu einem Mann dieser Statur. Jetzt fragen wir uns, wie ist der Koffer da hingeraten? Und wem könnte er gehört haben?«

Köster sah, wie Erna Otten sich bemühte, Annes Geschichte zu verstehen.

»So genau wissen wir noch nicht, wann der Koffer vergraben wurde. Vielleicht vor zehn Jahren oder mehr. Da wohnten Sie doch auf dem Hof. Gab es in dieser Zeit jemanden bei Ihnen, auf den die Beschreibung passt? Ein Verwandter oder jemand, der Sie bei der Arbeit unterstützt hat?«, fragte Anne weiter.

Die alte Frau schaute Anne hilflos an. »Ach, ich weiß nicht. Ich erinnere mich kaum noch an alles. Es kam immer mal wieder jemand auf den Hof und hat uns bei der Ernte geholfen. Oder wenn wir mal weggefahren sind. Das passierte aber selten. Meistens haben mein Mann und ich die Arbeit allein geschafft. Auch wenn das manchmal sehr schwer war. Später hat dann Inge ab und zu geholfen. Sie ist schon früh zu ihrem Freund gezogen.«

»Wer war denn bei der Ernte mit dabei?« Anne gab anscheinend noch nicht auf.

»Wenn ich das noch so genau wüsste. Ich glaube ab und zu jemand aus der Nachbarschaft und ein Neffe von meinem Mann.«

»Wissen Sie noch, wie er hieß?«

»Nein, das habe ich vergessen.«

»Wie alt war er denn damals?«

»Na, jünger als wir. Aber so genau weiß ich das nicht mehr. Ich habe nichts mehr von ihm gehört.«

»Könnte Ihre Tochter das wissen?«

Erna Otten zuckte mit den Schultern. »Vielleicht. Aber sie war nicht viel dabei. Wie gesagt, das Leben auf dem Hof war nicht so ihre Sache. Sie können sie ja mal fragen.«

»Vielleicht erinnern Sie sich noch, wann die Scheune den Betonboden bekommen hat. Und wer das für Sie gemacht hat.«

Die alte Bäuerin schüttelte den Kopf. »Nein. Das kann ich Ihnen leider auch nicht sagen. Ich weiß nur noch, dass das mein Mann so wollte, damit wir den Trecker dort unterstellen konnten. Vorher hat er im Unterstand daneben gestanden. Doch der war baufällig und Jan hat ihn abreißen lassen.«

»Und den Betonboden haben andere gemacht?«

»Ja. Ich glaube, zwei Männer aus dem Moor. Die haben öfter solche Arbeiten gemacht.«

Mit einem hilflos-fragenden Blick fügte sie hinzu: »Haben die den Koffer vergraben? Komisch ist das schon. Wer macht denn so was?«

»Das wüssten wir auch gerne. Aber wir bekommen das sicher heraus«, sagte Anne mit fester Stimme.

Erna Otten seufzte. »Tut mir leid, dass ich Ihnen nicht mehr helfen konnte.«

»Sagen Sie das nicht. Sie haben uns schon wichtige Hinweise gegeben.«

Nach der Verabschiedung trafen die beiden Kommissare Inge Tietjen im Flur des Hauses. Köster bat noch um ein kurzes Gespräch, das sie im angrenzenden Wohnzimmer der Familie führten. Alles wirkte sehr aufgeräumt, der Glascouchtisch war frisch poliert.

»Haben Sie Kinder?«, fragte Köster.

»Ja, einen Sohn, Lukas.« Als schien sie Kösters Gedanken zu erraten, fügte sie hinzu:

»Der ist am liebsten in seinem Zimmer. Und spielt mit seinem Computer oder hängt an seinem Smartphone.«

Köster nickte lächelnd. »Das kenne ich von meinen Jungs.«

Doch erwähnte er nicht, dass sie sich an den Besuchswochenenden nur zurückzogen, wenn sie mit Recherchen am PC beschäftigt waren. Sonst verbrachten sie die Zeit inzwischen lieber gemeinsam mit ihrem Vater.

Der Hauptkommissar berichtete kurz vom Fund der Leiche und von der veränderten Version, die sie Erna Otten erzählt hatten. »Wir haben das gemacht, um Ihre Mutter nicht so aufzuregen.«

Er sah Inge Tietjen das erste Mal lächeln. »Ein vergrabener Koffer. Den hätte ich Ihnen nicht abgenommen, vor allem, dass Sie dafür extra zu uns kommen und uns Fragen stellen.«

Sie wurde gleich wieder ernst. »Ein Toter in unserer alten Scheune, wie schrecklich. Ich bin auf dem Hof aufgewachsen.«

»Ja, deshalb können Sie uns vielleicht sagen, um wen es sich dabei handeln könnte.«

Nachdenklich schüttelte Inge Tietjen den Hof. »Seit meiner Heirat lebe ich nicht mehr dort. Das ist jetzt fünfzehn Jahre her. Und so oft war ich danach nicht mehr bei meinen Eltern. Eigentlich nur zu ihren Geburtstagen. Sonst haben wir die beiden zu uns eingeladen.«

Immerhin wusste sie noch, dass ihr Cousin Horst hieß, Horst Otten. Sie hätte keinen Kontakt mehr zu ihm, vermutete aber, dass er noch in Vollersode im Haus seiner Eltern wohnte. »Er ist fünfzehn Jahre jünger als ich, also fünfundzwanzig. Wir sind vom Alter so weit auseinander, weil sein Vater, der jüngere Bruder meines Vaters, sehr spät geheiratet hat.«

Auf der Rückfahrt ins Kommissariat ließen Anne Grotheer und Köster die Befragungen noch einmal Revue passieren. »Das mit dem Koffer war ein guter Einfall«, sagte Köster. »Wie bist du so schnell drauf gekommen?« Anne lächelte. »Als ich hörte, dass die alte Frau ein schwaches Herz hat, dachte ich daran, dass wir ihr auf keinem Fall von der Leiche erzählen dürfen. Sie hat ja so schon erschrocken reagiert, als sie hörte, dass wir von der Polizei sind. Aber gleichzeitig wollten wir doch etwas von ihr zu dem Opfer erfahren. Da fiel mir das Kofferspiel ein.«

»Das kenne ich nicht.« Fragend schaute Köster seine Kollegin an. Anne lehnte sich auf dem Beifahrersitz zurück und schaute versonnen aus dem Fenster.

»Das haben wir früher öfter auf Geburtstagen gespielt. Einer beginnt mit: »Ich verreise und packe meinen Koffer und lege meine Schuhe hinein.« Der nächste fährt fort: »Ich verreise und packe meinen Koffer und lege meine Schuhe und meine Hose hinein. So geht das immer weiter. Jeder muss sich merken, was die anderen schon hineingelegt haben und der Koffer wird immer voller.«

»Und?«, fragte Köster.

»Da habe ich für Frau Otten statt der männlichen Leiche einen Koffer vergraben mit seinen Sachen drin. An den Hosen und Pullovern kann man in etwa die Größe ablesen. Und das Bild des Toten erklärt noch das Alter.«

»Eine tolle Idee.« Der Kommissar war beeindruckt. »Nur mochte ich das nicht auch noch ihrer Tochter verkaufen. Außerdem scheint Frau Tietjen kein schwaches Herz zu haben.«

Anne Grotheer nickte. »Nur hoffe ich, dass sie ihrer Mutter nicht doch noch von der Leiche erzählt. Sie wirkte auf mich wenig feinfühlig.«

Samstag, 7. April

Obwohl sie spät eingeschlafen waren, erwachte Peter Köster früh. Leise stand er auf, duschte und machte sich auf den Weg zum Bäcker. Nachdem er die Kaffeemaschine angestellt und den Tisch gedeckt hatte, wachte Gisela auf und schlurfte in die Küche.

Sie schnupperte »Hm, hier riecht's gut. Brötchen und Croissants. Du warst ja schon unterwegs. Wieso bist du so früh auf?«

»Ich konnte nicht mehr schlafen. Dafür gibt es jetzt Frühstück.« Er zog sie an sich und küsste sie. Lächelnd fuhr er fort: »Wenn ich bei dir übernachte, erwarte ich ab jetzt auch so einen Service.«

Sie löste sich von ihm und lachte. »Das kann ich dir nicht garantieren, denn ich schlafe nun mal gerne aus. Aber du weißt ja schon, wo sich der nächste Bäcker bei mir befindet. Ich geh erst mal ins Bad.«

Die Sonne schien, als die beiden zu ihrer Radtour zu der Kulturkneipe im Teufelsmoor aufbrachen. Ihr Weg führte sie über kleine Nebenstraßen, auf denen ihnen nur wenige Autos begegneten. Nach eineinhalb Stunden erreichten sie die alte Gaststätte, gerade noch rechtzeitig, um den Beginn des Konzerts der Bluesgruppe nicht zu verpassen. Die Band bestand dieses Mal nur aus zwei Gitarristen und einem Schlagzeuger, wie Peter zunächst etwas enttäuscht feststellte. Doch als sie die alten Rockballaden spielten, wippten Peters Füße im Takt und er summte mit.

Es war dem ungewohnten frühen Bier oder auch der Musik geschuldet, dass selbst Gisela sich kaum auf ihrem Platz halten konnte und schließlich mit anderen Frauen am Rand der Bühne mittanzte.

Auf der Rückfahrt strahlte sie immer noch. »Es ist schon lange her, dass ich auf so einer Veranstaltung war. Das sollten wir öfter machen!«

Peter lächelte und nickte. Bevor er etwas erwidern konnte, klingelte sein Handy. Er hielt an und nahm es aus der Tasche.

»Hallo Papa.« Er erkannte die Stimme seines Sohnes Johann. Sie wirkte seltsam kraftlos.

»Stör ich gerade?«

»Nein, gar nicht. Was ist los?«

Gisela war ebenfalls abgestiegen und schaute ihren Begleiter fragend an.

»Johann«, sagte er zu ihr gewandt.

»Bist du nicht allein?«, fragte sein Sohn.

»Gisela und ich machen gerade eine Radtour, wir sind aber auf dem Rückweg. Also was ist passiert?«

»Lea hat Schluss gemacht.« Johanns tonlose Stimme war kaum zu verstehen. »Ich bin ziemlich fertig.« Er machte eine Pause. »Ich wollte fragen, ob ich dich besuchen und mit dir darüber reden kann.« Aber ich höre ja, du hast was anderes vor.«

»Nein, komm ruhig. Das geht vor. Hast du schon nach einem Zug geschaut?«

»Um neunzehn Uhr könnte ich in Osterholz sein.«

Nachdem er seiner Freundin von dem Anruf berichtet hatte, schaute er sie fragend an.

»Ist das in Ordnung für dich, wenn Johann kommt?«

Sie nickte ernst. »Das Ende der ersten großen Liebe ist immer schmerzhaft. Und es ist doch etwas Besonderes, dass er damit zu dir kommt. Wir können uns noch oft genug sehen.«

Am Abend stand Peter am Bahnhof und wartete. In seinen Gedanken kehrte er zu den ersten Besuchen seiner Söhne zurück. Nach der Trennung von Sabine und seinem Umzug nach Osterholz-Scharmbeck waren sie nur ungern zu ihm gekommen. Vor allem Johann, der ältere, hatte es unmissverständlich in seiner Haltung ausgedrückt. Sein Vater stellte wieder einmal dankbar fest, wie sehr sich ihr Verhältnis zum Positiven geändert hatte.

Als sein Sohn den Zug verließ, wirkte er blass und in sich gekehrt. Peter nahm ihn in den Arm und drückte ihn an sich. Johann holte tief Luft und kämpfte gegen die Tränen.

»Lass uns zuerst zu mir gehen. Dann erzählst du mir alles.«

Doch schon auf dem Weg, den sie zu Fuß zurücklegten, begann Johann mit seinem Bericht.

Am Vormittag hatte Lea ihn zu einem Treffen an der Elbe eingeladen. Nichts ahnend hatte er sich auf den Weg gemacht und sich auf einen schönen Spaziergang gefreut. Doch ihre Begrüßung war ungewohnt steif ausgefallen. Sie müsse mit ihm reden, hatte sie gesagt und nicht angeschaut. Nachdem sie sich auf eine Bank gesetzt hatten, sprach sie davon, sich von ihm entfremdet zu haben. Seit einigen Monaten wäre er nur noch mit der

Schule und seinem Sport beschäftigt gewesen und hätte kaum noch Zeit mit ihr verbracht. Sie hatte sich einsam gefühlt und war schließlich allein auf ein Fest gegangen. Dann hatte sie Finn kennengelernt, einen Jungen von einem anderen Gymnasium. Es sei ein schöner Abend gewesen, er war so aufmerksam und fröhlich gewesen wie Johann früher. Jetzt hatte sie sich in Finn verliebt und wollte Johann abservieren.

Johann hatte nur noch gefragt, wie lange das denn schon ging. Zwei Wochen war die Antwort. Auf seinen Vorschlag, eine Beziehungspause einzulegen und abzuwarten, wollte sie nicht eingehen.

Immerhin hatte sie Tränen in den Augen gehabt, als sie sich von ihm verabschiedete.

»Als ich dann allein dastand, war ich wie gelähmt. Sie war einfach weg. Die zwei Jahre unserer Beziehung schienen für sie nichts mehr wert zu sein, sie hat sie einfach ausradiert.«

Mit Schmerz erfüllten Augen schaute Johann seinen Vater an.

Inzwischen waren sie in der Wohnung angekommen, Peter setzte Teewasser auf, nahm neben seinem Sohn am Küchentisch Platz und suchte nach Worten.

»Ich kann deinen Schmerz gut verstehen. Lea ist deine erste große Liebe. Da ist eine Trennung sehr schwer, vor allem, da sie dich verlassen hat. Aber ich glaube nicht, dass ihr die Zeit mit dir nichts bedeutet hat.«

»Und warum ist sie dann gegangen?«

Peter schaute seinen Sohn ernst an. »Sie hat es doch versucht zu erklären. Sie hat sich allein gefühlt und sich in einen anderen verliebt.«

»Sie hätte früher mit mir sprechen können. Dann wäre das alles nicht passiert!«

»Bist du dir sicher? Durch die schulische Belastung in der Abschlussklasse hattet ihr weniger Zeit füreinander. Daran kannst du nichts ändern. Und vielleicht hat sie sich schon vorher von dir entfernt. Und möglicherweise hat auch dir etwas in der Beziehung gefehlt. Denn du hast ja anscheinend mehr Zeit mit deinen Sportfreunden verbracht als mit ihr.«

Johann schien mit der Antwort seines Vaters nicht zufrieden zu sein. »Ich dachte, du könntest mich besser verstehen. Du hast selbst die

Trennung von Mama hinter dir und da sind wir doch so was wie Leidens-genossen.«

Peter musste ein Lächeln unterdrücken, wurde aber gleich wieder ernst. »Doch, ich kann gerade deshalb sehr gut nachvollziehen, wie du dich jetzt fühlst. Als Mama und ich uns entschieden, eigene Wege zu gehen, war das sehr schmerzhaft. Doch du erinnerst dich sicher daran, dass wir vorher viel gestritten haben. Unsere Vorstellungen von einem gemeinsamen Leben waren einfach zu verschieden, wir hatten uns zu sehr entfremdet. Und jeder war enttäuscht, dass der andere nicht mehr den eigenen Vorstellungen entsprach. Ich weiß heute, dass für eine Tren-nung immer beide die Verantwortung tragen.«

»Und was, meinst du, habe ich falsch gemacht?« Johann schaute ihn mit großen Augen an.

»Nichts. Es geht nicht um falsch und richtig. Es geht darum zu verste-hen, was passiert ist. Warst du denn so richtig zufrieden mit euer Bezie-hung?«

Der Sohn dachte nach. »Eigentlich dachte ich immer, es ist alles in Ordnung. Nach dem Abi würden wir wieder mehr Zeit füreinander haben, miteinander verreisen und irgendwo gemeinsam studieren.«

»Wenn ihr zusammen wart, war dann alles so, wie du es dir gewünscht hast?«

Langsam schüttelte Johann den Kopf. »Nein, nicht wirklich. Lea wollte dauernd weggehen und Party machen. Ich war aber zu müde und wollte lieber die Abende allein mit ihr verbringen. Aber das war ihr zu langweilig. Sie hat dann so genervt, bis ich mit ihr zu Freunden oder in eine Kneipe gegangen bin. Und wenn ich mit ihr darüber sprechen wollte, was wir nach dem Abi machen, ist sie immer ausgewichen. Das könnten wir doch später noch klären.«

Montag, 9. April

Peter Köster schaute zum Himmel hinauf. Die dunklen Wolken ver-hießen nichts Gutes, doch noch regnete es nicht. Er holte sein Fahrrad aus dem Keller und machte sich auf den Weg ins Kommissariat. Gerade als er dort angekommen war, öffnete der Himmel seine Pforten. Schnell stellte er sein Rad ab, rannte durch den Flur und betrat sein Dienstzimmer. Er hängte seine Regenjacke an den Haken und fuhr sich durch die nassen Haare.

Thomas Kruse klopfte an die Tür und trat ein. »Da hast du Glück gehabt«, sagte er. »Fünf Minuten später und du wärst hier rein geschwommen.«

Köster musterte seine Kollegen.

»Du bist ja auch trocken angekommen.«

»Ich habe mir das schon gedacht und bin heute mit dem Auto gefahren. Und für den Weg vom Parkplatz ins Kommissariat hatte ich einen Schirm dabei.« Kruse lachte, wurde aber gleich wieder ernst. »Erika fand das nicht so gut, sie meint, ich soll mich mehr bewegen. Sie hat ja Recht.« Schuldbewusst strich er sich über seinen runden Bauch. »So werde ich nicht abnehmen. Aber mich nass regnen lassen und mir eine Erkältung zu holen, ist auch keine Alternative.«

»Morgen soll das Wetter besser werden. Da kannst du ja wieder laufen.« Köster versuchte sein Verständnis auszudrücken. Seit er vor eineinhalb Jahren im Polizeikommissariat Osterholz angefangen hatte, war das Übergewicht seines älteren Kollegen Thema. Bisher hatte Kruse aber kein Gramm abgenommen. Gleichzeitig war Köster dankbar, dass er dieses Problem nicht mit Kruse teilte. Köster konnte essen soviel er wollte, er nahm nicht zu.

Es klopfte ein zweites Mal an der Tür. Anne Grotheer kam herein. Ihre Wangen waren gerötet, nasse Haarsträhnen hatten sich aus ihrem Pferdeschwanz gelöst und hingen in ihr Gesicht.

»Puh, was ist das für ein Wetter. Wie das schüttet! Dabei bin ich vom Parkplatz so ins Haus gerannt.«

»Dann setzt euch erst mal«, lud Köster seine Kollegen ein. »Anne, fasse bitte für Thomas das Ergebnis unseres Gesprächs in Hambergen zusammen.«

Die Kommissarin nickte. Als sie fertig war, sagte Köster: »Weder Mutter noch Tochter können sich an jemanden erinnern, der dem Alter und Statur nach der Leiche entspricht. Den Neffen des alten Bauern,

Horst Otten, sollten wir unbedingt befragen, ebenso die Nachbarn der Steuerberater. Die älteren könnten die beiden Arbeiter noch kennen, die damals den Betonboden gegossen haben. Vielleicht wissen sie, wer sonst noch auf dem Hof tätig war.«

Kurz vor Dienstschluss traf der vorläufige Bericht der kriminaltechnischen Untersuchung ein. Die Kriminaltechniker hatten den gesamten Boden der Scheune aufgraben, aber keine weitere Leichen oder andere verwertbare Spuren gefunden. Auch das Projektil, das den Kopf des Opfers durchschlagen hatte, war trotz sorgfältiger Suche nicht entdeckt worden.

»Die Kollegen werden morgen mit Spürhunden das Gelände absuchen. Erst dann können wir davon ausgehen, dass wir es nur mit einem Mordopfer zu tun haben. Da in der Moorerde keine Patrone steckte, wurde der junge Mann wahrscheinlich nicht in der Scheune getötet. Doch das ist nur eine Vermutung«, sagte Köster zu seinen Kollegen, die sich zur Abendbesprechung noch einmal in seinem Dienstzimmer eingefunden hatten.

Dienstag, 10. April
Gleich nach seiner morgendlichen Ankunft im Kommissariat erhielt Köster einen Anruf von Dr. Meyer aus der Bremer Gerichtsmedizin.

»Moin Herr Köster! Ich bin noch dran, Ihren Toten aus dem Moor zu untersuchen. Es gibt aber schon ein paar Neuigkeiten, die Sie interessieren werden. Dazu schicke ich Ihnen gleich den Bericht.«

»Können Sie denn schon das Wichtigste zusammenfassen?«, fragte Köster interessiert.

»Gut, wenn Sie wollen. Mit der Schätzung seines Alters auf fünfunddreißig Jahre zum Zeitpunkt seines Todes lagen wir wohl richtig. Doch wichtiger ist die Gesichtsrekonstruktion, die wir mit dem Computer erstellt haben. Das Bild müssen Sie sich ansehen. War wohl ein recht hübscher Mann. Seine Haare und der Bart weisen einen deutlichen Rotton auf. Ob das die Orginalfarbe ist oder durch die Moorerde verursacht wurde, können wir noch nicht sagen. Sein Gebiss ist lückenlos. Einige Zähne sind aber mit Amalgamfüllungen versehen. Sonst scheint er kerngesund gewesen zu sein. Keine OP-Narben oder Hinweise auf irgendwelche Erkrankungen.

Wir sind noch dabei, ein dreidimensionales Bild des gesamten Körpers zu entwickeln. Wie schon gesagt, ist der gesamte Körper durch die Entsäuerung deutlich geschrumpft, nicht nur in der Länge. Seine Kleidung ist fast vollständig erhalten. Er trug Jeans, ein T-Shirt und Turnschuhe, dazu einen Baumwollslip und dunkle Socken. Wir sind uns nur noch nicht über die ursprüngliche Farbe der einzelnen Sachen im Klaren, hat doch alles die braune Farbe der Moorerde angenommen.

Ach ja, und dann ist da ja noch der Ohrring. Das Bild habe ich beigefügt. Es handelt sich dabei um einen schlichten goldenen Ring, ohne Gravur. Den lasse ich Ihnen zukommen. Das ist erst einmal alles.«

Köster fuhr seinen Dienstcomputer hoch, öffnete die Mail aus der Gerichtsmedizin und druckte das Bild mit dem rekonstruierten Gesicht aus.

»Der sah ja wirklich gut aus.« Anne Grotheer war sichtlich beeindruckt von den ebenmäßigen Zügen und den gelockten rotblonden Haaren sowie dem kräftigen Bart des jungen Mannes.

»Ein bisschen wie ein Wikinger«, meinte Kruse.

Köster nickte. »Stimmt. Damit können wir vielleicht leichter die Identität des Toten herausfinden.«

Als nächstes öffnete er das Foto des Ohrrings.

»Der ist wirklich unauffällig.« Annes Stimme klang enttäuscht.

»Fragt sich nur, warum er ihn trug. Vor allem, wenn er schon länger unter der Erde liegt. Die kamen bei Männern erst in den letzten Jahren in Mode.« Nachdenklich betrachte Kruse das Bild.

Köster nickte. »Das könnte uns vielleicht ebenfalls weiterhelfen.«

Noch am selben Nachmittag machten sich Grotheer und Kruse auf den Weg nach Moordamm. Sie trafen drei der benachbarten Anwohner des Müller'schen Hofes an und zeigten ihnen das Bild. Doch keiner der Nachbarn kannte die Person auf dem Computerausdruck.

Ein älterer Landwirt, Herrmann Böhling, erinnerte sich noch, dass Jan Otten selbst den Betonboden der Scheune gegossen hat.

»Das muss etwa zehn oder elf Jahre her sein. Eigentlich sollten das zwei Maurer aus dem Teufelsmoor für ihn machen, Hinrich Gieschen und Werner Bartels. Warum er das denen nicht überließ, weiß ich nicht. Die hatten einige Jahre vorher schon im Haus einiges renoviert. Jan meinte, sie hätten das gut gemacht. Bei uns waren sie auch, als wir einen neuen Stall für die Kälber brauchten.«

»Wissen Sie noch die Anschrift?«

Böhling dachte nach. »Die kamen aus Vollersode. Ich hatte nur die Telefonnummer von Hinrich. Mein altes Telefonbuch gibt es aber nicht mehr.«

»Wie alt waren die zwei denn damals?«

»Hm, Hinrich muss um die siebzig gewesen sein, Werner vielleicht zehn Jahre jünger.«

Der Bauer wusste noch, dass der Neffe öfters bei der Ernte mitgeholfen hatten.

In der Abendbesprechung der Mordkommission, bei der auch die Kommissionsleiterin anwesend war, informierten Kruse und Grotheer über die Befragung des alten Bauern.

Kruse schaute seine Notizen durch. »Die Renovierung der Scheune fand wahrscheinlich 2007 oder 2008 statt. Damit können wir davon ausgehen, dass der Tote vor diesem Zeitpunkt ermordet worden ist. Allerdings wissen wir nicht, ob das erst kurz vor der Betonierung des Scheunenbodens passiert ist oder viele Jahre vorher.«

Gisela Schmidt nickte. »Wir sollten die beiden Maurer so schnell wie möglich ausfindig machen und vernehmen.«

»Ich habe schon nachgesehen. Hinrich Gieschen ist nicht mehr in Vollersode gemeldet, Werner Bartels schon«, berichtete Anne Grotheer. »Wenn das Alter stimmt, das der Landwirt angegeben hat, müsste Gieschen heute etwa achtzig und Bartels siebzig Jahre alt sein. Da ist es durchaus möglich, dass Gieschen im Heim oder bei seiner Tochter lebt oder schon gestorben ist. Bartels sollten wir auf jeden Fall noch befragen.«

Mittwoch, 11. April

Um kurz nach zehn Uhr trafen Grotheer und Kruse in Vollersode ein. In der Gartenstraße hielten sie vor einem solide gebauten Backsteinhaus aus den achtziger Jahren. Kruse schaute es sich mit Kennerblick an. »Ich schätze, das hat er selbst gebaut.«

Anne nickte. Auch auf dem Hof ihrer Eltern hatten ihr Freund und zwei Cousins beim Ausbau ihrer Wohnung mitgeholfen. Doch statt bei ihr einzuziehen, war Sven im letzten Sommer nach Norwegen gegangen, um dort als Zimmermann zu arbeiten. Anders als ihre Kollegen es prophezeit hatten, war er bisher noch nicht nachhause zurückgekehrt.

Kruse klingelte. Als niemand öffnete, schauten sich die beiden Kommissare fragend an. »Ich habe uns doch angemeldet«, sagte Anne ratlos.

»Wir gucken mal hinters Haus. Vielleicht ist er im Garten«, meinte Kruse.

Die beiden fanden Bartels vor dem Kaninchenstall. Der kleine, glatzköpfige Mann, gekleidet in alte ausgebeulte Jeans und eine blaue Jacke, schob gerade ein paar Möhren durch die geöffnete Käfigtür und schloss sie wieder. Danach drehte er sich zu Anne Grotheer und Kruse um.

»Moin, da sind Sie ja.«

»Züchten Sie?«

Bartels nickte, öffnete einen zweiten Stall, packte einen großen Rammler am Genick und hob ihn heraus. »Mit dem Kerl habe ich schon einige Preise gewonnen.«

Kruse nickte anerkennend. »Ich schätze, der hat für viel Nachwuchs gesorgt.«

»Darauf können Sie wetten.« Lachfalten durchzogen Bartels wettergegerbte Gesicht, seine Augen blitzten.

»Na dann kommen Sie mal rein«, sagte er einladend. »Ist noch ein bisschen frisch draußen.«

Er öffnete die Hintertür und winkte die beiden hinein. Sie gingen durch eine vollgestellte Werkstatt in einen Flur, von dem verschiedene Türen abgingen. In der Küche bot der Maurer ihnen einen Platz am Esstisch an. Schnell räumte er noch ein paar gebrauchte Teller in die Spüle und stellte eine leere Bierflasche in einen Kasten neben dem Eingang. Es roch abgestanden, Anne bekam kaum Luft. Als schien er ihr Unbehagen zu spüren, öffnete er das Fenster.

»Ich lebe hier allein«, sagte er entschuldigend. »Früher hat sich meine Frau um alles gekümmert. Vor einem Jahr ist sie gegangen. Sie hat jetzt einen anderen.«

Er seufzte, setzte sich an den Tisch und wechselte das Thema: »Weshalb sind Sie denn zu mir gekommen? Am Telefon meinten Sie, es hätte was mit einer früheren Arbeit zu tun.«

Kruse ergriff das Wort. »Können Sie sich daran erinnern, dass Sie mit Hinrich Gieschen bei den Ottens in Moordamm das Bauernhaus renoviert haben? Das muss in den neunziger Jahren gewesen sein.«

Bartels krauste die Stirn und dachte eine Weile nach. Dann nickte er.

»Ja. Das war unsere erste Arbeit in Moordamm. Danach waren wir noch auf anderen Höfen. Mit Hinrich habe ich gerne gearbeitet. Das war eine gute Zeit.« Er lächelte versonnen. Wenig später ergänzte er traurig: »Jetzt ist er tot. Lungenkrebs. Er hat einfach zuviel geraucht.«

Kruse schaute den Maurer betroffen an. »Das wussten wir nicht. Das tut uns leid. Sie haben einen guten Kollegen verloren.«

»Nicht nur das. Wir waren auch Freunde.«

Mitfühlend nickte der Kommissar. »Doch zurück zum Grund unseres Besuchs bei Ihnen. Ottens Nachbar, Herrmann Böhling, erzählte uns, dass Sie vor etwa zehn oder elf Jahren den Beton in der Scheune gießen sollten, aber Otten das dann aber doch selbst gemacht hat. Stimmt das?«

Bartels nickte. »Das war schon komisch. Ich glaube das war tatsächlich vor elf Jahren im Frühjahr, da hat uns Jan Otten angerufen und beauftragt, den Boden seiner Scheune zu betonieren. Ich weiß das noch so genau, weil wir in dem Jahr unser Haus ausgebaut haben und Hinrich und ich auch sonst noch viel zu tun hatten. Deshalb haben das mit dem Betonbodengießen bei den Ottens auf den Herbst verschoben. Als wir dann kamen, hatte Jan schon alles fertig. Er meinte, er hätte gerade Zeit zu der Arbeit gehabt und wollte unbedingt seinen Trecker dort unterstellen.«

Verwundert schaute Bartels Kruse an. »Warum wollen Sie das wissen?«

Der Kommissar wechselte einen kurzen Blick mit seiner Kollegin und berichtete von der Leiche in der Remise.

»Dann lag da ein Toter in der Moorerde? Und wir sollten darüber Beton gießen? Hat Jan den umgebracht?« Der Maurer blickte erschrocken.

»Das wissen wir nicht«, erwiderte Anne Grotheer beruhigend. »Aber wir werden es herausbekommen. Sie können uns dabei unterstützen, indem Sie uns ein paar Fragen beantworten.

Gab es bei Ottens besondere Vorkommnisse, irgendetwas, was anders war als auf anderen Höfen?«

Bartels schüttelte den Kopf. »Nein, da war alles ganz normal. Der Bauer war sehr freundlich und hat uns weiterempfohlen. Ich kann mir nicht vorstellen, dass er jemand umgebracht hat.«

»Er muss es ja nicht gewesen sein. War in der Zeit noch jemand bei den Ottens? Lassen Sie sich Zeit und versuchen Sie sich zu erinnern.«

»Ich weiß nicht.« Unruhig schaute er von einem zum anderen und erhob sich.

»Auf den Schock brauche ich erst mal einen Schnaps.«

Er ging zum Küchenschrank, nahm eine Flasche heraus, goss sich ein Glas ein und stürzte es herunter. Dann erinnerte er sich an die Kommissare und bot ihnen ebenfalls etwas an. Als beide den Kopf schüttelten, nahm er einen zweiten Schluck und setzte sich wieder. Jetzt wirkte er etwas beruhigt und dachte erneut nach. Plötzlich schaute er auf.

»Als wir in dem Frühjahr bei ihm waren, um über die Betondecke in seiner Scheune zu reden, war da noch jemand, den wir nicht kannten. Er schien auch nicht zur Familie zu gehören.«

»Wie sah er denn aus?«, fragte Kruse.

»Irgendwie besonders. Auf jeden Fall anders als die Ottens. Ich glaube, er war rothaarig.«

Anne Grotheer zog das rekonstruierte Bild des Toten aus ihrer Umhängetasche und legte es auf den Tisch. »War er das?«

Bartels schaute es kurz an. »Ja, das ist er.« Er wandte sich ab und schaute Anne erschrocken an. »Ist das der Tote?«

Die Kommissarin nickte. »Ist Ihnen sonst noch etwas an ihm aufgefallen? Hat er etwas gesagt? Wie war seine Beziehung zu Jan Otten?«

»Als wir kamen, ist er nur ganz kurz aufgetaucht und gleich ins Haus verschwunden. Gesagt hat er gar nichts. Ich erinnere mich nur an ihn, weil er so anders aussah als die meisten hier.«

Nach ihrer Rückkehr ins Kommissariat berichteten Grotheer und Kruse Köster von dem Gespräch mit dem Maurer.

»Wenn seine Erinnerung stimmt, war das Opfer im Frühjahr 2007 auf dem Hof der Müllers und den beiden Bauern bekannt«, sagte der Hauptkommissar. »Dann wurde er höchstwahrscheinlich noch vor dem Gießen des Betonbodens im Sommer oder Frühherbst desselben Jahres ermordet.«

Nachdenklich strich sich Anne eine Haarsträhne hinter das Ohr. »Seltsam, dass er den Nachbarn nicht aufgefallen ist. Dabei sah er doch so besonders gut aus.«

»Es ist möglich, dass er sich kaum gezeigt hat und die beiden Maurer ihm nur zufällig begegnet sind. Dazu passt, dass er gar nichts gesagt hat und schnell wieder verschwunden ist.« Köster runzelte die Stirn.

»Damit stellen sich viele neue Frage: Wer war dieser Mann und woher kam er? In welcher Beziehung stand er zu Erna und Jan Otten? Und letztlich: Wer hat ihn ermordet und warum musste er sterben? Hat Jan Otten etwas damit zu tun? Dass er den Boden selbst gegossen hat, macht ihn sehr verdächtig.«

Donnerstag, 12. April
Am frühen Nachmittag erschien Horst Otten, der Neffe des Landwirts, im Kommissariat. Er arbeitete als Kurierfahrer für einen privaten Paketzusteller und hatte gerade seine letzte Tour beendet. Er war dem Ermordeten ebenfalls nie begegnet. Otten hatte viele Jahre bei der Heu- und Kartoffelernte geholfen. So wurde das Treckerfahren in seiner Jugend seine große Leidenschaft. Der Landwirt hatte ihm den Traktor gern überlassen und sich über seine Mitarbeit gefreut.

»Mein Onkel hatte ja keinen Sohn«, sagte Horst nachdenklich. »Und Inge, meine Cousine hatte nichts mit Landwirtschaft am Hut und war schon längst verheiratet. Er hat sich gewünscht, dass ich eine Landwirt-schaftslehre mache und seinen Hof übernehme. Das hat er mir mehrmals so gesagt. Aber ich wollte dann lieber KFZ-Mechaniker werden.«

Otten erinnerte sich, dass er 2007 die Realschule beendet und im Sommer seine Lehre begonnen hatte. In diesem Jahr hatte er das erste Mal nicht an der Ernte teilgenommen.»Ich habe mich in der Zeit kaum auf dem Hof blicken lassen. Wohl auch aus schlechtem Gewissen, denn Onkel Jan war ziemlich enttäuscht von mir. Vielleicht hat er sich diesen Fremden als Helfer auf den Hof geholt.«

Kruse zweifelte an dieser Vermutung.»Dann müssten ihn doch die Nachbarn gesehen haben. Spätestens bei der Heu- oder Kartoffelernte auf den Wiesen oder Feldern. Ich denke, er hat sich eher bei den Ottens versteckt gehalten.«

Köster nickte.»Da könntest du Recht haben. Aber warum? Und in welcher Beziehung stand er zu ihnen? Das alles wissen wir noch nicht. Wir sollten auf jeden Fall mehr über deren familiären Hintergrund erfahren. Sie wohnten ja nicht immer auf dem Hof. Und wir sollten noch nachforschen, mit wem sie befreundet waren. Da kommt viel Arbeit auf uns zu.«

Freitag, 13. April

Gegen zehn Uhr trafen Gisela Schmidt, Harald Bayer und die übrigen Mitglieder der Mordkommission im Polizeikommissariat Osterholz ein. Köster war froh, dass die Kommissionsleiterin nicht auch noch Rainer Völkel mitgebracht hatte. Er hatte noch immer Vorbehalte gegenüber dem Beau aus Verden und versuchte seine Bedenken beiseite zu schieben. Inzwischen war er sich zwar sicher, dass Gisela und Rainer in keiner engeren Beziehung standen. Dennoch konnte er das betont selbstsichere Auftreten des Verdener Kollegen nicht leiden.

Nach der Begrüßung und Kösters Bericht ergriff Gisela Schmidt das Wort:»Ich freue mich, dass wir jetzt vollständig sind. Ihr wisst ja jetzt alle, worum es geht. Wir werden jetzt besprechen, wie wir die

Arbeit aufteilen, um mehr über die Familie Otten, ihre Verwandten und Freunde zu erfahren.«

Köster schaute seine Osterholzer Kollegen an. »Ich schlage vor, Anne und Thomas besuchen noch einmal Tochter und Mutter in Hambergen. Bestimmt befinden sich in ihrem Haus noch Unterlagen über die Familie, vielleicht auch Fotoalben.«

»Gute Idee.« Die Kommissionsleiterin sah sich in der Runde um. »Harald, du versuchest herauszufinden, woher Erna und Jan Otten stammen. Und was sonst noch von ihnen in Erfahrung zu bringen ist. Peter und ich sprechen mit den Nachbarn.«

Köster nickte. »Wir haben ja noch so gut wie keine Informationen zum Opfer. Nur sein Phantombild und diesen Ohrring. Inzwischen ist er bei uns eingetroffen.«

Der Kommissar reichte ihn herum. »Er ist tatsächlich unauffällig und enthält keine Gravur. Es gibt keinen Hinweis, woher er stammt. Wir sollten aber nachforschen, wo solche verkauft werden und ob es eine besondere Bewandtnis mit ihnen hat.«

Am Abend trafen sie sich in einem Restaurant in Fischerhude. Peter entschied sich für einen Hirschbraten und legte die Karte beiseite. »Was nimmst du?«

Gisela wählte ein Fischgericht. »Wir haben doch heute Freitag.« Sie lächelte, wurde aber gleich wieder ernst und schaute ihn fragend an. »Irgend etwas ist mit dir.«

Er runzelte die Stirn. »Meinst du nicht, dass es unseren Leuten auffällt, dass wir so häufig zusammen sind? Und dann auch meistens als Team zusammenarbeiten?«

»Ach das ist es.« Lachend lehnte sie sich zurück. »Natürlich wissen sie es. Es hat sich inzwischen herumgesprochen, dass wir ein Paar sind. Was ist schon dabei?«

»Ich dachte, es wird in unserem Beruf von uns erwartet, Privatleben und Berufliches zu trennen.«

»Klappt eben nicht immer. Sieh das mal lockerer.«

Er schüttelte den Kopf und musste lächeln. »Ich hätte nie gedacht, so was mal aus deinem Mund zu hören. Als du das erste Mal in unserer Dienststelle erschienst, in deinem strengen Hosenanzug und deinem perfekten Kurzhaarschnitt, wirktest du sehr förmlich und norddeutsch.«

»Und du sahst aus wie ein Italiener. Und hörst dich jetzt an wie der korrekte Hanseat.«

Sie ergriff seine Hand und schaute ihm in die Augen. »Ich bin sehr froh, dass wir zusammengekommen sind. Mir konnte nichts besseres passieren.«

Bewegt zog er ihren Kopf zu sich und küsste sie. »So geht es mir auch. Die Kollegen und unsere Vorgesetzten sollten uns da egal sein. Ich bin oft noch das gehemmte Nordlicht.«

»Dann haben wir das geklärt.« Sie schaute erwartungsvoll zur Bedienung, die sich mit gut gefüllten Tellern und Schüsseln ihrem Tisch näherte. »Jetzt habe ich wirklich Hunger.«

Montag, 16. April

Da Gisela bei Peter übernachtet hatte, fuhren beide nach dem Frühstück gemeinsam nach Moordamm. Von Müllers Nachbarn trafen sie als erstes Herrmann Böhling an.

Er fegte gerade den Hof und schaute die beide neugierig an. »Ah, schon wieder Polizei? Es geht sicher um den Toten nebenan?«

»Das hat sich ja schnell herumgesprochen.« Peter Köster runzelte die Stirn.

»So ist das eben hier auf dem Land. Was wollen Sie denn wissen?«

Gisela Schmidt lächelte den alten Mann freundlich an. »Sie waren doch lange Nachbarn. Wie waren die beiden so? Ich meine, wie war die Ehe?«

»Das sind aber viele Fragen. Da kommen 'Se mal rein. In der Küche ist es schön warm. Die haben wir ganz für uns. Mein Sohn arbeitet bei der Straßenreinigung in Bremen und meine Schwiegertochter ist zum Einkaufen gefahren.«

Ein wenig gebeugt schlurfte der Bauer vor ihnen durch die Diele. Vor dem Wohnteil blieb er stehen und öffnete die Tür. Als er sah, wie die Kriminalbeamtin und ihr Kollege sich umsahen, deutete er in den leerstehenden

Raum. »Das Vieh haben wir vor ein paar Jahren verkauft. Lohnte sich nicht mehr. Und die Enkel wollen ja auch was anderes machen.«

Wenig später saßen die drei in der Küche. Auf dem Tisch lag eine bunt bestickte Decke, deren Mitte eine Vase mit einem Strauß bunter Tulpen krönte. »Lene, meine Schwiegertochter. Die mag so was.« Der alte Bauer lächelte.

»Wie sah es denn bei den Ottens aus?«, fragte die Kommissarin.

»Och, ganz nett. Sauber war sie ja, die Erna, da kann man nichts sagen. Immer war alles aufgeräumt. Sie hat sogar einen schönen Blumengarten angelegt und einen kleinen Gemüsegarten. Dabei war sie gar nicht von hier. Soviel ich weiß, kam sie aus der Stadt.«

Herrmann Böhling begann zu erzählen. Berichtete von gemeinsamen Festen, auf denen das Paar noch ausgelassen tanzte. Später, einige Zeit nach der Geburt der Tochter, sei die junge Frau immer seltener draußen zu sehen gewesen. »Dann war sie auch eine Zeit lang weg. Wo wusste keiner so genau. Jan hat nichts davon erzählt.« Der alte Mann zuckte mit den Schultern. »Mehr Kinder haben sie nicht bekommen. Jan hätte sich bestimmt einen Jungen gewünscht, der den Hof übernimmt. Das hilft aber nicht immer, wie sie bei uns sehen. Hinnerk, mein Sohn, musste einen anderen Job annehmen, damit wir überleben können, und Malte hat keine Lust mehr auf Landwirtschaft. Kann ich verstehen. Er war gut in der Schule und lernt in der Bank.« Der Stolz auf den Enkel schwang deutlich in seiner Stimme mit.

Geduldig führte ihn Köster zur Familie Otten zurück. Verwandte hätte es kaum gegeben oder sie hätten sich nicht blicken lassen. Böhling konnte sich nur an die Vorbesitzer des Hauses erinnern, Onkel und Tante von Jan Otten. Beide seien ab und zu zu Besuch gekommen, die Tante auch einmal länger geblieben, als Erna die längere Zeit abwesend war. Und dann war da natürlich noch Horst, der Neffe, der als Junge öfter auf dem Hof half, dann aber kaum noch erschien.

Freunde? Daran konnte sich der alte Mann nicht erinnern. Den Mann auf dem Phantombild kannte er nicht.

Die beiden Kommissare klingelten vergeblich an drei Haustüren weiterer Nachbarn. Die Höfe lagen wie ausgestorbenen in der fahlen Mittagssonne.

Als Köster die Auffahrt zum Anwesen der Familie Müller hinauffuhr, sah er, dass ein Auto im Carport stand. Petra Müller öffnete ihnen. Nachdem Köster seine Kollegin vorgestellt hatte, bat die Steuerberaterin die beiden hinein. Wenig später saßen sie am Tisch auf der Diele.

»Ich bin immer noch ganz geschockt von dem Anblick des Toten in unserer Scheune. Das ist so unglaublich, dass das gerade auf unserem Grund passieren musste.« Ernst schaute Petra Müller aus dem Fenster, atmete tief durch und wandte sich den Ermittlern zu. »Ich bin so froh, dass sie nicht noch mehr Leichen im Boden gefunden haben. Und wir endlich die Umbauarbeiten fortsetzen können. Gibt es denn etwas Neues zu dem Toten?«

Köster richtete sich auf. »Wir sind dran. Wir kennen das Alter des Mannes und wissen jetzt, wie er aussah. Ein Zeuge hat ihn auf dem Hof gesehen. Daher wissen wir auch, in welchem Zeitraum er umgebracht worden ist, und dass die Ottens ihn gekannt haben. Aber wer dieser Mann war und in welcher Beziehung er zu den Bauern stand, müssen wir noch herausfinden. Deshalb unsere Frage an Sie: Haben Ihnen die Ottens Unterlagen über den Hof überlassen? Manchmal gibt es eine Hofakte, die an die neuen Eigentümer weitergegeben wird. Oder hat Ihnen das Ehepaar etwas von früher erzählt, das uns weiterhelfen könnte?«

Petra Müller dachte nach. »Wir bekamen einen Ordner mit Plänen zum Haus, mehr nicht. Viel erzählt haben die beiden nicht. Nur, dass sie zu alt waren, um den Hof weiter zu bewirtschaften und keinen Nachfolger gefunden hatten.«

»Gut, wenn Ihnen noch etwas einfällt oder Sie was finden, sagen Sie uns bitte Bescheid.

Von den Nachbarn haben wir nur Herrn Böhling angetroffen. Wissen Sie, was die anderen so machen und wann sie zuhause sind?«

»Wir kennen die meisten nur vom Sehen. Ich glaube sie arbeiten alle auswärts. Es gibt kaum noch richtige Landwirte hier im Dorf.«

*

Als das Polizeiauto vor dem Haus der Familie Tietjen hielt, begann es heftig zu regnen. Unschlüssig schauten die Kommissare aus dem Fenster. »Hilft ja nichts.« Thomas Kruse atmete tief durch, drehte sich um und holte einen Schirm von der Rückbank. »Warte einen Moment.« Vorsichtig öffnete er die Autotür und spannte den Schirm auf. Anne Grotheer staunte, wie schnell er den Wagen umlief und auf ihrer Seite die Tür aufmachte.

»Darf ich bitten?«

Anne lachte und verließ dicht an ihn gedrängt das Auto.

Inge Tietjen erwartete sie wieder an der Haustür, nur schaute sie dieses Mal freundlicher.

»Kommen Sie schnell rein. Damit Sie nicht ganz so nass werden.«

Am Telefon hatte die Kommissarin bereits bei der Ankündigung ihres Besuchs nach den Unterlagen gefragt. Kruse stellte sich vor, die Hausherrin nickte. Sie lief voraus in das Wohnzimmer und deutete auf den Esstisch. »Da habe ich alles hingelegt, was ich gefunden habe.« Viele Ordner und Fotoalben türmten sich auf dem Tisch. »Da ist auch einiges dabei, was den landwirtschaftlichen Betrieb betrifft. Sehen Sie selbst, was Sie brauchen können.«

Die Kommissare nahmen nebeneinander Platz. Jeder griff nach einem Ordner und blätterte ihn durch. Inge Tietjen setzte sich ihnen gegenüber und sah ihnen zu.

»Können Sie mir sagen, warum sie das alles so interessiert?«

Kruse räusperte sich. »Wir wissen noch nicht, wer der Tote ist. Einer der Maurer hat gesehen, wie dieser Mann kurz vor seiner Ermordung über den Hof Ihrer Eltern lief. Ihre Eltern müssen ihn gekannt haben. Deshalb müssen wir herausbekommen, ob er in einem Zusammenhang mit ihren Eltern steht.«

Inge Tietjen schaute den Kommissar ungläubig an und schüttelte langsam den Kopf.

»Ich kann mir das einfach nicht vorstellen, dass meine Eltern etwas mit einem Mord zu tun haben.«

Anne hatte bisher nur zugehört. Nun griff sie in ihre Umhängetasche und holte den Computerausdruck heraus.

»Schauen Sie sich das Bild bitte noch einmal an. Vielleicht haben Sie den Mann schon gesehen.«

Inge Tietjen beugte sich über das Foto und schüttelte den Kopf. »Nein, den kenne ich wirklich nicht.«

Plötzlich ertönte hinter ihnen eine helle Stimme: »Das ist doch Hans!« Erschrocken wandten sich die Kommissare und die Hausherrin um. Hinter ihnen stand Erna Otten. Ihre Augen strahlten.

»Hans?«, fragte Anne.

»Ja, Hans.« Die alte Frau lächelte verträumt.

Kruse schob ihr einen Stuhl hin und sie setzte sich.

»Mama, wer ist Hans?«

»Kennst du ihn nicht mehr? Wenn er kam, war immer was los. Selbst Vati war gut drauf. Er hat Bier geholt, wir haben getrunken, gelacht und zusammen getanzt. Und Hans war ein guter Tänzer!« Die Bäuerin schien um Jahre verjüngt.

Ihr Tochter sah sie ungläubig an. »Davon weiß ich gar nichts.«

»Ach, das ist so lange her. Jan hatte gerade den Hof übernommen.«

»Da war ich doch noch gar nicht da.«

Einen Moment stutzte Erna Otten. »Stimmt.« Doch schien sie der Gedanke nicht weiter zu beschäftigen. »Wenn er auf dem Hof erschien, schwenkte er seine Mütze und rief nach uns. Das waren schöne Zeiten.« Verträumt blickte die alte Dame in die Ferne.

Ratlos betrachtete die Tochter ihre Mutter. Dann griff sie nach einem der Fotoalben.

»Das müssten die Bilder aus den ersten Jahren auf dem Hof sein. Da war ich noch nicht auf der Welt. Ich habe sie mir immer gern angesehen.«

Sie legte das Album vor ihre Mutter und blätterte die Seiten langsam um. Erna Otten sah die Bilder an, reagierte aber kaum. Plötzlich stutzte sie und deutete auf ein Foto: »Das ist Hans! Da steht er zusammen mit mir! Jan hat das aufgenommen!«

Auf dem kleinen Bild erkannte Anne ein junges Paar. In der hübschen schlanken, dunkelhaarigen Frau konnte sie nur mit Mühe Erna Otten wiedererkennen. Der Mann neben ihr überragte sie und hielt sie lächelnd im Arm. Weder gab das Schwarzweißfoto die Haarfarbe wieder noch trug der Mann einen Bart. Dennoch sah er der Nachbildung des Toten aus der Scheune ähnlich.

Zurück im Kommissariat legten Kruse und Grotheer die Akten und Fotoalben auf Kösters Schreibtisch. Anne lächelte. »Die hat uns Frau Tietjen ohne Weiteres mitgegeben. Sie stand noch richtig unter Schock nach der Vorstellung, die ihre Mutter abgegeben hat.«

Köster sah auf den großen Stapel. »Oha, da haben wir richtig was zu tun. Vielleicht enthalten diese Ordner ja Antworten auf viele unserer Fragen. Morgen fangen wir damit an.«

Dienstag, 17. April

Nach der Morgenbesprechung der MoKo begannen die drei Osterholzer Kommissare die Unterlagen zu sichten. Kruse sah die Bankordner und die Abrechnungen des landwirtschaftlichen Betriebs durch. Auf diese Weise erfuhr er, dass die Viehhaltung immer weniger abwarf und den Lebensunterhalt des Paares kaum noch gewährleisten konnte.

Den Bankordnern entnahm er, dass Jan Otten mehrere Kredite aufnehmen musste, um zu überleben. Letztlich war der Hof hoch verschuldet und es blieb dem Bauern und seiner Frau nur ein geringer Gewinn aus dem Verkauf des Hauses, der dazu dienen sollte, die schmale Rente der beiden aufzubessern.

Der Kommissar schüttelte den Kopf. »Da haben die zwei jahrelang geschuftet, kaum Urlaub gemacht und was ist das Ergebnis? Im Alter reicht es fast nicht zum Überleben. Landwirtschaft lohnt sich nur noch auf den großen Höfen.«

Anne sah kurz von dem Fotoalbum auf, in dem sie blätterte. »Dabei scheint es ihnen nicht schlecht gegangen zu sein. Gerade in den ersten Jahren wurden sie auf viele Feste eingeladen. Seht mal, da tanzen die beiden, ein hübsches Paar. Und es gibt auch viele Baby- und Kinderbilder von der Tochter.«

»Hm, Bilder können auch täuschen.« Köster legte ein Schreiben beiseite, das er gerade gelesen hatte. Fragend schauten ihn die Kollegen an.

»Das ist ein Entlassungsbrief der Klinik Dr. Heines in Bremen. Eine psychiatrische und psychotherapeutische Klinik. Kennt ihr die?«

Anne nickte. »Na klar. Heute heißt sie Ameos-Klinik. So nennt sie aber keiner.«

»Na gut. Dem Bericht ist zu entnehmen, dass Erna Otten dort vom 3. September bis 30. November 1981 stationär behandelt wurde. Sie litt an einer schweren Depression und war suizidal. Anscheinend ging es ihr bei der Entlassung bedeutend besser.«

Für einen Moment schwiegen die drei Ermittler betroffen.

»Dabei sieht sie auf dem Foto so glücklich aus.« Anne deutete auf eine Aufnahme der jungen Mutter mit ihrem Baby auf dem Schoß.

Nachdenklich schaute Köster das Foto an. »Vielleicht ging es ihr da noch besser. Wie alt ist die Tochter? Sagte sie nicht was von Anfang vierzig? Dann wurde sie um 1977 geboren, vier Jahre vor dem Klinikaufenthalt.«

Anne blätterte einige Seiten zurück. »Das Bild, auf dem sie mit ihrem Mann tanzt, wurde auf jeden Fall früher aufgenommen. Da sieht sie noch jünger aus. Und da scheint es ihr gut zu gehen.«

Kruse schaute sich nachdenklich das Foto an. »Na ja, kann doch sein, dass sie gerne gefeiert hat und sie dann besser drauf war. Oder sie hat einfach in die Kamera gelächelt, weil man das so macht. Vielleicht sollte auch nicht jeder sehen, dass es ihr schlecht ging.«

»Das kenne ich.« Ernst schaute Anne aus dem Fenster. »Meine Tante war ebenfalls depressiv. Das sollte keiner merken und sie hat es lange vor der Familie verborgen. Bis sie nicht mehr konnte und einen Selbstmordversuch gemacht hat. Sie war übrigens auch in der Heines-Klinik.«

»Dann verstehe ich, warum du das Krankenhaus kennst.«

Kruse reckte sich und atmete tief durch. »Viele hier in der Gegend haben jemand in der Familie oder im Bekanntenkreis, der da schon mal war. Das spricht sich rum, dass die sich dort gut um ihre Patienten kümmern. Besser als in den großen psychiatrischen Kliniken.«

»Das kann ja sein.« Köster war in Gedanken wieder bei Erna Otten. »In dem Bericht steht nichts über ihre Vorgeschichte. Ich würde zu gerne wissen, warum die Bäuerin depressiv geworden ist. Und wie die Ehe der beiden war. Und was dieser Hans mit der ganzen Sache zu tun hat. Wir sollten auf jeden Fall noch die anderen Akten durchgehen und sehen, ob wir noch mehr zu dem Thema finden. Und noch einmal mit ihrer Tochter sprechen.«

Am frühen Nachmittag fuhr die Kommissarin alleine zu Inge Tietjen. Diese war völlig überrascht, als sie vom Klinikaufenthalt ihrer Mutter erfuhr.

»Schwer depressiv sagen Sie? Und sie hat versucht sich umzubringen? Davon weiß ich gar nichts.«

Betroffen schaute sie in Richtung Küche, als könne sie durch die Wand auf die alte Frau schauen, die in ihre Gedanken versunken am Küchentisch saß.

»Doch wenn ich mich richtig erinnere, war sie eine Zeit nicht da. Ich war noch sehr klein, da kam meine Tante auf den Hof. Meine Mutter müsse sich mal erholen, sie wäre zur Kur, wurde mir gesagt. Mir hat Mama schon gefehlt, aber ich mochte meine Tante, sie war eine ganz Liebe. So habe ich die Zeit ganz gut überstanden.«

Inge Tietjen hielt einen Moment inne, dann fuhr sie fort: »Na ja, später war sie öfter nicht so gut drauf. Ich glaube, so richtig glücklich war sie auf dem Land nicht. Sie hat gern von früher erzählt, von der Zeit vor der Hofübernahme.«

Ihre Mutter hatte in der Bremer Neustadt gelebt und eine kleinere Schneiderei betrieben. Sie liebte es, mit ihren Freundinnen auszugehen und erzählte gern von ihren vielen Verehrern. Lange mochte sie sich nicht für einen von ihnen entscheiden, zu sehr hatte sie ihr eigenständiges Leben geliebt.

»Als sie meinen Vater heiratete, war sie schon 35 Jahre alt. Kurz danach haben sie den Hof von meinem Onkel und meiner Tante übernommen.«

»Was hat denn ihr Vater früher gemacht?«

»Ich glaube, er hat bei Mercedes gearbeitet. Wenn Sie mich so fragen, ich weiß wirklich wenig von seiner Zeit vor der Ehe. Darüber sprach er nicht, und ich habe ihn auch nicht danach gefragt.«

Die Kriminalbeamtin zog einen vergrößerten Bildausschnitt aus der Tasche, auf dem Hans allein zu sehen war. »Schauen Sie sich das Foto noch mal an. Vielleicht können Sie sich jetzt an den Mann erinnern.« Inge Tietjen nahm das Bild in die Hand und betrachtete es forschend. Dann schüttelte sie den Kopf. »Nein, den kenne ich nicht.«

»Schade. Darf ich das Foto noch einmal Ihrer Mutter zeigen?«

Die Tochter nickte und begleitete Anne Grotheer in die Küche.

Die alte Frau freute sich, die Kommissarin wiederzusehen. »Ja, das ist Hans.« Sie strahlte. »Was konnte der tanzen!«

»Wissen Sie noch, woher er kam und was er machte?«

Das Lächeln verschwand aus den Augen der Bäuerin. Verwirrt schaute sie Anne Grotheer an und schüttelte den Kopf. An der Tür verabschiedete Inge Tietjen die Polizistin. »Es tut mir leid, dass wir Ihnen nicht weiterhelfen konnten. Aber sie wissen ja, meine Mutter ist dement.«

»Das ist in Ordnung. Wenn Ihnen oder Ihrer Mutter noch was einfällt, sagen Sie uns bitte Bescheid.«

Mittwoch, 18. April

Die Mordkommission hatte die Scheune wieder zur Benutzung freigegeben. Leider hatten die Kriminaltechniker trotz intensiver Suche das Projektil nicht gefunden, das den Schädel des Opfers durchschlagen hatte. Damit entfiel die Möglichkeit, nach einer dazu passenden Schusswaffe zu forschen, die als Tatwaffe identifiziert und einer bestimmten Person zugeordnet werden könnte.

Seither ging es bei den Müllers voran. Die beiden Arbeiter hatten die Betonsohle gegossen und die neuen Fenster eingesetzt. In wenigen Tagen sollte der Innenausbau fortgesetzt werden. Wenn jetzt alles nach Plan lief, würde das Büro im Sommer bezugsbereit sein.

Petra schaute in den offenen Raum und stellte sich vor, wie er am Ende aussehen könnte. Ihren zukünftigen Platz hatte sie sich schon ausgesucht. Von ihrem Schreibtisch unter einem der Südfenster sähe sie auf die Felder und säße weit entfernt von dem Fundort der Leiche. Sie hoffte, dass ihr das Bild des Toten dann nicht mehr in den Sinn käme.

Seufzend verließ sie die Baustelle und kehrte ins Haus zurück. Nachdem sie die Waschmaschine ausgeräumt und die Wäsche auf den Ständer im Flur gehängt hatte, kochte sie einen Kaffee und setzte sich an den Tisch auf der Diele. Sie blätterte die Zeitung durch.

Im Lokalteil entdeckte sie einen Bericht über ein altes Paar, das gerade seine goldene Hochzeit gefeiert hatte. Nachdenklich betrachtete sie das Foto der beiden, die aufrecht nebeneinander auf dem Sofa saßen und in die Kamera lächelten. Sie wirkten noch erstaunlich rüstig. Die Frau erinnerte sie an Erna Otten, auch wenn diese ernster und gebrechlicher ausgesehen hatte. Dabei fiel Petra der Besuch der beiden Kommissare ein, die mehr aus dem Leben der Ottens erfahren wollten.

Ihr wurde klar, wie wenig sie über ihre Vorgänger wusste, und sie bedauerte, nicht mehr nach den Ereignissen auf dem Hof gefragt zu haben. Im nächsten Moment dachte sie daran, dass die Bauern wahrscheinlich wenig erzählt hätten, so einsilbig wie Petra diese erlebt hatte. Einen Versuch wäre es aber wert gewesen.

Vor Petras innerem Auge erschien eine der letzten Begegnungen mit den alten Leuten. Sie hatten gemeinsam auf der Diele gestanden, die schon lange keine Kühe mehr beherbergt hatte. Jan Otten hatte auf die alten Schränke und Kommoden gedeutet, die von den Bauern dort abgestellt worden waren. »Die können wir nicht mitnehmen. Das alte Zeug passt auch nicht in unsere neue Wohnung. Am besten wir versenken sie im Moor.«

Ungläubig hatte Arndt Müller den ehemaligen Landwirt angesehen. »Im Moor versenken? Das meinen Sie doch nicht ernst?«

Doch der hatte entschieden genickt. »So haben wir das früher immer gemacht. Wenn wir was nicht mehr brauchten, haben wir ein Loch gebuddelt und weg war's.«

Der Steuerberater hatte widersprochen. »Das geht aber nicht. Wir übernehmen es, die Sachen zu entsorgen.«

Petra hatte ihrem Mann beigepflichtet und insgeheim festgestellt, dass einige der alten Möbel abgebeizt und aufgearbeitet gut aussehen würden.

Die Steuerberater hatten zwei Bauernschränke in eine Werkstatt gegeben. Beide schmückten heute die Diele und das Gästezimmer. Eine alte Kommode hatte den Müllers ebenfalls gefallen, aber noch keinen Platz gefunden. Sie wurde auf dem Dachboden zwischengelagert und Arndt wollte sie später selbst restaurieren. Die übrigen Möbel waren auf dem Sperrmüll gelandet.

Nachdenklich leerte Petra ihre Tasse. Die Ottens hatten ihnen doch mehr von sich überlassen als den Ordner mit den alten Plänen. Auch wenn die Schränke nach der Restaurierung sehr verändert aussahen, hatten sie schon lange vorher im Haus gestanden und viel vom Leben der Bauernfamilie mitbekommen. Nur die Kommode trug noch das alte Gesicht.

Petra stellte die Tasse in die Spüle, machte sich auf den Weg zum vorderen Teil der Diele und klappte mithilfe des Ziehhakens die Bodentreppe herunter. Langsam stieg sie die Stufen hinauf und leuchtete mit der Taschenlampe den großen Dachraum aus. Staub wirbelte auf, als sie vorbei an den vielen zum Teil noch gefüllten Umzugskartons bis in den hinteren Teil des Bodens ging, in dem Arndt mit Jens die Kommode abgestellt hatte. Düster wirkte sie und mächtig und vor allem breit. Wo könnte sie später nur stehen? Über den Türen befanden sich zwei kleine Schubladen mit schmiedeeisernen Griffen. Petra öffnete die Türen und schaute hinein. Der geräumige Innenraum wurde von einem Einlegebrett unterteilt, auf dem staubiges, geblümtes Schrankpapier klebte. Vielleicht wäre das ein guter Platz für Handtücher. Die linke Schublade ließ sich nur schwer herausziehen. Tief war sie, so dass Petra nicht ganz hineinsehen konnte. Auch sie war mit Papier ausgelegt, das schon einige Risse aufwies. Im hinteren Teil stieß Petras Hand auf etwas, das sich kühl und glatt anfühlte. Neugierig geworden versuchte sie, die Schublade weiter zu öffnen. Mit viel Kraftaufwand gelang es ihr und sie leuchtete hinein. Der Lichtschein fiel auf eine kleine Blechdose. Petra griff nach ihr und zog sie heraus.

Am Nachmittag erschien die Hofbesitzerin auf dem Kommissariat und bat darum, Köster sprechen zu dürfen. In seinem Dienstzimmer übergab sie ihm die Blechdose.

»Schauen Sie selbst.«

Der Kommissar sah Petra Müller erstaunt an, folgte aber der Anweisung. Er fand ein Bündel alter Briefe, die von einem Schleifenband zusammengehalten wurden. Köster nahm den obersten heraus, zog die eng beschriebenen Blätter aus dem Umschlag und begann zu lesen. Petra Müller betrachtete ihn dabei.

»Es sind lauter Liebesbriefe, die ein Mann an Erna Otten geschrieben hat. Die beiden hatten anscheinend ein Verhältnis. Unglaublich, das hätte ich der Bäuerin nicht zugetraut. Vielleicht hilft Ihnen das weiter.«

Köster rief seine Kollegen zu sich. Er leerte die Dose auf dem Tisch und zählte neun Briefe. Jeder las still drei von ihnen durch. Die Kommissarin sah als erste wieder auf. Ihre Augen strahlten. »Das war wirklich die große Liebe!«

Köster nickte lächelnd. »Da hast du Recht. Unglaublich, wie mitteilsam dieser Mann war.«

Gleich wurde er wieder ernst. »Damit wissen wir jetzt, dass die Bäuerin einen Liebhaber hatte. Nehmen wir einmal an, das war dieser Hans. So, wie sie auf das Bild reagiert hat, könnte das stimmen. Und falls ihr Mann dahinter gekommen ist, wird er nicht amüsiert gewesen sein. Nur wer war dieser Mann? Leider hat er keinen Absender hinterlassen. Was habt ihr herausgefunden?«

»Immerhin hat er mit »Dein Johannes« unterschrieben. Also kein Hans«, folgerte Kruse. »Aber Hans kann die Abkürzung von Johannes sein. Und er schreibt viel von der schönen Zeit, die er mit Erna verbracht hat. Von ihren wunderbaren Augen, den innigen Küssen. Wenig Konkretes über sich selbst.«

»Stimmt. In den Briefen, die ich gelesen habe, schildert er auch viele Naturbeobachtungen. Wunderbare Blumen in den Gärten auf dem Weg zu seiner Arbeit, besondere Bäume, Vogelstimmen. Alles erinnert ihn an die Erlebnisse mit seiner Geliebten.« Köster wandte sich an Anne. »Wie ist das mit den Briefen, die du durchgegangen bist?«

»So ähnlich wie in euren. Nur einmal schreibt er etwas von einer Straßenbahn, in der er saß. Die vor ihm sitzende Frau habe ihn an Erna erinnert.

Aber als sie ausstieg und er sie von vorne sah, wurde ihm klar, dass sie bei Weitem nicht so hübsch war. Also schien er in der Stadt zu wohnen.«

»Das ist sehr wenig. Wir müssen auf anderem Weg versuchen, mehr über ihn zu erfahren.«

Enttäuscht lehnte sich Kruse zurück. »Dabei wissen wir immer noch nicht, ob uns das weiterhilft, die Identität von dem Wikinger herauszufinden. Vielleicht verrennen wir uns da in etwas.«

*

Auf dem Rückweg von der Arbeit fuhr Anne Grotheer bei ihrer Tante vorbei. Sie war verwitwet und lebte ganz in der Nähe von Annes Familie. Einige Jahre älter als ihr Bruder, Annes Vater, wirkte sie mit ihren kurzen grauen Haaren und den blitzenden Augen noch sehr lebendig und nahm aktiv am Leben in der Gemeinde teil. Erfreut über den überraschenden Besuch ihrer Nichte öffnete sie die Tür. »Wie schön, dass du mal vorbeikommst!«

Irma Gerdes kochte einen Tee und setzte sich zu Anne an den Küchentisch. Nachdem die Tante einiges aus der Nachbarschaft berichtet hatte, schwieg sie und schaute Anne fragend an.

»Es hat doch sicher einen Grund, warum du mich besuchst.«

Ihre Nichte schluckte und fragte nach der Zeit ihrer Tante in der Heines-Klinik. Erklärend fügte sie hinzu, dass sie es in ihrem neuen Fall mit einer Frau zu tun hätten, die dort ebenfalls behandelt worden war.

»Was genau möchtest du denn wissen?«

»Wie war denn deine Beziehung zu den Mitpatienten?«

»Sie war ganz wichtig. Zuerst hatten wir viele Gruppengespräche, in denen wir viel übereinander erfuhren. Und dann redeten wir auch in unserer freien Zeit viel über uns. So offen wie dort war ich selten mit jemanden. Jeder erzählte ehrlich, wie es ihm ging.« Nachdenklich sah Irma Gerdes aus dem Fenster. »Zu einigen der Frauen hatte ich noch lange einen engen Kontakt. Mit einer bin ich immer noch befreundet.«

»Gab das denn Liebesbeziehungen unter den Patienten?«

»Das kam schon vor, wurde aber nicht so gerne gesehen.«

»Kanntest du denn ein Paar, das sich dort gefunden hat?«
»Ich nicht, aber meine Freundin erzählte davon. Sie war mehrmals in der Klink. Als sie das erste Mal dort war, hatten sich ein Mann und eine Frau unsterblich ineinander verliebt. Das war schon tragisch, denn sie war wohl verheiratet.«

Anne bat ihre Tante darum, ihre Freundin anzurufen und zu fragen, ob sie zu einem Gespräch über dieser Thema bereit wäre. Irma Gerdes griff zum Telefon und gab nach wenigen Minuten den Hörer an Anne weiter. Überrascht über die schnelle Entwicklung nahm diese ihn in die Hand und vereinbarte einen Termin für den folgenden Nachmittag.

Donnerstag, 19. April

Am Morgen traf sich die Mordkommission erneut im Polizeikommissariat in Osterholz-Scharmbeck. Nach der Begrüßung thematisierte Gisela Schmidt die Freigabe der Müller'schen Scheune. »Es ist schade, dass kein aus einer Schusswaffe abgegebenes Projektil gefunden wurde. Damit wird es noch schwieriger, den Täter oder die Täterin zu ermitteln. Und es ist zweifelhaft, ob der Leichenfundort als Tatort infrage kommt.«

Es folgte Kruses Bericht über die Vernehmung von Ottens Tochter und den Fund der Briefe.

»Das passt zum Bericht des Nachbarn, der von dem Stimmungsabfall und dem Verschwinden Erna Ottens berichtete. In der Zeit war sie in der Heines-Klinik.« Köster lehnte sich auf seinem Stuhl zurück und dachte nach. »Aber diesen Hans hat er anscheinend nicht erlebt oder er erinnert sich nicht daran. Uns stellt sich jetzt die Frage, ob es sich bei Hans und Johannes um ein und dieselbe Person handelt, und wenn nicht, ob der eine mit dem anderen verwandt ist. Und wenn dem so sein sollte, wissen wir immer noch nicht, warum einer der beiden sterben musste. Harald, was hast du über die Vergangenheit der Ottens herausbekommen?«

Bayer setzte sich auf. »Erna Otten, geborene Winkler, wurde am 3. März 1938 in Bremen geboren. Sie ist also achtzig Jahre alt. Sie wuchs in Findorff auf, besuchte die Volksschule bis zur achten Klasse und absolvierte danach eine Schneiderlehre in der Bremer Neustadt. Das kleine

Geschäft übernahm sie dann im Alter von fünfundzwanzig Jahren von ihrer Lehrherrin und wohnte und arbeitete dort bis zu ihrer Heirat 1973.« Für einen Moment schwieg der Kommissar und griff nach einem zweiten Zettel.

»Jan Otten wurde am 7. Oktober 1934 in Stade geboren. Nach der Volksschule begann er eine Schreinerlehre, brach sie aber ab. Stattdessen heuerte er auf einem Schiff an und fuhr von dort an zur See. 1972 lernte er Erna kennen und zog mit ihr 1973 nach Moordamm. Aber das letzte wisst ihr ja schon.«

»Ein Seemann. Also stimmte das mit der Arbeit bei Mercedes nicht.« Kruse runzelte die Stirn.

»Warum weiß seine Tochter nichts davon? Und warum hat er ihr und den Nachbarn nichts von sich erzählt?«

*

Nach der MoKo-Sitzung fuhr Anne Grotheer nach Brinkum. Im Feierabendverkehr brauchte sie fast eine Stunde, bis sie das Wohnhaus der Freundin ihrer Tante erreichte. Gleich nach dem Klingeln ertönte der Summer, Hilde Brinkmann erwartete sie.

Im dritten Stock stand eine schlanke, weißhaarige Frau in der Tür, die Anne um einige Jahre älter erschien als ihre Tante, und schaute sie prüfend an. Im Wohnzimmer nahmen sie am Couchtisch Platz. Die Sonne schien durch das mit hellen Spitzengardinen dekorierte Fenster und tauchte den Raum in ein freundliches Licht.

Nachdem Hilde Brinkmann der Kommissarin eine Tasse Kaffee eingeschenkt hatte, eröffnete Anne Grotheer das Gespräch: »Meine Tante hat Ihnen gestern ja schon erzählt, worum es geht.«

Die alte Dame nickte. »Das Liebespaar. Warum wollen Sie das denn wissen?«

»Es geht um einen aktuellen Fall, mit denen die beiden in Zusammenhang stehen könnten. Mehr kann ich Ihnen nicht dazu sagen,« erwiderte die Kommissarin etwas förmlich.

»Na gut. Und wie kann ich Ihnen da weiterhelfen?«

»Es ist ja schon eine Weile her, dass Sie den beiden begegnet sind. Können Sie sich noch erinnern, wie sie aussahen und wie sie hießen?«

»Ich bin zwar nicht mehr so jung, aber ich habe immer noch ein gutes Gedächtnis! Ich war Lehrerin, da trainiert man so was. Sie war ziemlich klein, dunkelhaarig und schlank. Am Anfang wirkte sie so verhärmt, da ging es ihr noch sehr schlecht. Aber als er auftauchte, blühte sie richtig auf. Da sahen wir, wie hübsch sie war. Er war ein stattlicher Mann, etwas älter und größer als sie, schmales Gesicht und volles blondes Haar. Er war auch sehr verliebt in sie.«

»Wissen Sie noch, wie die beiden hießen?«

»Warten Sie mal, ich komme gleich drauf.«

Hilde Brinkmann krauste die Stirn und starrte auf die Hängelampe über dem Tisch, dann schüttelte sie den Kopf. »Es liegt mir auf der Zunge, aber es fällt mir gerade nicht ein. Ich kenne das. Heute Abend sind die Namen da.« Sie seufzte. »Aber so lange wollen Sie ja wohl nicht warten. Ich habe noch eine andere Idee. Einen Moment.«

Die alte Lehrerin erhob sich und verließ das Zimmer. Kurz darauf kam sie mit einer Kladde in der Hand wieder. »Damals wurden wir aufgefordert, alles aufzuschreiben, was uns bewegte. Das habe ich getan, auch wenn das sonst nicht so meine Art ist. Und die Geschichte mit dem Liebespaar hat mich schon berührt.«

Sie blätterte das dicke Heft durch. Aus den Augenwinkeln sah die Kommissarin, dass die Seiten eng beschrieben waren. »Jetzt habe ich es. Sie hießen Erna und Johannes. Stimmt. Da wäre ich bestimmt noch drauf bekommen.«

»Und die Nachnamen?«

»Wir sprachen uns damals nur mit Vornamen an. Das war für mich sehr fremd, aber ich habe mich daran gewöhnt. Aber warten Sie mal, zum Schluss habe ich noch mal alle Namen aufgeschrieben.« Hilde Brinkmann schlug die letzte Seite auf. »Ah da stehen sie. Sie hieß Erna Otten und er Johannes Berger. Otten kommt hier ja öfter vor, aber Berger passt irgendwie nicht so ins Flachland.«

Anne sah die ehemalige Lehrerin das erste Mal lächeln.

Freitag, 20. April

Aufgeregt meldete sich Bayer bei Köster. »Ich habe einiges zu diesem Johannes Berger in Erfahrung gebracht. Er war in Oyten gemeldet und arbeitete als Abteilungsleiter in einem Möbelhaus. 1980 wurde er für längere Zeit krankgeschrieben und im Herbst desselben Jahres in die Klinik Dr. Heines aufgenommen. Er wurde dort wegen einer Angststörung behandelt. Das war tatsächlich in der Zeit, in der Erna Otten dort war. Und jetzt kommt es: Drei Monate nach seiner Entlassung verschwand er spurlos. Sein Arbeitgeber meldete ihn als vermisst. Da er allein lebte, fiel es erst keinem auf, dass er nicht mehr nachhause zurückkehrte. Die Suche nach ihm blieb erfolglos. In der Vermisstenanzeige fand ich die Angaben zu seiner psychischen Erkrankung und dem Aufenthalt im Krankenhaus. Die Beamten suchten damals nach dem Hintergrund für sein Verschwinden, waren damit aber nicht erfolgreich.«

In einer sofort einberufenen Video-Konferenz besprachen die Mordkommissionsmitglieder die möglichen Folgerungen für ihren Fall.

»Wieder ein Vermisster. Nur anders als bei der Altenpflegerin in unserem letzten gemeinsamen Fall liegt die Sache schon so viele Jahre zurück und er ist nicht wieder aufgetaucht. Das lässt Schlimmeres vermuten.« Kruse atmete tief durch. »Und wenn er damals, Ende 1980/Anfang 1981, ermordet wurde? Und zwar von Jan Otten, der dahinter gekommen war, dass seine Frau Erna und der Möbelverkäufer ein Verhältnis hatten?«

Anne runzelte die Stirn. »Dann hätten wir jetzt zwei Leichen. Eine aus dem Anfang der achtziger Jahre und eine zweite aus späteren Jahren. Und was haben der Liebhaber und unsere Moorleiche miteinander zu tun?«

Unbeirrt spann Kruse seinen Faden weiter. »Wenn Hans und Johannes eine Person sind, dann kannten sich Erna und der Möbelverkäufer schon länger. Und begegneten sich in der Klinik wieder. Denkt mal an das Foto von Erna und dem Hans, sie sahen aus wie ein verliebtes Paar. Da wäre es kein Wunder, dass bei einer Wiederbegegnung im Krankenhaus sich das alte Feuer erneut entfachte. Jan kam dahinter und brachte den Liebhaber aus Eifersucht um und vergrub ihn irgendwo auf dem

Hof. Wie wir alle bemerkt haben, sieht Hans dem Wikinger ähnlich. Also könnte der Wikinger der Sohn des Möbelverkäufers sein.«

»Nur dass der nicht verheiratet war.«

»Es gibt auch uneheliche Söhne.«

»Gut. Und wie geht deine Geschichte weiter?«, fragte Anne.

»Der uneheliche Sohn erfuhr erst spät von der Existenz seines Vaters. Dabei kam er hinter den Klinikaufenthalt und das Verhältnis seines Vaters mit der Bäuerin und vermutete, Jan Otten könnte etwas mit Bergers Verschwinden zu tun haben. Er suchte den Bauer auf und fragte ihn nach seinem Vater. Otten wurde nervös und verwickelte sich in Widersprüche. Daraufhin verdächtigte ihn der Wikinger, sie gerieten in Streit und Otten brachte ihn um, vergrub die Leiche in der Scheune und goss selbst die Betonsohle darüber, damit sie auf keinen Fall gefunden werde. Wenn jetzt nicht Müllers die Scheune umbauen würden, wäre ihm das gelungen.«

Kruse endete und schaute gespannt in die Runde.»Klingt doch logisch oder nicht?«

Für einen Moment schwiegen seine Kollegen.»Möglich wäre es schon.« Köster runzelte die Stirn.

»Klingt aber sehr unwahrscheinlich. Aber es ist schon seltsam, dass der Liebhaber von Erna Otten kurz nach dem Klinikaufenthalt verschwand und wir jetzt eine Leiche auf dem Hof gefunden haben. Allerdings liegen zwischen dem Verschwinden und dem Mord fast 30 Jahre.«

»Im Augenblick ist das unser einziger Anhaltspunkt«, befand die Kommissionsleiterin.

»Vielleicht liegen wir falsch, aber es ist einen Versuch wert. Die Kriminaltechniker sollen noch einmal nach einer weiteren Leiche suchen. Jetzt aber auf dem ganzen Gelände.«

Samstag, 21. April

Nervös schaute Peter auf seine Uhr, Gisela hielt Ausschau nach dem silbergrauen Opel der Behrens.

»Ein silbergrauer Opel? Ich sehe keinen.«

»Vielleicht haben wir den beiden zu viel zugemutet.« Zweifelnd wandte er sich an seine Freundin.

»Bisher habe ich sie meistens in Bremervörde besucht.«

»Waren sie nicht auch schon bei dir? So alt sind sie noch nicht. Sie werden sich nur ein bisschen verspätet haben. Warten wir noch ein bisschen.«

Wenig später näherte sich ein Wagen mit einem BRV-Kennzeichen und hielt neben ihnen. Jan und Gerda Behrens stiegen aus. Sie strahlten und begrüßten Peter und Gisela.

»Da sind wir. Wir sind nur etwas später losgekommen, weil Jan noch die Autoschlüssel suchen musste. Er wird langsam immer vergesslicher.«

Das konnte der pensionierte Eisenbahner nicht auf sich sitzen lassen.

»Und was ist mit deinem Portemonnaie? Muss ich das nicht auch oft für dich suchen?«

Gisela schaute Peter fragend an. Er lächelte. »Darf ich euch Gisela vorstellen?«

Gerda reichte ihr die Hand. »Schön Sie kennenzulernen. Peter hat schon viel von Ihnen erzählt.«

Jan schloss sich seiner Frau an. »Eigentlich kennen wir uns schon seit den Ermittlungen im Moorexpressmord. Nur sind wir uns da nicht begegnet.«

Gisela nickte und lächelte. »Stimmt. Und von Peter weiß ich, wie Sie sich damals an der Aufklärung beteiligt haben. Das war ein toller Einsatz.«

Nach der Begrüßung machten sie sich zu viert auf zu einem Spaziergang durch die Wiesen um Fischerhude. Anschließend kehrten sie zum Mittagessen in einem Restaurant ein. Es war so warm, dass sie im lauschigen Garten sitzen konnten. Die Vögel zwitscherten.

Gut gestimmt lehnte sich Gerda zurück. »Das ist wunderschön hier. Jan, wir sollten öfter mal herfahren. Jetzt, wo wir mehr Zeit haben.«

Der Angesprochene genoss ebenfalls die Atmosphäre und ließ seinen Blick über die Wiese und die benachbarten Tische wandern. »Du hast Recht.«

Gerda wandte sich dem jüngeren Paar zu. »Wie ich mitbekommen habe, trefft ihr euch öfter in Fischerhude. Liegt das nicht in der Mitte auf eurem Weg zueinander?«

Sie wartete die Antwort der beiden nicht ab, sondern fuhr nachdenklich fort: »Verden und Osterholz-Scharmbeck sind ja ganz schön weit voneinander entfernt. Das stelle ich mir nicht so einfach vor für eine Beziehung.«

Während Gisela und Peter schwiegen, schüttelte Jan den Kopf. »Gerda, das geht uns nichts an. Die beiden werden das schon hinbekommen.«

Peter winkte ab. »Lass man, Jan, Gerda hat schon Recht. Einfach ist das nicht. Ein spontaner Besuch ist da kaum möglich. Wir müssen uns immer verabreden. Aber unsere Dienststellen liegen nun einmal in verschiedenen Kreisstädten. Daran können wir nichts ändern.«

»Es sei denn, einer von uns würde sich versetzen lassen. Aber das ist fast unmöglich, da wir ja beide eine leitende Position haben. Wir könnten uns aber in der Mitte zwischen beiden Städten eine gemeinsame Wohnung oder ein Haus suchen.« Nachdenklich schaute Gisela in ihr Wasserglas.

Dann wandte sie ihren Blick Peter zu. »Aber ich glaube, dir ist das noch zu früh.«

Den Abend und die Nacht verbrachte Peter bei Gisela in Verden. Noch immer besuchte sie ihn häufiger, aber inzwischen fühlte sich Peter in Giselas kleinem Haus in der Nähe der Aller wohl. Nach dem ausführlichen Frühstück im sonnigen Garten klingelte sein Handy. Johann war dran.

»Hallo Papa. Ich wollte mich mal wieder melden. Danke, dass ich dich so spontan besuchen konnte.«

Er berichtete, dass er noch immer unter der Trennung von Lea litt, aber versuchte sich abzulenken.

»Ich habe mir Mamas alte Gitarre ausgeliehen und übe jetzt. Ein paar Griffe kann ich schon. Das macht richtig Spaß.«

Peter freute sich mit seinem Sohn. »Klasse. Das ist eine tolle Idee.«

»Bei uns im Keller habe ich dein Saxophon entdeckt. Warum spielst du eigentlich nicht mehr?«

Montag, 23. April

Entsetzt schaute Petra Müller auf die Polizeiwagen, die auf dem Parkplatz ihres Hofs anhielten.

Ein Beamter öffnete die Hecktür des vorderen Autos, ein Schäferhund und ein Boxer sprangen heraus. Die Leichensuchhunde bellten und zogen an der Leine. Gemeinsam mit den Hundeführern und zwei weiteren Polizisten liefen sie auf die Wiese und über das gesamte Grundstück. Jens und Bernd, die beiden Arbeiter, standen vor der Scheune und schauten mit offenem Mund zu.

Eine halbe Stunde zuvor hatte Petra eben das Haus verlassen wollen, als sie gerade noch das Telefon gehört hatte. Sie wurde von Anne Grotheer über den bevorstehenden Einsatz informiert, da sich möglicherweise noch eine weitere vergrabene Leiche auf ihrem Gelände befinden könnte.

Petras Gedanken überschlugen sie sich. Hatte die erneute Suche mit den Liebesbriefen von Erna Otten zu tun? Wenn das stimmte, war sie selbst schuld. Hätte sie bloß nicht in die alte Kommode geschaut und dort die Kiste gefunden und sie dann noch bei der Polizei abgegeben.

Wie auch immer, auf ihrem Grund war ein schreckliches Verbrechen geschehen. Warum hatten sie einen Hof mit so einer furchtbaren Vergangenheit aussuchen müssen? Sie wusste nicht, ob sie weiter hier leben könnte, wenn noch ein Toter gefunden würde. Bei diesen Gedanken fühlte sie sich elend und wünschte sich ganz weit weg.

*

Am frühen Nachmittag eröffnete Gisela Schmidt eine weitere Sitzung der Mordkommission.

»Die Spurensicherung ist dabei, Müllers Grundstück nach einer zweiten Leiche abzusuchen. Bisher waren sie aber noch nicht erfolgreich. Aber es gibt ja auch noch eine neue Entwicklung in unserem Mordfall. Wer mag zuerst berichten?«

Harald Bayer räusperte sich: »Ich habe mich mit Anne zusammengesetzt. Wir haben im Netz nach Männerohrringen gesucht. Lange Zeit trugen nur Frauen Schmuck am Ohr. Es galt als unmännlich und man hielt die wenigen Träger für homosexuell. Erst in den letzten Jahren wurden Ohrringe bei Männern populärer. Bekannte Schauspieler, Sänger und Fußballer trugen oder tragen sie. Dazu gehören oder gehörten Elton John, David Bowie und Cristiano Ronaldo.«

Der Verdener Kommissar schaute Anne Grotheer an. Diese fuhr fort: »Stellt euch vor, vor langer Zeit trugen vor allem Männer Ohrringe. In Assyrien, Babylon und Persien waren sie ausschließlich dem sogenannten starken Geschlecht vorbehalten. Ab dem Mittelalter trugen vor allem Seeleute, Fischer und Piraten goldene Ohrringe. Später auch Soldaten, Gaukler, Schausteller, zuletzt sogar Adelige.

Handwerksgesellen benutzten ihren Ohrring während ihrer Wanderjahre als finanzielle Absicherung. Bei Seeleuten hatte der Ohrring noch eine besondere Bedeutung: Wenn sie auf hoher See verunglückten, sollte damit ein christliches Begräbnis finanziert werden. Einige ließen noch die Anfangsbuchstaben ihres Namens eingravieren, damit sie nach ihrem Tod identifiziert werden konnten.«

Die Kommissarin hielt inne und schaute in die Runde. »Der Wikinger starb zu einer Zeit, als Ohrringe bei Männern noch nicht in Mode waren. Wir vermuten daher, dass es sich bei ihm um einen Seemann handeln könnte. Das könnte eine Verbindung zu Jan Otten sein. Der war ja in jungen Jahren selbst Matrose. Allerdings ist es nicht möglich, dass die beiden gemeinsam zur See gefahren sind, war doch Otten deutlich älter als unser Mordopfer.«

»Leider befinden sich im Ohrring unserer Moorleiche keine Initialen. Das würde die Suche nach seiner Identität sehr erleichtern.« Harald zuckte bedauernd mit den Schultern.

»Der Tote könnte auch ein Handwerksgeselle gewesen sein. Aber diese tragen ihre Ohrringe vor allem auf der Walz. Doch dann hätte er eine entsprechende Kluft tragen müssen.«

»Wenn es sich bei der Moorleiche tatsächlich um einen Seemann handeln sollte, dann wird es schwer werden, seine Identität zu klären«, sagte Gisela Schmidt nachdenklich. »Dennoch könnten wir sein Bild und seine Beschreibung an eine Reihe von Reedereien aus der Region verschicken und nachfragen, ob dieser Mann bei ihnen bekannt war und als vermisst gemeldet wurde.«

Kruse wiegte bedenklich den Kopf. »Das sehe ich als schwierig an. Seeleute gibt es viele und sie zählen ja von Berufs wegen nicht gerade zu den sesshaften Leuten. Sie heuern auf unterschiedlichen Schiffen in verschiedenen Ländern an. Wenn einer nicht mehr auftaucht, ist er vielleicht in einem Hafen hängengeblieben oder mit seinem Schiff untergegangen. Und zu Jan Otten selbst: In den Akten der Familie fanden wir bisher leider keine Hinweise auf die Matrosenzeit des Bauern. Nicht einmal sein Seefahrtsbuch.« Kruse zuckte bedauernd mit den Schultern.

»Seefahrtsbuch?«, fragte Anne Grotheer.

Die Antwort übernahm Köster. »Jeder, der früher zur See fuhr, musste ein Seefahrtsbuch führen. Das diente auch als Ausweis und als Nachweis für die Rentenansprüche. In ihm wurden Namen des Inhabers eingetragen sowie sein Dienstgrad und Daten des Schiffs sowie der Dienstbeginn und Dienstende. Ausgestellt wurde es vom zuständigen Seemannsamt, das gleichzeitig die Belange der Seeleute vertrat. 2013 wurde das neue Seearbeitsgesetz verabschiedet und mit ihm gleichzeitig die Seefahrtsbücher abgeschafft und die Seefahrtsämter geschlossen. In Deutschland gab es dreißig dieser Ämter. Hier im Norden in Emden, Cuxhaven, Bremen, Wilhelmshaven, Hamburg, Kiel, Lübeck, Wismar, Rostock, Sassnitz, die südlichsten in Köln und Duisburg.«

Anne Grotheer war sichtlich beeindruckt. »Woher weißt du das alles?«

»Ich habe mal Jura studiert und einige Vorlesungen über Seerecht gehört. Und meinem Schwiegervater gehört eine Reederei in Hamburg, in der meine Noch-Ehefrau seit vielen Jahren arbeitet. Dadurch habe ich einiges über die Schifffahrt gelernt.« Köster lächelte verhalten.

»Ich habe den Eindruck, Otten hat versucht alles auszulöschen, was an diese Zeit erinnern könnte. Wir sollten unbedingt mehr über seine Vergangenheit auf See erfahren.« Die Ermittlungsleiterin schaute in die Runde.

»Ich erkundige mich mal beim Bundesamt für Seeschifffahrt und Hydrographie. Sie stellen heute die Dienstbescheinigungen für Seeleute aus.« Köster machte sich eine Notiz. Danach wandte er sich an seine

Mitarbeiter: »Bitte schaut noch mal genauer in den Akten der Ottens nach. Ist er wirklich zur See gefahren? Und gibt es dafür noch Nachweise?«

Dienstag, 24. April

Am nächsten Morgen rief Köster im Bundesamt an. Der zuständige Sachbearbeiter bedauerte, ihm keine Auskunft über Ottens Seefahrtszeiten geben zu können. Von den aufgelösten Seefahrtsämtern wären nur die Nachweise der Zeugnisse und Befähigungen der Seeleute weitergegeben worden. Die Dienstbescheinigungen verwahrten heute die zuständigen Reedereien. Sie müssten diese aber nur fünf Jahre aufbewahren.

Nach dem Gespräch rief Köster seine Mitarbeiter zu sich.

Anne Grotheer runzelte die Stirn. »Und wenn nun ein Seemann sein Seefahrtsbuch verloren hat? Wie kann er denn dann seine Fahrten, die er vor 2013 gemacht hat, noch nachweisen? Du hast doch gesagt, die braucht er für seine Rente. Bei den Reedereien bekommt er sie ebenfalls nicht.«

»Das habe ich den Mitarbeiter auch gefragt. Aber er bedauerte, den betreffenden Seeleuten da nicht weiterhelfen zu können. Sie müssten eben auf ihre Bücher aufpassen.«

»Dann ist ja gut, dass ich das gefunden habe.« Kruse hielt ein Foto hoch. »Das steckte hinter einem anderen Bild in einem der Alben. Ich habe die alle noch mal durchgesehen und gemerkt, dass ein Foto so dick wirkte. Da habe ich das entdeckt.«

Die drei beugten sich über das Bild, auf dem zwei junge Männer eng nebeneinanderstehend in die Kamera lächelten.

»Seht mal, die sind auf einem Schiff.« Anne deutete auf eine Reling im Hintergrund des Fotos. »Und der rechte sieht aus wie der junge Otten.«

»Ja, etwas jünger als auf dem Foto mit seiner Frau, aber er ist es. Nur der daneben ist neu. Das ist auch nicht Hans. Seht euch mal die Rückseite an.« Der ältere Kommissar drehte das Bild um und deutete auf eine Aufschrift »Mit Herbert Seeger auf der MS Brandenburg«.

Köster nickte. »Wunderbar. Dann mal los.«

Mittwoch, 25. April

Bayer fand deutschlandweit fünfzig gemeldete Herbert Seegers. Von diesen waren fünf in Ottens Alter. Nachdem er drei von ihnen am Telefon sprechen konnte, meldete er sich bei Köster.

»Ich habe ihn gefunden! Stell dir vor, er konnte sich noch an Jan Otten und ihre Fahrt auf der MS Brandenburg erinnern. Seeger lebt in einem Altenheim in Stade, sitzt im Rollstuhl, ist geistig anscheinend aber noch richtig fit.«

Eine Stunde später holte Harald Bayer, der Verdener Kommissar, Anne Grotheer aus ihrer Osterholz-Scharmbecker Dienststelle ab. Als sie zu ihm ins Auto stieg, musterte er sie von der Seite. Die junge Kollegin sah ein wenig müde aus. »Wie geht es dir?«, fragte er.

Sie sah ihn ernst an. »Geht so. Du weißt ja, Sven ist jetzt schon seit September in Norwegen. Ich hatte gehofft, er würde nicht lange bleiben. Aber ihm gefällt seine Arbeit dort richtig gut. Seine Firma baut neue Holzhäuser und er verdient als Zimmermann viel Geld.«

Anne seufzte. »Bisher war er nur einmal wieder hier. An Weihnachten hatte er eine Woche Urlaub und besuchte seine Familie und war auch bei uns. Und gestern hat er mir am Telefon erzählt, dass er für immer bleiben möchte. Am liebsten mit mir. Jetzt möchte er, dass ich kündige und zu ihm ziehe. Aber das kann ich nicht.«

»Das hört sich heftig an. Warst du denn schon mal bei ihm?«

»Ja, ich bin kurz vor Silvester mit ihm nach Trondheim gefahren und ein paar Tage geblieben.«

»Und wie war's?«

»Na ja. Die Landschaft ist schon sehr schön. Aber das Wetter war richtig fies, nasskalt. Mal schneite es, mal regnete es. Eigentlich habe ich immer gefroren.«

Für einen Moment schwiegen beide. Harald suchte nach den richtigen Worten.

»Im Sommer ist es bestimmt schöner dort.«

»Ja, aber immer noch um einiges kälter als bei uns. Aber das ist es ja nicht nur. Ich kann meine Eltern nicht mit dem Hof alleinlassen. Und ich liebe meine Arbeit mit euch und ich bin hier einfach zuhause. Ich will gar nicht weg!«

Anne schluckte, ihre Augen wurden feucht. »Das heißt aber auch, dass wir uns trennen müssen. Und das fällt mir sehr schwer.«

Für einen Moment legte Harald seine linke Hand auf ihre Schulter, zog sie aber gleich wieder weg. Er musste sich auf den Verkehr konzentrieren. Am Ortseingang von Bremervörde stoppte er an einer roten Ampel und wandte sich ihr wieder zu. »Das tut mir leid. Norwegen hin und her, selbst wenn Sven da so gerne ist, weiß er ja gar nicht, was er da von dir verlangt. Dich so unter Druck zu setzen ist gemein. Und dabei auch noch zu riskieren, dass er dich verliert!«

Harald spürte, dass er sich in Rage geredet hatte und schaute verlegen auf die Straße.

Anne schnäuzte in ihr Taschentuch und lächelte traurig. »Das hast du nett gesagt. Du hast Recht. Anscheinend ist ihm das Land und seine Arbeit wichtiger als unsere Beziehung. Das macht mich ja gerade so traurig und auch wütend.«

Beide hingen ihren Gedanken nach. Kurz vor Stade unterbrach Anne die Stille.

»Das letzte Mal waren wir hier im Winter. Da war gerade Weihnachtsmarkt. Kannst du dich erinnern?«

»Na klar. Es ging um den Fall des Toten im Moorexpress. Da haben wir das erste Mal zusammengearbeitet. Und du hast mir gezeigt, wie schön Stade ist.«

Dieses Mal fuhren die beiden Ermittler nicht in die Innenstadt, sondern in einen Vorort und hielten vor einem großen vierstöckigen Wohnkomplex mitten auf einer grünen Wiese. »Hier leben aber viele alte Menschen«, sagte Anne erstaunt.

»Kannste wohl sagen. Ich weiß nicht, ob ich später mal in so ein Heim ziehen möchte. Aber vielleicht bleibt mir nichts anderes übrig.« Harald schloss den Wagen ab und ging gemeinsam mit seiner Kollegin in das Heim.

Nach der Anmeldung führte eine Mitarbeiterin die beiden Kommissare in den Aufenthaltsraum. Das Geschirr vom Mittagessen wurde gerade abgeräumt, es roch aber immer noch nach Hühnersuppe, stellte Harald für sich fest. An Tischen saßen die Bewohner. Einige unterhielten sich angeregt, andere schauten starr vor sich hin oder waren bereits eingenickt. Die Angestellte führte die beiden Ermittler zu einem älteren Herrn im Rollstuhl, der am Fenster saß und versonnen hinausschaute.

»Herr Seeger!«, rief die Heimmitarbeiterin. Der Angesprochene erschrak und wandte sich um. Zwei wache, blaue Augen musterten die vor ihm Stehenden. Das runde Gesicht wies nur wenige Falten auf. Einige dünne Haare bedeckten den sonst kahlen Schädel. Im Gegensatz dazu wuchs um sein Kinn ein dichter weißer Bart.

Harald Bayer stellte seine Kollegin und sich vor und fragte den alten Mann nach Jan Otten.

»Ja, das habe ich Ihnen doch schon am Telefon gesagt. Wir sind eine Zeit zusammen zur See gefahren. Aber warum fragen Sie mich nach ihm? Hat er was angestellt?«

Der Kommissar schaute Seeger ernst an. »Das wissen wir noch nicht. Da er nicht mehr lebt, möchten wir im Zusammenhang mit einem anderen Fall mehr über seine Vergangenheit als Seemann erfahren.«

»Oh, dann ist er tot?«, fragte der alte Seemann betroffen, fasste sich aber schnell. »Na ja, er müsste ja wie ich einiges über Achtzig sein. Die meisten unserer alten Kameraden sind schon gestorben. Ich wundere mich manchmal selbst, dass ich noch lebe.«

Anne Grotheer holte eine Kopie des Fotos aus ihrer Umhängetasche und legte es vor Seeger hin.

»Kennen Sie das Foto?«

»Natürlich! Dass es das noch gibt!« Seine Augen strahlten. »Das sind Jan und ich. Ach, was waren wir jung! Und auf unserer ersten Fahrt auf der Brandenburg! Der Pott selbst war auch noch ganz neu.«

Jetzt gab es kein Halten mehr. Seeger erzählte von den gemeinsamen Reisen, den Häfen, in denen sie angelegt hatten. Als er einen dritten Seemann erwähnte, der später viel mit ihnen auf großer Fahrt war, horchte der Kommissar auf.

»Wie hieß denn der Mann?«

Seeger dachte nach. »Hans, ja, Hans hieß er. Auch ein netter. Dabei hatte der es faustdick hinter den Ohren. Wir haben aber schon lange keinen Kontakt mehr.«

»Wissen Sie noch, wie er mit Nachnamen hieß?«

Der alte Mann schüttelte den Kopf. »Aber warten Sie mal. Auf meinem Zimmer habe ich noch eine Kiste mit Sachen aus meiner Seemannszeit. Da können wir nachsehen.«

Bayer schob den Rollstuhl. Während Seeger ihn durch den Flur zum Fahrstuhl und danach in sein kleines Apartment im ersten Stock dirigierte, lief die Kommissarin neben den beiden her und hörte dem Matrosen zu, der ständig weiterredete.

Er schwieg erst wieder, als er selbst mit seinem Rollstuhl zum Wandschrank fuhr, eine Holzkiste herausholte und diese auf den Tisch am Fenster stellte. Die beiden Ermittler setzten sich zu ihm und sahen zu, wie er den Deckel abnahm, einzelne Zettel und Bilder herausholte und schließlich nach einem Foto griff.

»Das ist es!«, rief er triumphierend und hielt es hoch.

Wieder standen zwei junge Matrosen auf einem Bootsdeck, neben Jan Otten aber ein anderer Mann, der Anne bekannt vorkam.

Seeger deutete auf das Gesicht des Mannes. »Das ist Hans.«

Anne nickte. Es war der Mann auf dem Bild im Fotoalbum der Ottens, nur dass er dort die junge Bäuerin im Arm hielt.

»Haben Sie vielleicht irgendwo aufgeschrieben, wie er mit Nachnamen hieß?«, fragte sie.

»Hm.« Seeger durchwühlte weiter seine Kiste und zog endlich ein kleines Heft heraus.

»Hier habe ich mal angefangen aufzuschreiben, mit welchen Schiffen ich gefahren bin und wo wir an Land gegangen sind. Das habe ich aber nicht lange durchgehalten. Die Namen und Adressen von den Kameraden der ersten Pötte sind auch dabei.«

Seeger blätterte das Heft durch, bis er auf der vorletzten Seite fand, was er gesucht hatte.

»Hier steht es. Hans Henken, Wasserweg 3 in Buxtehude. Ich wusste gar nicht mehr, dass er hier ganz in der Nähe wohnte.«

»Vielen Dank!« Begeistert schloss Anne den Notizblock, in den sie den Namen und die Anschrift des Seemanns notiert hatte. »Was wissen Sie denn sonst noch von ihm?«

Für einen Moment schwieg der alte Seemann, bis er begann von den Fahrten zu berichten, die sie zu dritt unternommen hatten. Viele Beschreibungen und Ortsnamen, die er vorher genannt hatte, tauchten wieder auf.

Bayer unterbrach ihn. »Was wissen Sie denn von seiner Familie? War er verheiratet?«

Seeger nickte. »Er hatte eine nette Frau, so eine kleine, etwas dralle. Eigentlich war sie zu schade für ihn, denn so richtig treu war er ihr nicht, das können Sie glauben. In einigen Häfen hatte er noch eine Liebste. Kein Wunder, so gut wie er aussah.« Grinsend deutete der alte Seemann auf das Foto.

Anne sah auf das Bild und hatte plötzlich eine Idee. »Gab es denn Kinder in seiner Ehe?«

Nachdenklich schaute Seeger sie an. »Ja, wenn ich mich richtig erinnere, war da ein Sohn. Dirk hieß er. Ein ganz pfiffiger. Was aus ihm geworden ist, weiß ich nicht.«

Donnerstag, 26.4.

Gegen Mittag meldete sich Bayer bei Köster und teilte ihm mit, dass er am Vormittag nach Hans Henken gesucht habe. Unter der von Seeger angegebenen Adresse hatte der Verdener Kommissar ihn nicht finden können, wohl aber im Sterberegister der Stadt Buxtehude. Am 8. Mai 2010 war er in der Elbeklinik verschieden. Seine Frau Hannelore hatte sich schon vier Jahre vorher von dieser Welt verabschiedet.

»Dann suchte ich nach dem Sohn, Dirk Henken. Im norddeutschen Raum sind vier Männer diesen Namens gemeldet. Die sind aber alle jünger und haben andere Berufe. Ich habe dann den Radius erweitert und nach Personen mit dem Nachnamen Henken gesucht, die in der Region des Alten Landes wohnen. Dabei bin ich auf eine Saskia Henken gestoßen. Sie wohnt in Stade. Im Netz fand ich auch ihre Handynummer und konnte sie eben erreichen. Sie war gerade nachhause gekommen. Sie arbeitet als Lehrerin in einer Grundschule.

Als ich sie fragte, ob sie mit Dirk Henken verwandt sei, schwieg sie eine Weile. Dann sagte sie:»Ja, das ist mein Mann. Besser, das war mein Mann. Er lebt nicht mehr. Er ist auf seiner letzten Fahrt als Seemann über Bord gegangen. Das war vor elf Jahren.«

Köster runzelte die Stirn.»Vom Alter her könnte das unser Wikinger sein. Der Todeszeitpunkt stimmt auch. Nur ist er anscheinend an einem anderen Ort gestorben. Wir sollten dem trotzdem nachgehen und die Frau des Seemanns so schnell wie möglich befragen.«

»Denke ich auch«, stimmte Bayer zu.»Deshalb habe ich für heute Nachmittag einen Termin mit ihr ausgemacht. Könnt ihr das übernehmen? Ich muss noch eine andere dringende Recherche machen.«

Köster machte sich mit seiner Kollegin auf den Weg nach Stade. Es nieselte leicht, so dass der Kommissar in größeren Abständen die Scheibenwischer betätigen musste.

Anne Grotheer beobachtete ihn dabei.»Soll ich dir sagen, wie wir fahren sollen?«

»Bis Bremervörde weiß ich gut Bescheid. Du weißt doch, da wohnen die Behrens, die ich öfter besuche. Danach kannst du mich weiterlotsen.«

Die Kollegin nickte. Sie kannte den Eisenbahner und seine Frau ebenfalls von den Ermittlungen zum Mord im Moorexpress.

»Komisch, Stade kenne ich kaum. Ich war nur einmal dort. Dabei ist das doch gar nicht weit von Hamburg entfernt.« Nachdenklich schaute Köster auf die Straße.»Wir waren einfach zu selten auf der anderen Elbseite.«

»Kann ich verstehen. Obwohl ich aus der Gegend von Osterholz-Scharmbeck stamme, kenne ich mich auf der anderen Seite der Weser kaum aus. Irgendwie sind die Flüsse auch so was wie eine Grenze.«

Eine halbe Stunde später erreichten sie Stade. Sie parkten vor einem Mehrfamilienhaus in der Nähe des Klinikums und klingelten wenig später an der Haustür. Gleich ertönte der Summer, Saskia Henken schien auf sie gewartet zu haben. Als die beiden Kommissare in den dritten Stock hinaufgestiegen waren, stand sie in der Tür. Köster stellte sich und seine Kollegin vor. Die groß gewachsene, schlanke Frau mit kurz geschnittenen blonden Haaren schaute sie gespannt an und bat sie herein. Im kleinen Wohnzimmer nahmen sie zu dritt in der Sofaecke Platz.

Aufgeregt eröffnete die Lehrerin das Gespräch: »Ich war ja so überrascht, als ein Polizist anrief und nach Dirk gefragt hat. Jetzt, elf Jahre nach seinem Tod.«

»Was hat sie dabei so überrascht?«, fragte Anne.

»Das ist jetzt schon so lange her. Wenn sie damals gekommen wären, hätte ich das eher verstanden.«

Köster richtete sich auf. »Was für einen Grund hätten wir denn damals haben können, Sie zu befragen?«

Die Witwe atmete tief durch. Tränen füllten ihre Augen. »Im März vor elf Jahren fuhr Dirk als nautischer Wachoffizier auf einem der Carmen-Schiffe im Mittelmeer. Zu der Zeit war er immer viele Wochen unterwegs. Wir haben eigentlich alle zwei Tage miteinander telefoniert. Wichtig war es ihm dabei immer, mit den Kindern zu sprechen. Kai war damals acht und Sabrina vier. Doch dann meldete er sich nicht mehr und ich wurde sehr unruhig. Es musste ihm etwas passiert sein! Eine Woche später bekam ich die Nachricht, dass er über Bord gefallen und ertrunken sei. Die sagten, er habe wahrscheinlich zuviel getrunken und wollte wohl frische Luft schnappen. Deshalb habe er sich über die Reling gelehnt und dabei das Gleichgewicht verloren. Ich kann mir das aber nicht vorstellen, denn er trank kaum Alkohol.«

Sie hielt inne, suchte ein Taschentuch und schnäuzte sich. »Aber was sollte ich machen? Ich konnte ja nicht beweisen, dass das nicht stimmte. Die Reederei schickte mir mit seinen Sachen ein Beileidsschreiben und einen Scheck mit seiner Heuer über die gesamte Zeit der Fahrt, die ja eigentlich noch nicht zu Ende war. Wir konnten ihn ja nicht mal richtig beerdigen.«

Als die Witwe das feuchte Papiertaschentuch in die Tasche steckte, reichte ihr die Kommissarin ein neues und legte die Hand auf ihre Schulter.

Saskia Henken schüttelte den Kopf. »Mir wurde gesagt, dass er am nächsten Morgen nicht zum Dienst kam und danach entdeckt wurde, dass er nicht mehr da war. Sein Schlüsselbund wurde an Deck gefunden. Das ist ihm wahrscheinlich aus der Jackentasche gefallen, bevor er über Bord ging.«

Köster runzelte die Stirn. »Gab es denn einen Mitarbeiter oder Freund ihres Mannes, der dabei war und Ihnen später davon berichtet hat?«

»Nein.« Die Witwe schüttelte traurig den Kopf. »Wie er sagte, hatte er keine richtigen Freunde auf dem Schiff. Er war mehr ein Einzelgänger. Deswegen konnte ich das mit dem gemeinsamen Trinken auch gar nicht glauben. Doch wer weiß, vielleicht gab es einen Grund etwas zu feiern. Und da er keinen Alkohol vertrug, ist er vielleicht doch über Bord gefallen.«

Sie schwieg einen Augenblick und atmete tief durch. Plötzlich richtete sie sich auf und schaute die Kommissare fragend an. »Warum sind Sie eigentlich gekommen?«

Nachdem sich Köster und Grotheer kurz angesehen hatten, ergriff die Kommissarin das Wort.

»Wir sind mit dem Fall eines Landwirts aus dem Teufelsmoor beschäftigt, Jan Otten. Er fuhr mit Hans Henken, Ihrem Schwiegervater, zur See und war der wohl öfter zu Gast bei dem Bauern. Kann es sein, dass Sie und Ihr Mann Otten kannten und schon auf dem Hof waren.«

»Nein, ich habe noch nie von ihm gehört. Mein Mann hat auch nicht von ihm gesprochen. Hat dieser Otten denn etwas angestellt?«

»Das wissen wir noch nicht.« Köster erhob sich.

»Bevor wir gehen, würden wir gerne wissen, ob Ihr Mann noch etwas aus seiner Seefahrtzeit aufbewahrt hat. Wir möchten der ganzen Sache nachgehen.«

»Ja, kommen Sie mit.« Saskia Henken lief ihnen voraus in ein kleines Zimmer, in dem ein Schreibtisch stand. »Das ist unser Gästezimmer. Hier hat Dirk gerne gesessen und geschrieben.«

Auf dem Sekretär stand ein Foto, das einen jungen Mann zusammen mit zwei kleinen Kindern zeigte.

Die Witwe sah, dass die beiden Kommissare das Bild studierten. »Das ist Dirk mit Kai und Sabrina. Das Foto habe ich an unserem letzten gemeinsamen Weihnachtsfest aufgenommen.«

Traurig betrachtete sie das Bild, griff noch einmal zu ihren Taschentuch und putzte ihre Nase. Dann öffnete sie eine Seitentür des Sekretärs und holte mehrere Hefte heraus. Dabei sah sie nicht, wie die beiden Kommissare einen Blick austauschten.

»Sein Seefahrtsbuch und den Kalender hatte er ja bei sich, die wurden mir mit seinen Sachen zurückgeschickt. Da sind auch noch die Terminplaner der Jahre davor dabei. Die hat er geführt, um sich an an die Geburtstage und Jahrestage zu erinnern. Und er hat reingeschrieben, was ihm wichtig war. Einen Moment.«

Sie verließ das Zimmer und kehrte kurz darauf mit einer kleinen Reisetasche zurück. »Die hatte er mit auf dem Schiff. Ich mochte sie einfach nicht auspacken und habe sie so, wie ich sie bekommen habe, unten in den Kleiderschrank gestellt.«

»Dürfen wir das alles mitnehmen?«, fragte Köster.

Die Witwe nickte. »Ja, aber ich möchte es wiederhaben. Es ist für mich wichtig zur Erinnerung an ihn.«

»Dürfen wir das Foto mitnehmen? Das bekommen Sie natürlich auch wieder zurück.«

Wieder im Auto schaute Anne Köster aufgeregt an. »Hast du Ähnlichkeit mit unserem Wikinger gesehen? Auf dem Bild ist zu erkennen, dass Henken einen Ohrring trug. Das kann kein Zufall sein! Und es gibt keinen Zeugen dafür, dass er im Mittelmeer über Bord gegangen ist. Seine Leiche wurde nicht gefunden.«

Der Kommissar runzelte nachdenklich seine Stirn. »Du kannst Recht haben. Schau mal in die Reisetasche. Doch warte, sieh erst mal in das Handschuhfach.«

Seinen Anweisungen folgend öffnete Anne die kleine Klappe und holte Gummihandschuhe heraus. Sie lächelte. »Du denkst aber auch an alles.« Nachdem sie die Handschuhe angezogen hatte, nahm sie die Tasche auf den Schoß und zog den Reißverschluss auf. Zuoberst lag ein Waschbeutel. Er enthielt eine Zahnbürste, eine Tube Zahnpasta und einen offensichtlich gebrauchten Kamm. Anne zeigte alles kurz ihrem Vorgesetzten und verstaute es wieder.

»Super. Daran sind sicher noch verwertbare DNA-Spuren. Was ist noch in der Tasche?«

Die Kommissarin schaute hinein und hob die Sachen kurz an. »Zwei T-Shirts, eine Jeans und mehrere Paar Socken und Boxershorts.«

»Das werden wir gleich in die Rechtsmedizin schicken. Morgen werden wir erfahren, ob es sich bei Dirk Henken um den Wikinger handelt. Wenn das so ist, stellen sich neue Fragen: Wie ist er von dem Kreuzfahrtschiff ins Teufelsmoor gekommen? Warum und von wem wurde er da ermordet?«

Wenig später gerieten die beiden Ermittler in den Stader Feierabendverkehr und warteten lange an einer Ampel. Anne Grotheer stöhnte.

»Das kann dauern. Dabei habe ich heute noch eine Einladung zum Geburtstag meiner Cousine. Da komme ich auf jeden Fall zu spät.«

»Sie feiert an einem Montag?«, wunderte sich Köster.

»Ja, sie wird morgen dreißig. Ihre nahen Verwandten und Freunde sollen mit ihr reinfeiern, das ist ihr Wunsch. Und am Sonnabend gibt es ein großes Fest.«

Köster lächelte. »Vor Mitternacht sind wir auf jeden Fall da.«

»Du hast Recht. Ich habe zuviel Respekt vor Ina. Wenn sie einlädt, müssen immer alle ganz pünktlich sein, sonst ist sie beleidigt.«

Freitag 27. April

In der Morgenbesprechung der Mordkommission studierten die Ermittler Dirk Henkens Foto und stellten einhellig fest, dass der Seemann mit seinen kräftigen roten Haaren dem Wikinger sehr ähnlich sah. Auch trugen beide einen Ohrring im linken Ohr. Nur war Henken auf dem Bild bartlos.

»Das Bild stammte vom letzten Weihnachtsfest mit der Familie. Bis zum darauf folgenden März kann der Bart gewachsen sein«, war sich Anne sicher.

Kruse folgte einer anderen Idee. »Würde ein Vergleich der DNA seiner Kinder mit unserer Moorleiche nicht auch Klarheit geben, ob es sich bei den beiden um eine Person handelt?«

Nachdenklich wiegte Köster seinen Kopf. »Daran habe ich selbst schon gedacht. Jetzt bin ich froh, dass wir das auf andere Weise überprüfen können. Bevor wir nicht mehr wissen, sollten wir die Witwe nicht unnötig schockieren. Es ist schon schlimm genug zu erfahren, dass der eigene Mann im Mittelmeer über Bord gegangen und ertrunken ist. Dann soll das alles nicht mehr wahr sein, weil er erschossen, im Teufelsmoor vergraben worden und als Moorleiche wieder zum Vorschein gekommen ist? Wir sollten erst einmal nachforschen, was es mit diesem angeblichen Unfall auf sich hat. Vielleicht bekommen wir einen Hinweis in einem seiner Kalender. Seht sie euch doch bitte an.«

Köster reichte seinen Mitarbeitern die Hefte.

Zwei Stunden später klopften Grotheer und Kruse an Kösters Bürotür.

»Können wir reinkommen? Wir sind mit dem Seefahrtsbuch und den Kalendern durch.«

Köster nickte und machte eine Handbewegung in Richtung der kleinen Sitzgruppe in seinem Zimmer. »Nehmt Platz. Was habt ihr herausgefunden?«

Anne beugte sich über das Seefahrtsbuch und blätterte es durch. »Nach seiner Ausbildung zum Schiffsmechaniker, die er mit einundzwanzig Jahren beendete, fuhr er viele Jahren auf Containerschiffen. Dann machte er noch eine Zusatzausbildung zum nautischen Wachoffizier. In dieser Position heuerte er zwei Jahre vor seinem Tod das erste Mal auf einem Kreuzfahrtschiff an. Er fuhr dabei immer auf der Carmen. Wie seine Frau sagte, ging die letzte Fahrt ins Mittelmeer. Im Heft ist auch sein Todesdatum eingetragen: 10. März 2007, Nahe Palermo, Tod durch Ertrinken.«

»Ich habe schon in der Carmen-Reederei angerufen und mich nach den genaueren Umständen von Dirk Henkens Ableben und nach dem Protokoll des Unfalls erkundigt. Die Sachbearbeiterin versprach, danach zu suchen und uns zu informieren.« Köster wandte sich an Kruse. »Hast du etwas herausgefunden?«

»Der Seemann hat alle Daten und Orte eingetragen, an denen die Reisen starteten und endeten. Manchmal auch die Orte, an denen die Schiffe jeweils anlegten. Ich denke mal, die hat er nur notiert, wenn er an Land ging. Dann noch Arzt- und Behördentermine sowie die Geburtstage seiner Frau und die der Kinder sowie den Hochzeitstag. Das brauchte er wohl als Erinnerungsstütze.«

Kruse lächelte breit. »Das muss ich mir auch notieren. Einmal habe ich unseren Hochzeitstag vergessen. Da gab es richtig Ärger.«

»War das alles?« Köster schien enttäuscht.

»Nun warte doch mal. Ich bin noch nicht am Ende. Der letzte Eintrag vor seinem Tod stammt vom 8. März. ›Messina‹.«

»Messina?«, fragte Anne erstaunt.

»Das musste ich googeln. Das ist eine Hafenstadt in Nordsizilien. Die hat er sich wohl angesehen. Sein angeblicher Sturz fand zwei Tage später im Meer vor Palermo statt, nicht weit entfernt von Messina. Und für den Rest des Jahres gibt es nur noch die Geburtstage seiner Kinder.

Interessant ist eine andere Notiz für den 10. April: ›15:00 Schuster Hamburg.‹«

»Hast du einen Hinweis gefunden, was er damit meinte?«

»Habe ich. Am Ende des Kalenders fand ich ein Adressverzeichnis. Da hat er einige wenige Namen und Telefonnummern notiert. Vor allem von Ärzten und anscheinend auch von Verwandten und Freunden. Denen können wir ja auch noch nachgehen. Unter dem Buchstaben »S« fand ich Paul Schuster, Herbststraße 15, Hamburg und eine Telefonnummer.«

Köster schloss kurz die Augen. »Den Namen habe ich schon mal gehört. Ich komme sicher noch drauf.« Wenig später schüttelte er den Kopf. »Es fällt mir einfach nicht ein. Ruf bitte mal die Nummer an.«

Kruse folgte seiner Aufforderung, telefonierte in seinem Büro und kehrte nach fünf Minuten zu Köster und Grotheer zurück. »Ich hatte Glück. Es hat sich gleich jemand gemeldet. Und zwar die Sekretärin des Rechtsanwalts Paul Schuster.«

Köster griff sich an den Kopf. »Jetzt weiß ich es wieder. Ich habe nach dem Abitur mit Paul Jura studiert. Wir haben uns aus den Augen verloren, deshalb ist er mir nicht gleich eingefallen.«

»Jura?« Kruse runzelte die Stirn. »Ach ja, davon hast du schon erzählt. Aber ich dachte, du warst auf der Hamburger Polizeiakademie.«

»War ich auch. Aber vorher war ich für vier Semester in Hamburg an der Uni in der juristischen Fakultät eingeschrieben. Davon erzähle ich euch später. Jetzt versuche ich Schuster zu erreichen.«

Samstag, 28. April

Gerade als Gisela und Peter zu einem Ausflug aufbrechen wollten, klingelte das Telefon.

Gerda Behrens war am Apparat. »Wir sind gerade in Osterholz-Scharmbeck und haben einige Besorgungen gemacht. Da kam mir die Idee, wir könnten uns noch auf einen Kaffee treffen. Hättest du Lust?«

»Gisela ist gerade hier. Ich frage sie mal.«

Peter drehte sich zu seiner Freundin um und erzählte ihr von dem Vorschlag der Eisenbahnerfrau.

»Wir könnten danach noch nach Bremen fahren.«

Nachdem Gisela zugestimmt hatte, machten sich die beiden auf den Weg zum Marktplatz. Gerda erkannte sie zuerst und winkte sie heran. Jan saß neben ihr am kleinen Kaffeehaustisch und lächelte verhalten. Die Hinzugekommenen bestellten sich einen Cappuccino und warteten darauf, dass Gerda mit ihrem Bericht begann. Ihr war deutlich anzusehen, dass sie ihnen etwas mitteilen wollte.

»Stellt euch vor, wir waren hier gerade im Reisebüro und haben eine Kreuzfahrt gebucht! Ihr wisst doch, dass ich mir das schon seit Jahren wünsche.«

Während sie strahlte, schaute Jan etwas betreten in die Ferne und schwieg.

»In unserer Fernsehzeitung stand etwas von einem Sonderangebot für eine Fahrt zu den Kanarischen Inseln. Da habe ich gleich nachgefragt. Es gab sogar noch einen Preisnachlass, weil wir uns spontan entschieden haben. Es geht schon am nächsten Mittwoch los! Wir haben doch jetzt Zeit!«

»Gratuliere!« Köster nickte ihr zu und wandte sich dann an den pensionierten Eisenbahner. »Und wie ist das für dich?«

Der zuckte mit den Schultern. »Gerda liegt mir damit schon so lange in den Ohren. Die zehn Tage werde ich das aushalten. Wenn es mir zuviel wird, kann ich mich immer in unsere Kabine zurückziehen.«

Auf dem Weg nach Bremen schaute Peter Gisela von der Seite an. »Wie ist das denn mit dir? Wünscht du dir auch so eine Kreuzfahrt?«

Sie schüttelte den Kopf. »Auf keinen Fall! Die vielen Leute auf so einem engen Raum. Das wäre nichts für mich.«

Erleichtert griff er nach ihrer Hand. »Ein Glück. Dann sind wir da einer Meinung. Aber wir werden uns mit dem Thema mehr befassen müssen, jetzt wo wir von Dirk Henkens seltsamem Unfall auf dem Schiff erfahren haben.«

Montag, 30. April
Die Sonne schien von einem wolkenlosen blauen Himmel und ließ das frische Grün der umliegenden Wiesen leuchten. Köster lehnte sich wohlig in seinen Sitz und genoss die Fahrt über Land. Inzwischen kannte er viele Strecken, die nach Hamburg führten. Am liebsten nahm er den Weg über die Teufelsmoorstraße, passierte einige Geestdörfer und fuhr in Bockel auf die Autobahn.

Als er sich seiner Heimatstadt näherte, tauchten vor seinem inneren Auge Bilder aus der Studienzeit auf. Am Tag zuvor hatte es gedauert, bis er Schuster erreichte. Als sich der Anwalt mit Namen gemeldet hatte, hatte Köster dessen Stimme gleich wiedererkannt. Nach seiner knappen Vorstellung herrschte einen Moment Stille, bis Schuster erstaunt fragte: »Peter Köster? Aus Eppendorf?«

»Ja, wir waren zusammen im Jura-Grundstudium. Und wir haben noch vieles andere zusammen gemacht.«

»Und was machst du im Polizeikommissariat in Osterholz-Scharmbeck? Wo liegt das überhaupt?«

»Das erkläre ich dir später. Erst einmal zum Grund meines Anrufs.« In wenigen Sätzen gab Köster die nötige Auskunft.

Der Anwalt schwieg einen Moment. »Dirk Henken. Ja, er war mein Klient. Und wir hatten noch einen Termin ausgemacht. Das ist eine lange Geschichte. Am besten du kommst vorbei und ich erzähle dir alles.«

Während Köster durch die Hamburger Straßen fuhr, saß er in Gedanken noch einmal im Hörsaal der Juristischen Fakultät neben Schuster, der ihn selbst im Sitzen deutlich überragte. Sein blondes Haar konnte er nur schwer bändigen und strich es mit der linken Hand aus dem Gesicht, während er mit der rechten Notizen machte. Wenn der Professor (wie hieß der gleich noch?) einen Sachverhalt wieder einmal sehr verschroben ausdrückte, schaute er seinen Nachbarn Peter grinsend an. »Haste das gehört?« Und beim Hinausgehen aus dem Hörsaal: »Heute Abend wieder in der Tangente?«

Viele Abende hatten sie in der Kneipe verbracht und mit anderen Kommilitonen über Politik diskutiert. Später war auch Sabine hinzugekommen, Peters zukünftige Frau. An Paul erinnerte er sich als einen der wenigen Jurastudenten, der eine kritische Position vertrat und mit den »saturierten Bürgersöhnchen«, wie er sie nannte, gestritten hatte. Dabei stammte er selbst aus einer wohlhabenden Akademikerfamilie. Jeden Abend hatte er wild gestikulierend das Wort geführt, mehrere Biere getrunken und viele Zigaretten geraucht. Eine juristische Karriere hatte er auf keinen Fall anstreben wollen. Und jetzt war er doch Anwalt geworden.

Als Köster Barmbek erreichte und in die Herbststraße fuhr, stellte er fest, dass diese Adresse nicht dem Standard anderer renommierter Hamburger Anwälte entsprach. Er klingelte an dem mehrstöckigen Mietshaus mit dem Namensschild seines früheren Kommilitonen. Wenig später knackte es in dem Lautsprecher. »Wer ist da?« Köster erkannte Pauls laute und brummige Stimme.

»Peter Köster.«

»Komm rauf! Erster Stock!«

Der Summer ertönte und der Kommissar stieg die Treppe hinauf. In der offenen Tür stand ein großer kräftiger Mann, in dem Köster sofort seinen alten Studienfreund wiedererkannte. Die blonden Haare waren inzwischen von einigen grauen Strähnen durchzogen und nicht mehr so voll wie früher. Dafür hatte Paul deutlich an Gewicht zugelegt. Seine Augen blitzten und er umarmte Peter so fest, dass diesem der Atem wegblieb. Zum Glück ließ ihn der Anwalt gleich wieder los und klopfte ihm auf den Rücken. »So eine Überraschung! Ich freue mich ja so, dass es dich noch gibt und du gekommen bist.«

Paul führte Peter vorbei am verwaisten Schreibtisch der Sekretärin – »Der habe ich heute freigegeben« – in sein Arbeitszimmer. Es war einfach und solide möbliert. Peter kannte den Schreibtisch und die Regale aus dem Ikea-Katalog. Sie nahmen in einer kleinen Sitzecke Platz.

Ernst schaute der Anwalt den Kommissar an. »Lass uns erst über Dirk Henken reden.«

Er deutete auf einen Ordner, der vor ihm auf dem Tisch lag.

»Das Ganze liegt schon lange zurück, genau gesagt, gut elf Jahre. Aber ich kann mich noch genau daran erinnern, weil es so eine bemerkenswerte Geschichte war, die leider sehr tragisch ausging.«

Schuster atmete tief durch. »Wie du sicher weißt, arbeitete Henken als nautischer Wachoffizier auf einem der Carmen-Schiffe. Davor war er viele Jahre bei der Handelsmarine. Ihn hatte das gute Gehalt auf den Kreuzfahrtlinern gereizt, deswegen war er dorthin gewechselt. Viele Monate lang unterwegs zu sein, war für ihn nicht neu. Doch hatte er schnell festgestellt, dass die Arbeitsbedingungen auf den Kreuzfahrtschiffen für die meisten Seeleute miserabel waren. Vor allem in den unteren Gehaltsgruppen wurde besonders schlecht bezahlt und dafür ununterbrochen gearbeitet. Er sprach von mafiösen Strukturen, und davon, wie viele der Seeleute ausgebeutet wurden. Er kam zu mir, da ihm das Ganze immer mehr gegen den Strich ging und er das öffentlich machen wollte.«

»Ist das nicht längst bekannt?«

»Ja, seit ein, zwei Jahren steht dazu etwas in allen Medien. Aber vor elf Jahren war das noch anders.

Deswegen wollte sich Henken absichern, damit er keine Schwierigkeiten bekäme.«

»Welche Art von Schwierigkeiten hat er denn gemeint?«

»Mit einer Kündigung hat er gerechnet. Aber er fürchtete vor allem eine Art Berufsverbot bei sämtlichen Reedereien und von seiner Reederei verklagt zu werden.«

»Hätte das passieren können?«

Der Anwalt schnaufte wütend. »Auszuschließen ist das nicht. Du weißt doch, da halten die Reeder zusammen. Vor allem die Kreuzfahrtanbieter fürchten eine Rufschädigung wie der Teufel das Weihwasser.«

»Was hast du ihm dann geraten?«

»Nicht als Einzelkämpfer vorzugehen. Die Gewerkschaft zu informieren. Die hat eher ein Interesse, solche Missstände publik zu machen. Und diejenigen, die besonders unter den Zuständen leiden, zu motivieren, sich zusammenzuschließen und sich vertreten zu lassen. Das ist sicher leichter gesagt als getan. - Leider konnte ich ihm nicht wirklich helfen. Denn es ging ja nicht um seine Position. Ihn hätte ich vertreten können, andere aber nur, wenn sie mir dazu ein Mandat erteilt hätten.«

»Wie ist das Ganze ausgegangen?«

»Henken hat sich das angehört, sich bedankt und ist wieder gegangen. Dann rief er im Februar 2007 an und bat um einen weiteren Termin. Ich habe ihm den 10. April angeboten. Da war sein Einsatz zu Ende.«

»Hat er gesagt, was er von dir wollte?«

»Nein, aber klang sehr gehetzt. Die Verbindung war auch schlecht.«

Schuster lehnte sich zurück und schloss kurz die Augen. »Dann habe ich nichts mehr von ihm gehört. Als er am 10. April nicht kam, fragte ich bei der Reederei nach und erfuhr, dass er im März über Bord gegangen sei. Ich hatte so meine Zweifel, ob das stimmte. Es gab wohl eine polizeiliche Untersuchung in Palermo. Den Bericht habe ich erhalten. Aber da stand nur drin, was die Carabinieri von der Besatzung gehört hatten. Dass Dirk Henken am Abend vorher mit anderen gezecht und in der Nacht anscheinend an der Reling das Gleichgewicht verloren hat und über Bord gegangen ist. Zeugen gab es dafür nicht. Deshalb kann auch alles ganz anders gewesen sein.«

»Was ist deine Vermutung?«

»Falls es wirklich mafiöse Strukturen auf dem Schiff gab und die Beteiligten herausbekommen haben, dass Henken damit an die Öffentlichkeit treten wollte, könnte ihn jemand in der Nacht über Bord geworfen haben. Das wird nur leider nicht mehr zu beweisen sein.«

»Hat er etwas von Kollegen oder Vertrauten auf dem Schiff erzählt, die auch von der Geschichte wussten?«

»Er muss Kontakt zu Betroffenen gehabt haben, die unter der Ausbeutung und den möglichen kriminellen Machenschaften an Bord gelitten haben. Als ich ihn danach fragte, sagte er, er wolle keinen Namen nennen, um niemanden in Gefahr zu bringen. Da er das abgeblockt hat, habe ich nicht weiter gefragt.«

Schuster streckte sich. »Mehr kann ich dir nicht dazu sagen. Nur soviel: Ich mochte den Seemann. Er war ein ganz Integrer und Aufrechter, der sich für die Belange anderer einsetzte und dafür sogar seinen Beruf und sein Leben riskierte.«

Der Anwalt schaute einen Moment aus dem Fenster, atmete tief durch und wandte sich seinem alten Studienfreund zu. »Was hältst du denn davon, mit mir essen zu gehen? Wir haben uns ja noch viel zu erzählen.«

»Eine gute Idee. Gibt es hier was in der Nähe?«

Schuster grinste. »Ja, einen Griechen und einen Italiener. Beide sind keine Spitzenrestaurants, aber man kann dort vernünftig essen. Soweit ich mich erinnern kann, wirst du den Italiener vorziehen.«

Erstaunt schaute Köster sein Gegenüber an und musste selbst lächeln. »Dass du das noch weißt.«

Beide liefen zwei Straßen weiter, bis sie an der Ecke der Hauptstraße das italienische Lokal erreichten. Köster bestellte Spaghetti Carbonara, Schuster eine Pizza. Während sie auf das Essen warteten, eröffnete Schuster das Gespräch: »Unsere ersten Jahre an der Uni waren einfach toll. Ich denke noch gerne an die Abende in der Tangente zurück. Nur plötzlich warst du weg. Ich habe dich richtig vermisst.«

Betroffen sah Köster seinen alten Freund an. »Du hast Recht, das war nicht fair.«

Und er begann von seinem Zweifel am Sinn des Jurastudiums zu erzählen, da er anders als Sabine keine Karriereambitionen hatte. Für sie war es von Anfang an klar, später in die Reederei ihres Vaters einzutreten. Der Entschluss, zur Polizei zu wechseln, war langsam gereift und er hatte sich nach den Ausbildungs- und Arbeitsbedingungen erkundigt. Der Gedanke, mit anderen Kollegen zu ermitteln, reizte ihn mehr, als in einer Kanzlei zu sitzen und Gesetzesbücher zu wälzen.

Nachdem er sich an der Hamburger Polizeiakademie beworben hatte und angenommen worden war, hatte er kurz entschlossen die Universität verlassen. Als er Sabine über seine Entscheidung informierte, war sie zutiefst enttäuscht gewesen. Ihr Wunsch, mit ihm gemeinsam in der Reederei zu arbeiten und sie später zu übernehmen, war auf einen Schlag unerfüllbar geworden. Und der Beruf des Polizeibeamten war ihrer Meinung nach deutlich unter dem Niveau eines Juristen. Um ähnliche Diskussionen mit seinen Kommilitonen zu vermeiden, war er am Ende seines letzten Semesters einfach verschwunden.

Paul Schuster hatte dagegen sein Jurastudium in Hamburg beendet und dort auch sein zweites Staatsexamen abgelegt. Seither arbeitete er als Anwalt »der kleinen Leute«, wie er es selbst bezeichnete. Im Laufe der Jahre hatte er sich auf Arbeitsrecht spezialisiert und vertrat vor allem Angestellte in Arbeitsgerichtsprozessen. Darunter waren einige Seeleute, die gegen ihre Reedereien klagten, wenn die versprochene Heuer nicht vollständig ausgezahlt wurde. Auf diese Weise war Dirk Henken zu dem Anwalt gekommen.

Als beide ihr Essen beendet und sich auf den neuesten Stand gebracht hatten, schwiegen sie eine Weile. Dabei nahm Schuster das erste Mal die Musik wahr, die leise im Hintergrund plätscherte. »Müssen die in italienischen Restaurants immer dieses Gesäusel abspielen? Ist das nicht Eros Ramazotti?«

Köster lächelte. »Kann schon sein. Ich habe nicht darauf geachtet.«

»Was macht eigentlich dein Saxophon? Spielst du noch?«

Der Kommissar schüttelte den Kopf. »Nein. Schon lange nicht mehr. Eigentlich, seit ich zur Polizeiakademie gewechselt bin.«

»Schade. Du warst richtig gut. Und deine Band auch.«

Nach dem Abschied stand Peter noch eine Weile unschlüssig vor seinem Wagen und schaute auf die Uhr. So selten, wie er in seine Heimatstadt fuhr, konnte er doch noch seine Söhne besuchen. Nur, hatten sie überhaupt Lust und Zeit, ihren Vater so überraschend zu sehen? Vielleicht hatten sie am frühen Nachmittag keine Zeit.

Er griff in seine Jackentasche, holte sein Smartphone heraus und schickte beiden eine SMS: »Bin gerade in HH. Können wir uns treffen?«

Wenig später antworteten Johann: »Sorry, bin bis 18 Uhr in der Schule.« und Mats: »Oh, wie schade, muss gleich zum Badminton. Sonnabend wichtiges Spiel.«

Ihr Vater seufzte. Auch wenn er die Reaktion seiner Söhne erwartet hatte, spürte er, dass er ein wenig enttäuscht war. Gleichzeitig ärgerte er sich über sich selbst, immerhin konnte er über ihre häufigen Besuche dankbar sein. In den ersten Monaten seiner Zeit in Osterholz-Scharmbeck hatten sie sich noch über die langweilige Kleinstadt beschwert und sich geweigert, zu ihm zu kommen. Damals musste er nach Hamburg fahren, um seine Söhne überhaupt zu sehen. Seit sie an einigen Ermittlungen teilgenommen hatten, meldeten sie sich selbst regelmäßig bei ihm und kündigten an, ihre Wochenenden mit ihm zu verbringen. Inzwischen wusste er, dass es wichtig war, ihnen den Zeitpunkt für ein Treffen zu überlassen. Nur manchmal vergaß er diese Erkenntnis.

Mittwoch, 2. Mai

Gleich nach Dienstbeginn traf der Bericht der Gerichtsmedizin ein. Im Kamm aus Henkens Waschbeutel waren Haarpartikel gefunden worden, deren DNA mit der des Wikingers hundertprozentig übereinstimmte.

Köster rief seine Mitarbeiter zu sich.

»Dann steht jetzt eindeutig fest, dass Henken nicht auf der Carmen über Bord gegangen ist, sondern höchstwahrscheinlich auf dem Hof der Ottens ermordet und ganz sicher dort begraben worden ist.

Er muss heimlich von Bord verschwunden und nach Norddeutschland zurückgekehrt sein.

Doch was hatte er auf dem Hof der Ottens gesucht, und warum war er ermordet worden? Und warum hatte seine Reederei die Geschichte mit dem Unfall erfunden?«

Kruse widersprach. »Vielleicht hat die Carmen-Linie das nicht erfunden, sondern war selbst davon überzeugt. Du hast doch erzählt, dass sich der Seemann bedroht gefühlt hat. Vielleicht war da wirklich was dran. Er könnte seinen Tod durch Ertrinken vorgetäuscht haben, indem er an dem Abend so tat, als würde er mit den anderen feiern. Dann ließ er sein Schlüsselbund an Deck zurück, damit alle glaubten, er wäre über Bord gegangen. Und machte sich anschließend heimlich davon.«

Betroffen schaute Anne Grotheer ihre Kollegen an. »Dann muss er wirklich Angst um sein Leben gehabt haben. Und wie sich ja zeigt, zu Recht.«

Köster nickte. »Es gibt so viele Fragen und wir müssen weiter in seinem Umfeld und der Reederei ermitteln, um herauszubekommen, was da wirklich passiert ist. Das wird nicht leicht sein. Ich werde Gisela informieren.«

Donnerstag, 3. Mai

Gisela Schmidt eröffnete die Mordkommissionssitzung. Sie fasste die bisherigen Ergebnisse zusammen und fuhr fort: »Unsere Hauptaufgabe wird es sein, herauszufinden, wer Dirk Henken ermordet und in Ottens Scheune vergraben hat. Nach wie vor ist Jan Otten verdächtig, aber ist er wirklich der Mörder? Um das zu klären, müssen wir erfahren, warum der Seemann sein Schiff anscheinend heimlich verlassen hat und schließlich auf dem Hof im Teufelsmoor wieder aufgetaucht ist.«

Bayer hatte sich während der Ausführungen der Kommissionsleiterin Notizen auf seinem Block gemacht. Er las diese noch einmal durch. »Henken hat seinem Anwalt von mafiösen Strukturen auf dem Schiff berichtet, die er veröffentlichen wollte. Da hat er erst einmal Angst um seine berufliche Zukunft und sucht den Rat deines Studienfreundes. Dann ruft der Seemann noch mal bei dem Anwalt an und bittet um einen zweiten Termin. Dabei klingt er gehetzt. Wenn wir annehmen, dass er vorher bedroht wurde und Angst um sein Leben hatte, ist gut zu verstehen, dass er sich aus dem Staub machen wollte. Sein Verschwinden als tödlichen Unfall zu tarnen, ist doch genial. Dann kehrte er heimlich nach Norddeutschland zurück. Soweit ich mich erinnern kann, war Jan Otten der Freund von Henkens Vater. Wie hieß er nochmal?«

Kruse half: »Hans Henken. Der schöne Hans ist doch auf dem Foto, wo er die junge Erna Otten im Arm hält. An ihn hat sich die alte Bäuerin sofort erinnert, obwohl sie demenzkrank ist.«

»Da sie so gestrahlt hat, dachten wir zuerst, dieser Hans wäre ihr Liebhaber in der Heines-Klinik gewesen.« Kruse zuckte mit den Schultern. »Da waren wir wohl auf dem falschen Dampfer.«

»Wie auch immer, Dirk Henken hat sicher versucht auf dem Hof unterzutauchen«, fuhr Bayer fort.

Jetzt meldete sich die MoKo-Leiterin zu Wort: »Das kann alles stimmen. Doch stellt sich immer noch die Frage: Wer hat den Seemann ermordet?«

Sie streckte sich. »Um das zu klären, müssen wir herausbekommen, was wirklich auf dem Kreuzfahrtschiff passiert ist. Gab es diese mafiösen Strukturen? Wenn ja, von wem gingen sie aus? Und wusste die Reederei davon? Wer hat Dirk Henken bedroht? Der- oder diejenigen könnten ihn verfolgt und ermordet haben. Dafür müssen wir wissen, ob es jemanden gab, der Henken über die Zustände informiert hat. Wir brauchen auf jeden Fall die Crewliste des Schiffs. Und wir sollten uns bei der zuständigen Reederei erkundigen, wer uns Auskunft geben kann zu den Vorkommnissen auf der Carmen.«

Nachdenklich wiegte Köster seinen Kopf. »Es kann gut sein, dass es die Liste gar nicht mehr gibt. Die Aufbewahrungspflicht beträgt zehn Jahre und die ist gerade abgelaufen. Ich bezweifle auch, dass wir viel von den Mitarbeitern der Linie erfahren. Wie ihr schon gehört habt, sind sie sehr auf den guten Ruf ihres Unternehmens bedacht. Wir müssen es aber trotzdem versuchen. Ich bin bereit, das zu übernehmen. Es sollte schnell geschehen und es wäre nicht schlecht, wenn du mitkommst, Gisela. Zu zweit vermitteln wir mehr Autorität.«

Die Kommissionsleiterin schüttelte den Kopf. »Das geht leider nicht, ich habe morgen einen Termin in Verden mit der Staatsanwältin. Dabei hätte ich es sehr spannend gefunden, so eine Reederei einmal von innen zu erleben.« Sie lächelte bedauernd. »Ab Montag stehe ich euch wieder zur Verfügung.«

Anne meldete sich zu Wort: »Wie wäre es, wenn wir die Ehefrau des Ermordeten auch noch einmal zu dem Thema befragen? Selbst wenn sie sagt, dass er eher ein Einzelgänger war, kennt sie vielleicht doch jemanden, mit dem er auf dem Schiff Kontakt hatte. Möglicherweise hat er was von den Vorkommnissen angedeutet. Außerdem muss sie jetzt erfahren, dass ihr Mann nicht auf dem Schiff gestorben ist. Ich war ja mit Peter bei ihr. Wenn du aber nach Hamburg fährst, könnte ich sie mit Harald in Stade aufsuchen.« Sie wandte sich an ihren Verdener Kollegen. »Was meinst du?«

Er nickte und konnte seine Freude nur schwer verbergen. Doch im nächsten Moment kam ihm ein neuer Gedanke. »Ihr habt doch von der Witwe Kalender von Henken bekommen. Aus einem von ihnen stammt der Hinweis auf den Anwalt in Hamburg. Hat er darin nicht auch andere Adressen aufgeschrieben? Darunter könnten noch Kollegen sein, die mit ihm auf dem Schiff waren. Oder auch Freunde, denen er von den Vorkommnissen erzählt hat.«

Kruse horchte auf. »Ja, es gab einige Namen mit den zugehörigen Telefonnummern und Anschriften. Die meisten scheinen zur Familie gehören. Es gibt dort einige Henkens und Wohlers. Das ist der Mädchenname seiner Frau. Aber wir haben sie noch nicht alle überprüft.«

»Das sollten wir auf jeden Fall jetzt machen.« Köster wandte sich an Grotheer und Kruse. »Könnt ihr die Kalender noch mal durchschauen und notieren, wer in den Adresslisten vorkommt? Am besten vor der erneuten Befragung der Witwe. Sie weiß sicher, zu wem ihr Mann in näherem Kontakt stand.« Die Gefragten sahen sich an und nickten.

»Wir sollten versuchen, den Weg nachzuverfolgen, den Dirk Henken genommen hat«, schlug Gisela Schmidt vor. »Wie ist er überhaupt vom Schiff gekommen? Meines Wissens lag es in der Nacht, in der er verschwand, im Hafen von Palermo. Ich denke, er muss mindestens einen Helfer gehabt haben, der ihm den heimlichen Abgang ermöglicht hat. Und wie ist er dann von Sizilien bis nach Deutschland gekommen? Das alles muss er geplant und unterwegs Spuren hinterlassen haben. Wenn diese noch nachzuweisen sind. Wahrscheinlich können wir das alles nur herausfinden, wenn wir einen Vertrauten finden, den er in sein Vorhaben eingeweiht hat.«

Bayer hob seine Hand. »Danach erkundige ich mich, wenn Anne und ich aus Stade zurück sind.«

»Und gab es wirklich niemanden im Dorf, der den Seemann gesehen hat? Ich kann mir das schlecht vorstellen. Er wird sich sicher einige Tage dort aufgehalten haben, bevor er ermordet wurde.

Es gibt doch noch ein Foto von ihm, das ihn mit seinen Kindern zeigt. Darauf sieht er mehr wie ein Mensch aus als auf dem rekonstruierten Bild der Moorleiche. Damit sollten die Nachbarn noch einmal befragt werden. Thomas, machst du das?«, fragte Köster seinen älteren Mitarbeiter. Kruse nickte. »Mach ich. Du weißt ja, ich hab einen guten Draht zu den Leuten vom Land.«

»Gibt es noch Ideen oder Vorschläge zu unserem Fall? Wenn nicht, sollten wir uns heute und morgen an die Arbeit machen und nächste Woche unsere Ergebnisse zusammentragen.«

Damit beendete die Kommissionsleiterin die Sitzung.

Freitag, 4. Mai

Nachdem Köster am Vortag einen Termin mit einem für das Personal zuständigen Mitarbeiter vereinbart hatte, machte er sich am frühen Morgen erneut auf den Weg nach Hamburg. Dieses Mal versteckte sich die Sonne hinter Wolken, doch es regnete nicht. Je näher er seiner Heimatstadt kam, desto dichter wurde der Verkehr. An einer Baustelle kurz vor der Abfahrt in die Innenstadt gab es Stau und Köster fuhr schließlich im Schritttempo über die Elbe. Es dauerte noch eine weitere halbe Stunde, bis er das Hochhaus erreichte, in dem die Carmen-Cruises untergebracht waren. Bevor er das riesige Gebäude betrat, ließ er seinen Blick über die gläserne Fassade schweifen. Sie sollte anscheinend wirtschaftliche Macht und Weltoffenheit repräsentieren. In der Mitte des ausladenden Foyers stand ein Empfangstresen, an dem zwei ausgesprochen hübsche junge Damen arbeiteten. Eine von ihnen meldete ihn telefonisch bei seinem Ansprechpartner an. Nachdem sie aufgelegt hatte, erklärte sie Köster den Weg, der über den rechten Fahrstuhl in den neunten Stock führte. Als sie den fragenden Blick des Kommissars sah, lächelte sie. »Ich werde Herrn Günther Bescheid sagen, dass er sie am Aufzug abholt.«

Wie angekündigt stand nach dem Öffnen der Fahrstuhltür ein schlanker, etwa dreißig Jahre alter Mann in Jeans und Jackett vor Köster und stellte sich als Daniel Günther, Personalreferent der Carmen-Cruises, vor. Er geleitete den Polizeibeamten in ein helles, modern eingerichtetes

Büro und bot ihm einen Platz in einer Sitzgruppe am Fenster an. Für einen Augenblick war Köster abgelenkt von dem Ausblick über die südliche HafenCity, doch dann wandte er sich dem Mitarbeiter der Reederei zu und stellte sich vor.

»Wie ich Ihnen schon am Telefon gesagt habe, geht es um einen ehemaligen Mitarbeiter Ihrer Linie, Dirk Henken, der als Schiffsoffizier auf einem Ihrer Schiffe das Mittelmeer befuhr und im März 2007 im Hafen von Palermo über Bord gegangen sein soll und seitdem als verschwunden gilt. Nun ist seine Leiche entdeckt worden, die in einer Scheune im Teufelsmoor vergraben war. Wir untersuchen die Hintergründe seines Todes und brauchen noch einige Informationen von Ihnen sowie die Mitarbeiterliste des Schiffes, auf dem er Dienst tat.«

Während Köster sprach, wurde der smarte Mann immer ernster und nervöser.

»Das ist ja schrecklich!« Er holte tief Luft, fing sich aber gleich wieder.

»Es tut mir leid, was damals unserem Mitarbeiter passiert ist. Aber wie Sie sagten, kam er ja doch nicht auf einem unserer Schiffe um, wie zunächst angenommen. Somit sehe ich keinen Zusammenhang mit unserem Unternehmen. Daher bin ich mir nicht sicher, wie ich Ihnen helfen kann.«

»Er berichtete seinem Anwalt von den schlechten Arbeitsbedingungen und von kriminellen Machenschaften auf dem Schiff und wollte diese veröffentlichen. Gleichzeitig fühlte er sich bedroht und flüchtete wohl deshalb vom Schiff. Seine Ermordung kann somit durchaus im Zusammenhang mit seinem Wissen um die mafiösen Strukturen unter den Angestellten auf dem Schiff stehen, wie er es genannt hat. Um dem nachzugehen, bitten wir Sie um die Liste der Crewmitglieder des besagten Schiffes.«

Günther krauste die Stirn. »Über Schutzgeldpressungen unter den Seeleuten aus der Dritten Welt lesen wir immer mal wieder in der Presse. Wir vermuten aber, dass da wenig dran ist, denn wir kennen unsere Mitarbeiter und wüssten sicher etwas davon. Aber ich will Ihren Ermittlungen natürlich nicht im Wege stehen. Sie wünschen die Liste der Crewmitglieder. Um welches Schiff handelt es sich? Welche Route hat es genommen? Am besten suchen wir erst einmal in dem Jahr, in dem das Schiff gefahren ist. War das nicht 2007? Das tut mir leid, die Unterlagen dazu gibt es nicht mehr. Wir bewahren sie nur zehn Jahre auf.«

Köster seufzte.»Das dachte ich mir schon. Es wird aber sicher Mitarbeiter bei Ihnen geben, die vor elf Jahren schon bei Ihnen tätig waren. Darunter könnten welche sein, die mit Dirk Henken zur See gefahren sind oder ihn kannten.«

Inzwischen hatte der Personalreferent wieder deutlich an Sicherheit gewonnen und strahlte wieder Professionalität aus.»Das kann schon sein. Bei uns arbeitet überwiegend junges Personal, dass nach wenigen Jahren andere Wege geht. Ich werde versuchen, jemanden zu finden, der das Mordopfer kannte. Versprechen kann ich Ihnen allerdings nichts.«

Wenig später verließ Köster das Gebäude der Reederei und atmete tief durch. Er hatte sich zwar wenig Hoffnungen über den Erfolg der Recherchen in der Verwaltung der Carmen-Cruises gemacht, dennoch war er enttäuscht. Hinzu kam das Gefühl, einem dieser aalglatten jungen Manager begegnet zu sein, die ohne Skrupel jede Geschäftsidee vertraten und auch noch schön redeten. Er hoffte nur, dass seine Söhne sich nicht in diese Richtung entwickeln würden.

Johann und Mats, seine Söhne. Peter schaute auf seine Uhr. Es war zu früh sie zu erreichen. Beide waren noch in der Schule. Außerdem hatten sie ihm bereits Anfang der Woche zu verstehen gegeben, dass sie zu spontanen Treffen nicht bereit waren.

Doch dann schob sich ein anderer Gedanke davor. Sabine, seine Noch-Ehefrau, arbeitete in der väterlichen Reederei. Auch wenn diese sich dem Frachtgeschäft widmete, könnte Sabine ihm vielleicht wichtige Informationen zu den Arbeitsbedingungen auf den Kreuzfahrtschiffen geben.

Er rief sie auf ihrer Firmennummer an. Ihre Sekretärin teilte ihm mit, dass die Chefin gerade in die Mittagspause aufgebrochen war. Er könne sie aber zuhause erreichen.

Peter wunderte sich, dass Sabine so früh ihr Büro verließ. Früher mussten ihre Mitarbeiter sie oft daran erinnern, dass es Zeit war, essen zu gehen. Unter ihrer privaten Festnetznummer, die auch einmal seine gewesen war, erreichte er sie.

»Köster«, meldete sie sich. Es versetzte ihm einen kleinen Stich, aus ihrem Munde den gemeinsamen Nachnamen zu hören. Sie reagierte überrascht auf seinen Anruf, schien sich aber zu freuen und erklärte sich bereit, ihm seine Fragen zu beantworten. Sie würde nur noch eben in der Firma Bescheid sagen, dass sie später ins Büro käme.

Zwanzig Minuten später hielt er vor dem Wohnhaus seiner Familie. Er stellte den Motor ab und betrachtete einen Moment das Anwesen. In der ersten Zeit nach der Trennung hatte er seine Söhne am liebsten im Park oder vor einem Café getroffen und nur ungern von zuhause abgeholt. Seit sich sein Verhältnis zu Sabine entspannt hatte, betrat er hin und wieder sein altes Heim und begegnete dort seiner Frau, doch meistens verließ er kurz darauf das Haus mit seinen Söhnen. Inzwischen besuchten sie ihn häufiger in Osterholz-Scharmbeck, so dass er nur noch selten nach Hamburg fuhr. Und es war lange her, dass er in seinem früheren Zuhause Zeit mit seiner Frau allein verbracht hatte.

Sabine erwartete ihn an der Tür. Sie trug einen dunkelblauen kurzen Rock mit einer passenden hellblauen Bluse, an den Füßen aber Slipper. Und sie sah immer noch sehr gut aus, wie Peter feststellte. Die Kostümjacke hing sicher auf ihrer Stuhllehne in der Küche und die Pumps standen neben der Eingangstür.

Sie umarmte ihn zur Begrüßung. »Schön, dass du vorbeikommst. Wir haben uns ja lange nicht mehr gesehen. Kaffee?«

Peter nickte und folgte ihr in die Küche und sah zu, wie Sabine die Espressomaschine anstellte. Sie schien neu zu sein.

»Funktioniert unsere alte nicht mehr?«

Sie nickte. »Sie hat immer öfter ausgesetzt. Der Kundendienst konnte sie nicht mehr reparieren. Immerhin hat sie ja viele Jahre gehalten.«

Mit den Tassen in der Hand gingen sie ins Wohnzimmer und setzten sich in die Sitzecke mit dem beiden Sesseln. Hier hatten sie früher häufig zusammen gesessen.

Sabine schaute ihn ernst an. »Ich möchte dir noch einmal für das Gespräch im letzten Sommer danken. Dass ich so spontan vorbeikommen und dir mein Herz ausschütten konnte. Du hast mir sehr geholfen.«

»Das kam mir nicht so vor. Ich habe dir doch nur zugehört.« Peter erinnerte sich daran, dass sie sich bereits vor einiger Zeit am Telefon bedankt und er ähnlich geantwortet hatte. »Wie geht es dir jetzt mit deinem Vater? Kontrolliert er deine Arbeit immer noch so sehr?«

»Ja, es fällt ihm schwer, die Verantwortung abzugeben. Aber immerhin habe ich durchgesetzt, dass wir eines unserer Schiffe mit alternativem Treibstoff fahren lassen und die Wirtschaftlichkeit überprüfen. Außerdem bin ich mit der Hamburger Firma in Kontakt, die eine Art automatisierten Zugdrachen zur Unterstützung einsetzt, sogenannte Skysails. Du hast sicher schon mal davon gehört.«

»Schon, aber ich kann mir darunter nicht so recht was vorstellen. Und das funktioniert?«

»Ja, die Idee gibt es schon länger, hat sich aber aufgrund der schlechten Konjunktur und der großen Konkurrenz auf dem Markt nicht durchgesetzt. Die Firma musste schon einmal Insolvenz anmelden, hat sich aber wieder berappelt. Das ist eine große Investition, rechnet sich aber, da wir eine Menge Treibstoff einsparen können.«

»Tolle Idee. Ich finde es gut, dass du dich so für diese neuen, umweltfreundlicheren Antriebe einsetzt.« Peter schaute sie bewundernd an.

Sabine seufzte. »Ich hoffe nur, dass alles klappt. Der Kostendruck in der Seefahrt ist wirklich enorm hoch, da hat Vater Recht.« Sie trank einen Schluck Kaffee und stellte ihre Tasse wieder ab.

»Du bist aber nicht gekommen, um mich nach meiner Arbeit zu fragen. Was wolltest du denn wissen?«

Noch einmal fasste Peter die Hintergrundinformationen zum Verschwinden des Seemanns zusammen und endete mit einer Frage: »Hast du schon einmal von mafiösen Strukturen auf den Kreuzfahrtschiffen gehört?«

Sabine runzelte die Stirn. »Du weißt ja, dass wir vor allem im Frachtgeschäft tätig sind. Da haben wir keine oder nur selten Passagiere und viel weniger Personal mit begrenzteren Aufgabenbereichen. Doch eines haben Fracht- und Personenschiffe gemeinsam: Sie wurden meistens ausgeflaggt, das heißt sie fahren unter der Flagge eines Landes, in dem die deutschen Tarifsysteme umgangen werden. Billiglöhne sind an der Tagesordnung, und die geringsten Heuern erhalten die philippinischen Besatzungsmitglieder. Hinzu kommt, dass es immer schon eine klare Hierarchie unter den Seeleuten gab und bis heute gibt. An der Spitze steht der Kapitän und ihm folgen die Schiffsoffiziere, dann die Matrosen usw. Auf den Kreuzfahrtschiffen mit den vielen Beschäftigten aus den verschiedensten Berufsgruppen sind die Abstufungen auch klar zu erkennen. Sie werden unterschiedlich bezahlt und untergebracht. Ganz unten im Schiff leben und arbeiten die Seeleute aus der Dritten Welt. Sie sind viele Monate gemeinsam unterwegs und müssen bis ans Ende ihrer Kräfte schuften. Da entsteht eine eigene Welt, in der sich schon mal kriminelle Strukturen herausbilden können.«

»Das vermutest du oder gibt es dafür Hinweise?«

»Ich habe davon munkeln gehört, dass es da Probleme gibt. Aber nur hinter vorgehaltener Hand. Zuletzt auf dem runden Geburtstag eines Freundes meines Vaters vor vier Wochen. Aber offiziell gibt es das nicht.«

»Und kann denn ein Seemann so einfach über Bord gehen, ohne dass das jemand merkt?«

Sabine lächelte traurig. »Hast du eine Ahnung, wie oft das passiert. Gerade in der Personenschifffahrt wird immer mal wieder jemand vermisst. Das betrifft aber auch die Seeleute selbst und keiner weiß, warum jemand am nächsten Tag fehlt. Sie verschwinden im Ozean und hinterlassen keine Spuren.«

Peter schüttelte ungläubig den Kopf. »Jetzt, wo du das sagst, erinnere ich mich daran, davon schon mal gehört zu haben. Dennoch ist es schwer vorstellbar.«

»Du hast Recht. Doch jetzt bekomme ich langsam Hunger. Hast du Lust, eine Kleinigkeit mit mir zu essen?«

Er stimmte zu. Bevor sie aufbrachen, kam ihn ein Gedanke in den Sinn. »Ich möchte noch etwas mitnehmen, was ich hiergelassen habe. Darf ich mal kurz in den Keller?«

Erstaunt blickte sie ihn an und nickte. Kurz darauf kehrte er mit einem schmalen Koffer in der Hand zurück.

*

Am frühen Nachmittag traf Harald Bayer im Polizeikommissariat Osterholz ein und holte seine Kollegin zur gemeinsamen Fahrt nach Stade ab. Anne Grotheer zeigte ihm eine Liste der Namen und Adressen, die Kruse und sie den Kalendern des Seemanns entnommen hatten.

»Da sind doch einige zusammengekommen. Ich hoffe nur, dass Frau Henken überhaupt in der Lage ist, unsere Fragen zu beantworten, nach dem, was wir ihr mitteilen müssen.«

Als beide das Kommissariat verließen, wurden sie von der hellen Sonne geblendet. Der Wetterbericht hatte einen warmen Frühlingstag angekündigt und sollte Recht behalten. Bevor sich Harald hinter das Steuer setzte, zog er seine Jacke aus. Anne folgte seinem Beispiel. Unterwegs schaute sie häufig aus dem Fenster und erkannte einzelne Häuser und Gärten wieder. Kein Wunder, sah sie diese doch zum dritten Mal in kurzer Zeit.

Dabei fiel ihr ein, dass sie vor knapp einem Jahr mit Sven in Stade gewesen war. Sie hatte ihm von der alten kleinen Hansestadt vorgeschwärmt, die sie in ihrer Kindheit öfter mit ihren Eltern besucht hatte. Sven mochte Hafenstädte mit Geschichte und war, wie erwartet, von Stade sehr angetan gewesen. Hatte Trondheim, Svens neuer Wohnort in Norwegen, eigentlich auch zur Hanse gehört? Sie würde das nach Feierabend googeln.

»Wie ist das für dich, Frau Henken die Nachricht vom Tod ihres Mannes im Teufelsmoor zu überbringen?«

Anne schrak aus ihren Gedanken auf. Sie brauchte eine Weile, bis sie eine Antwort fand.

»Ich weiß nicht. Das wird sie sicher ganz schön schocken. Und verwirren. Sie weiß ja, dass er nicht mehr lebt. Zu begreifen, dass er nicht in Sizilien, sondern in Norddeutschland, so nahe an ihrem gemeinsamen Zuhause zu Tode gekommen ist, das wird ihr schwerfallen. Wir wissen ja auch noch nicht, warum.«

»Sehe ich auch so. Und wenn seine Leiche freigegeben wird, kann sie ihn jetzt beerdigen.«

Eine Weile schwiegen beide.

»Hast du was von Sven gehört?«

»Nein, seit seinem letzten Anruf hat er sich nicht mehr gemeldet.«

Harald schaute sie kurz von der Seite an. »Schlimm?«

»Schon ziemlich. Ich vermisse ihn. Und der Gedanke, dass wir jetzt getrennte Wege gehen, ist schon heftig.« Anne schluckte. »Aber ich weiß, dass es der richtige Entschluss war, nicht zu ihm nach Norwegen zu ziehen. Aber lass uns mal das Thema wechseln.« Sie schaute Harald an. »Wie geht es eigentlich dir?«

Überrascht von der plötzlichen Wendung des Gesprächs räusperte er sich. »Na ja, ich würde mal sagen, normal.«

»Normal? Was meinst du denn damit?«

»Ich habe mich ganz gut in meinem Leben allein eingerichtet. Dabei hilft es mir, mit etwas Disziplin meinen Alltag zu regeln. Seit einiger Zeit stehe ich zeitig auf und jogge noch vor der Arbeit. Und ich versuche, mir an jedem Wochenende was Besonderes vorzunehmen. Ins Kino gehen oder in ein Konzert oder ins Theater.«

»Das klingt gut. Und keine Partnersuche mehr?«

»Nein, das habe ich aufgegeben. Wenn, muss es sich so ergeben.«

Saskia Henken erwartete sie wieder an der Wohnungstür. Nachdem die Osterholzer Kommissarin ihren Verdener Kollegen vorgestellt hatte, bat die Witwe sie hinein. Im Hintergrund hörten sie das Wummern lauter Bässe.

»Das ist Kai. Ich habe ihm schon so oft gesagt, er soll seine Musik leiser stellen.«

Für einen Moment ließ Saskia Henken sie allein. Die Ermittler hörten einen lauten Stimmenwechsel, dann war es ruhig. Nach ihrer Rückkehr ins Wohnzimmer setzte sich die Witwe erneut auf ihren Platz und seufzte. »Jetzt ist er schon achtzehn und macht bald sein Abi, benimmt sich aber immer noch wie mitten in der Pubertät.« Im nächsten Moment richtete sich ihre Aufmerksamkeit wieder auf die Kommissare. »Was führt Sie denn heute zu mir? Gibt es was Neues?«

Anne Grotheer nickte. Sie atmete tief durch und berichtete langsam, immer wieder nach den richtigen Worten suchend, vom Fund der Leiche im Teufelsmoor und dem Vergleich der DNA der Leiche mit der von Dirk Henken.

»Wir müssen Ihnen leider mitteilen, dass es jetzt ganz sicher ist, dass Ihr Mann nicht auf dem Kreuzfahrtschiff, sondern im Teufelsmoor bei Bremen ums Leben gekommen ist.«

Mit vor Schreck geweiteten Augen hörte die Witwe zu.

»Aber das kann doch gar nicht sein! Die Reederei hat mir geschrieben, dass er vor Palermo über Bord gegangen ist! Und die Carabinieri haben das bestätigt!«

»Sie selbst haben an der Nachricht gezweifelt. Es gab ja keine Zeugen für das Unglück und die italienischen Polizeibeamten gaben nur wieder, was sie von den Besatzungsmitgliedern gehört haben.«

»Aber was hatte er im Teufelsmoor zu suchen? Und wie kam er dahin?«

»Das fragen wir uns auch. Erst einmal denken wir, dass er sich bei einem Freund seines Vaters verstecken wollte. Bei Jan Otten, nach ihm haben wir sie das letzte Mal gefragt. Sie erinnern sich?«

Saskia Henken nickte langsam. Sie brauchte Zeit um zu begreifen.

»Das Teufelsmoor ist nicht weit von uns entfernt. Warum ist er nicht zu mir gekommen?«

»Wir vermuten, dass er Sie und die Kinder nicht in Gefahr bringen wollte.«

»Und wie ist er ums Leben gekommen?«, fragte sie leise.

»Er wurde erschossen.« Es klang so hart, die Kommissarin fand aber keinen anderen Ausdruck.

»Erschossen? Was? Von wem denn? Und warum?« Ungläubig schüttelte die Witwe den Kopf.

Jetzt antwortete der Verdener Ermittler. »Das wissen wir noch nicht. Aber es hat wohl etwas mit den Vorkommnissen auf dem Schiff zu tun.« Er berichtete von der Aussage des Anwalts.

»Hat er Ihnen etwas von den Arbeitsbedingungen und den kriminellen Machenschaften an Bord erzählt?«

Saskia Henken schaute aus dem Fenster. »Ich weiß nicht. Er machte so Andeutungen. Als er das letzte Mal auf Urlaub zu uns kam, wirkte er ziemlich geschafft und ernst. Ich habe ihn gefragt, was denn los sei. Er hat geantwortet, es wäre gerade etwas schwierig auf dem Schiff. Aber das erlebte er öfter so und ich sollte mir keine Sorgen machen. Doch er war so verändert und ich meinte, das müsse doch etwas sehr Belastendes sein. Er könne mir das ruhig erzählen. Aber er blockte ab und meinte, er wolle mich nicht damit belasten. Da habe ich ihn in Ruhe gelassen.«

»Sie haben uns erzählt, dass er eher ein Einzelgänger war. Gab es dennoch jemanden, zu dem er näheren Kontakt hatte und dem er vertraute? Hat er da jemanden erwähnt?«

Sie schüttelte den Kopf. »Nein, nicht dass ich wüsste.«

Anne Grotheer holte einen Computerausdruck aus ihrer Tasche und reichte ihn der Witwe.

»Das sind die Namen aus seinen Taschenkalendern. Können Sie uns erzählen, wer die Personen sind und in welcher Beziehung sie zu Ihrem Mann standen?«

Wortlos nahm Saskia Henken den Zettel in Empfang und las ihn durch.

»Das sind fast alles Verwandte, von seiner und von meiner Seite.«

»Hat er zu einem von ihnen einen engeren Kontakt?«

Erneut ging die Witwe die Namen durch. »Höchstens zu Nils, seinem Cousin. Früher haben die zwei viel miteinander unternommen. Aber in den letzten Jahren haben sie sich selten gesehen.«

Saskia Henken schaute weiter. »Dann sind da noch zwei alte Schulfreunde, Horst Wendelken und Andre Mertens.«

»Hätte er mit einem von den beiden über seine Probleme auf dem Schiff gesprochen?«

»Glaube ich nicht. Die beiden haben sich immer wieder gemeldet, sonst wäre der Kontakt abgebrochen.«

»Immerhin hat er ihre Namen und Telefonnummern notiert.«

Saskia Henken nickte zerstreut.

»Paul Schuster, den Namen kenne ich nicht.«

»Das ist der Anwalt, den er um Rat gefragt hat.«

»Ach so.« Sie war schon beim nächsten Namen. »Onno Carstens. Den Namen hat er mal erwähnt. Ich glaube, der fuhr mit ihm auf der Carmen. Mehr weiß ich von dem aber nicht.«

»Onno Carstens.« Harald Bayer sprach den Namen langsam aus und horchte auf den Klang, als könne er ihm etwas über den Betroffenen sagen. »Das klingt so friesisch. Vielleicht kommt er da ja her. Wir müssen ihn unbedingt ausfindig machen.«

»Da weiß ich ja schon, was du als nächstes machen wirst.« Anne lächelte.

»Meinst du?« Harald fühlte sich ertappt. »Kann schon sein, dass ich heute Abend noch mal im Internet nach ihm suche. Aber erst mal hätte ich noch Lust, dich ins Café im Göbenhaus einzuladen. Da hat es mir das letzte Mal so gut gefallen.«

Nachdem Anne zugestimmt hatte, suchte er einen Parkplatz in der Nähe der Stader Tourist-Information und beide machten sich auf den Weg zum historischen Göbenhaus am Alten Hafen.

»Sieh mal, unser Tisch ist frei.« Harald deutete auf den Platz am Fenster. Sie bestellten einen Tee und ein Stück Kuchen.

»Was machst du am Wochenende?«, fragte Harald.

»Morgen feiert meine Cousine ihren Dreißigsten. Das geht bestimmt bis in den Morgen.«

»Und am Sonntag?«

»Da werde ich sicher ausschlafen. Sonst habe ich noch nichts vor.«

»Hättest du Lust, mit mir eine Torfkahnfahrt auf der Hamme zu machen? Die Saison hat wieder begonnen. Das ist bestimmt ein Erlebnis, so langsam durch die Wiesen zu gleiten. Soviel ich weiß, erzählen die Fahrer dabei kleine Anekdoten aus der Geschichte der Moorkolonisation. Ich könnte zwei Karten besorgen.«

»Eine gute Idee. Allerdings weiß ich noch nicht, wie ich mich nach dem Fest fühle. Ich rufe dich am Vormittag an. Ist das in Ordnung?«

Samstag, 5. Mai

Peter ließ seinen Blick durch den Garten gleiten und lauschte der Stimme der Amsel. Einige Rhododendren blühten bereits, kein Wunder bei dem anhaltend warmen Wetter. Er aß das letzte Brötchenstück auf und trank seinen Kaffee aus. Die Zeitung hatte er gelesen, jetzt konnte er den Frühstückstisch auf dem Balkon abräumen. Gisela war mit ihrer Tochter verabredet, die an diesem Wochenende zu Besuch gekommen war. Seit einem Monat studierte sie Deutsch und Geografie in Hamburg. Das passte gut, denn am Nachmittag würden Mats und Johann aus Hamburg eintreffen.

Nachdem er das Geschirr in die Spülmaschine geräumt hatte, brachte er die Zeitung ins Wohnzimmer. Dabei fiel sein Blick auf den länglichen Koffer, den er am Abend zuvor auf der Anrichte abgelegt hatte. Er öffnete ihn und nahm vorsichtig sein Saxophon heraus. Er strich über das goldglänzende Messing. Wie lange war es her, dass er es zum letzten Mal gespielt hatte?

Sicher mehr als fünfzehn Jahre.

Kurz entschlossen baute er das Instrument auseinander, begann es zu reinigen und die Klappen zu ölen. Nach dem Zusammensetzen hängte er es um, nahm das Mundstück in den Mund und blies hinein. Ein warmer Ton erklang. Die Finger fanden von selbst die passenden Klappen, sie hatten es nicht verlernt und spielten »Still got the blues«.

Um fünfzehn Uhr stand Peter am Bahnsteig und wartete auf seine Söhne. Einen Monat war es her, dass Johann ihn allein besucht hatte. Mats war schon sechs Wochen nicht mehr bei ihm gewesen. Das war nicht ungewöhnlich. In unregelmäßigen Abständen erschienen sie bei ihm, mal gemeinsam oder auch allein. Er überließ es Ihnen den Zeitpunkt zu bestimmen. So kamen sie, wenn sie wirklich Zeit mit ihrem Vater verbringen wollten. Die Zugtüren öffneten sich, Mats trat als erster heraus, gefolgt von Johann. Der Jüngere strahlte.

»Hallo Papa!« Johann lächelte etwas verhaltener, ließ sich aber von Peter in den Arm nehmen.

Im Sommer war der Besuch des italienischen Eiscafés ein fester Bestandteil ihres gemeinsamen Wochenendes. Ihr Weg führte sie vom Bahnhof direkt zu einem der kleinen runden Tische auf dem Marktplatz. Wenig später löffelten die drei genüsslich ihre gut gefüllten Becher. Mats leckte seinen Löffel ab, strich sich über den Bauch und lehnte sich sich zurück.

»Was machen wir denn heute und morgen?«

Peter lächelte. »Lust auf eine Paddeltour mit einem anschließenden Bad in der Hamme?«

»Immer.« Mats schien einverstanden. Sein älterer Bruder zögerte einen Augenblick.

»In Ordnung. Es sei denn, es gibt für uns wieder was zu recherchieren. Das ginge vor. Womit bist du denn gerade beschäftigt?«

Inzwischen kannte Peter die Frage, die Johann bei fast jedem Besuch stellte. Er schien sich bereits als fester Bestandteil des Ermittlungsteams seines Vaters beim Polizeikommissariat Osterholz zu fühlen.

»Das kann ich euch nicht sagen, denn die jetzigen Ergebnisse sind noch nicht für die Öffentlichkeit bestimmt. Bisher habe ich noch nichts, wonach ihr suchen könnt. Es wäre auch zu schade bei dem schönen Wetter. Also bleibt es bei dem Programm auf und im Wasser?«

Das Abendessen in der örtlichen Pizzeria gehörte ebenfalls zum gemeinsamen Wochenende. Wie ihr Vater liebten die beiden die italienische Küche. Zumeist war ihre Auswahl aber beschränkt und variierte nur in der Sorte der Pizza.

»Was Neues von Lea gehört?«, fragte Peter vorsichtig.

Johann schüttelte den Kopf. »Sie ist wohl immer noch mit diesem Finn unterwegs.«

»Ein blöder Typ.« Mats wusste wohl Bescheid. »Ich habe sie vor kurzem zusammen an der Elbe gesehen. Der fummelt dauernd an ihr rum. Richtig peinlich ist der.«

Anscheinend wollte Mats seinen großen Bruder mit dieser Aussage trösten, erreichte aber das Gegenteil. Johann rang um Fassung. »Egal. Ich konzentriere mich jetzt mehr auf die Schule und die Gitarre. Wir üben viel, unsere Band hat bald einen Auftritt.« Er holte tief Luft, dann richtete er seinen Blick auf seinen Vater. »Apropos Musik. Mama hat gesagt, du hast das Saxophon mitgenommen. Willst du wieder spielen?«

Peter nickte.

Begeistert klatschte Mats in die Hände. »Klasse. Wir haben dich nie gehört. Spiel uns doch mal was vor.«

Sein Vater winkte jedoch ab. »Ich fange erst wieder an. Das nächste Mal bestimmt.«

Sonntag, 6. Mai

Die Zugtür schloss sich hinter den Jungen. Langsam fuhr die Nordwestbahn an. Peter schaute noch einen Moment hinterher, dann machte er sich auf den Heimweg. Nachdem er die Wohnung aufgeräumt hatte, setzte er sich mit einer Flasche Bier auf den Balkon.

In den umliegenden Gärten roch es nach Grillkohle und gebratenem Fleisch. Er hörte Stimmen und Gelächter. Verborgen hinter den Bäumen schienen viele Nachbarn die milden sommerlichen Abendtemperaturen zu genießen. Peter spürte, wie sich eine melancholische Stimmung in ihm ausbreitete. Er versuchte, sich dagegen zu wehren und erinnerte sich an das schöne Wochenende mit seinen Söhnen. Das half aber wenig, stattdessen bedauerte er es, so weit von ihnen entfernt zu leben. Er verließ den Balkon und schloss die Küchentür hinter sich. Im Wohnzimmer nahm er das Saxophon von der Anrichte und begann zu spielen.

Montag, 7. Mai

Wie von Anne vorausgesagt, hatte Harald Bayer am Sonntag begonnen, nach Onno Carstens zu suchen. Zeit hatte er genug, nachdem die Kommissarin die gemeinsame Torfkahnfahrt abgesagt hatte. Zuerst wählte er die Nummer aus Henkens Adressbuch. Eine blecherne Automatenstimme teilte Harald mit, dass unter diesem Anschluss niemand zu erreichen war. Im Online-Melderegister wurde er fündig. Ein Onno Carstens lebte in der Wilhelmstraße Nummer 15 in Cuxhaven. Dahinter stand eine Handynummer, die der Ermittler mehrfach vergeblich in sein Smartphone tippte. Am Montagfrüh wurde das sich ewig wiederholende Tuten durch ein Knacken in der Leitung unterbrochen. Eine tiefe Stimme meldete sich. »Carstens hier.« Im Hintergrund hörte Harald ein lautes Rauschen und Möwengeschrei. »Wer ist da?« Der Kommissar stellte sich vor und erklärte dem Seemann, dass er ihn unbedingt sprechen müsste.

»Um was geht es denn?« Carstens' Stimme klang nervös.

»Um Dirk Henken. Sie kannten sich.«

Einen Moment tönten nur die Geräusche des Schiffes im Ohr des Ermittlers, bis der Seemann fortfuhr: »Hier ist der Empfang zu schlecht. Besser wir reden miteinander, wenn wir wieder an Land sind. Mittwoch laufen wir in Hamburg ein.«

Bayer stimmte zu. »Melden Sie sich bitte gleich, wenn Sie wieder da sind. Meine Nummer wird Ihnen ja angezeigt.«

Kruse stöhnte. »Jetzt haben wir nur einen einzigen möglichen Zeugen vom Schiff und wissen noch nicht einmal, ob er uns sachdienliche Hinweise liefern kann. Ich habe am Freitagnachmittag zwar alle Nachbarn der Bauern angetroffen und ihnen das Foto von Dirk Henken gezeigt, aber niemand hatte ihn wiedererkannt. Er scheint sich gut auf dem Hof versteckt zu haben.«

»Ich vermute, dass er nicht lange dort war. Wenn er wirklich von einer kriminellen Bande verfolgt wurde, haben sie ihn anscheinend schnell gefunden.« Köster drehte einen Kugelschreiber zwischen den Fingern.

Energisch versuchte Anne die entmutigende Stimmung ihrer Kollegen zu durchbrechen. »Aber da sind noch die beiden Schulfreunde und der Cousin. Das sind alte Vertraute. Auch wenn Henkens Frau das nicht glaubt, hat Dirk Henken sich vielleicht doch an einen von ihnen gewandt und von sich und seinen Problemen auf dem Schiff erzählt.«

»Du hast Recht, Anne.« Köster sah sie ernst an. »Wir werden zu den dreien Kontakt aufnehmen. Am besten noch bevor dieser Seemann von dem Kreuzfahrtschiff nach Hamburg zurückkehrt.«

Kurz nachdem seine Kollegen sein Dienstzimmer verlassen hatten, klingelte Kösters Telefon.

»Daniel Günther hier.«

Der Kommissar brauchte einen Moment, bis er sich an den Personalreferenten der Carmen-Cruises erinnerte.

»Mich hat die Geschichte mit dem ermordeten Seemann noch sehr beschäftigt. Das ist ja wirklich unglaublich, was da passiert ist. Deshalb habe ich mich heute Morgen drangesetzt und unter den Mitarbeitern nach jemandem gesucht, der Dirk Henken kannte und von der Sache wusste. Und ich habe jemanden gefunden, Christian Peters. Er arbeitet seit fünfzehn Jahren in der Personalabteilung unseres Unternehmens. Er wartet auf Ihren Anruf. Seine Durchwahlnummer ist 536.«

Köster bedankte sich und verharrte für einen Moment still an seinem Schreibtisch. Verwunderung mischte sich mit Scham, den Mann gleich als aalglatten Karrieristen eingestuft zu haben.

Christian Peters meldete sich sofort. »Ja, ich kannte Dirk. Deshalb war ich auch so betroffen, als ich vor elf Jahren von dem Unfall erfuhr. Und jetzt ermordet? Unfassbar!«

Nachdem ihn Köster kurz über die bisherigen Ermittlungsergebnisse informiert hatte, berichtete der Angestellte der Carmen-Cruises, dass er den Seemann kurz nach dessen Arbeitsbeginn kennengelernt hatte.

»Er war sehr freundlich und arbeitete sehr gewissenhaft. Dabei wirkte er eher zurückhaltend und schien mir weniger feierfreudig als einige seiner Kollegen zu sein, die in ihrer Freizeit gern schon mal einen über den Durst tranken. Sie wissen schon, was ich meine.«

»Die Crewliste des Schiffs, auf dem er zuletzt gefahren ist, scheint es ja nicht mehr zu geben. Können Sie sich noch daran erinnern, wer damals mit ihm fuhr? Und zu wem er engeren Kontakt hatte?«

»Ja, darüber habe ich nachgedacht. Mir sind allerdings nur drei Namen von deutschen Mitarbeitern eingefallen. Darunter war ein Steward, der sehr betroffen auf den Unfall reagierte. Er ließ sich danach gleich krank schreiben und hat wenig später gekündigt. Wenn Sie mir Ihre E-Mail-Adresse geben, kann ich Ihnen die Namen und Adressen schicken. Ob sie allerdings noch stimmen, weiß ich nicht. Nur einer arbeitet noch für uns.«

Wie versprochen traf wenig später eine Mail der Carmen-Cruises ein. Der Mitarbeiter der Reederei hatte noch den Rang auf dem Schiff sowie die Adresse und Telefonnummer hinzugefügt. An erster Stelle stand der Steward Onno Carstens.

»Dieser Carstens ist sicher ein ganz wichtiger Zeuge. Jetzt begegnet uns sein Name schon zum zweiten Mal. Übermorgen ist er zurück, da können wir mit ihm sprechen. Dann gibt es jetzt noch zwei weitere Mitarbeiter. Die sollten wir auch noch kontaktieren. Habt ihr schon jemanden von seinen Verwandten erreicht?«

Köster lehnte sich zurück und schaute sein Team erwartungsvoll an.

Während Anne bisher keinen der Freunde erreichen konnte, hatte Kruse Glück gehabt und den Cousin ans Telefon bekommen. Doch dieser berichtete, Dirk habe ihm bei ihren seltenen Treffen nichts von seinen Erlebnissen auf dem Kreuzfahrtschiff erzählt. Ihre Gespräche hätten sich auf Fußball und frühere gemeinsame Erlebnisse im Familienkreis konzentriert.

Anne seufzte. »Ich schätze, dass Henken seinen beiden Freunden auch nicht viel aus seinem Berufsleben berichtet hat. Ich will dennoch weiter versuchen, sie an die Strippe zu bekommen.«

»Gut, dann bleiben uns jetzt noch die zwei anderen Crewmitglieder. Es wäre schön, wenn ihr versuchen würdet, sie zu erreichen.«

Dienstag, 8. Mai
Am Vorabend hatte Grotheer einen von Henkens Freunden erreicht. Horst Wendelken hatte ausgesagt, mit Dirk vor allem Sport getrieben zu haben. Sie hätten immer Squash gespielt. Privates wäre selten zur Sprache gekommen. Den zweiten erreichte sie am Dienstagfrüh, bevor Andre Mertens zur Arbeit fuhr.

»Dirk und ich waren Klassenkameraden in der Realschule und haben in derselben Fußballmannschaft gespielt. Manchmal sind wir auch zusammen gejoggt.«

Kruse überprüfte die Adressen und Telefonnummern von Henkens Kollegen auf dem Schiff. Bei dem ersten, Harm Meyer, stimmten die von der Reederei angegebenen Daten noch, der Matrose war aber nicht zu erreichen. Der zweite, Jörn Schmidt, war weder unter der angegebenen Anschrift gemeldet noch tauchte er im deutschen Melderegister auf.

Am Nachmittag rief Bayer Köster an und berichtete von seinen Gedanken und Nachforschungen, wie Henken nach Norddeutschland gekommen sein könnte, ohne dass jemand etwas davon mitbekommen hat.

»Erst einmal habe ich mir überlegt, wie er überhaupt von der Carmen herunterkommen konnte. Ich vermute, dass er das mitten in der Nacht gemacht hat. Das Schiff lag im Hafen und es gibt sicher eine Wache an der Gangway, an der er vorbei musste. Es könnte sein, dass diese eingeweiht war und bei den Vernehmungen anschließend dichtgehalten hat. Wie Henken in seinem Kalender vermerkt hat, war er zwei Tage vorher in Messina an Land gegangen. Vielleicht hat er dort Vorkehrungen für sein Verschwinden getroffen. Und wie kam er dann ins Teufelsmoor? Mit dem Flugzeug sicher nicht, denn er hätte dafür mit seinem Ausweis ein Ticket buchen müssen und damit wäre die Reise zurückzuverfolgen gewesen. Ein Auto zu mieten entfällt aus demselben Grund. Also bleibt nur die Bahn. Ich habe nachgesehen: Er könnte mit dem Zug gefahren sein. Das Ticket hätte er in Messina kaufen und bar bezahlen können. Für die Fahrt wäre er mindestens eineinhalb Tage unterwegs gewesen inklusive mehrmaligen Umsteigens. Nur wird es dafür kaum noch Zeugen geben. Es sei denn, es war jemand auf dem Schiff, den er ins Vertrauen gezogen hat.«

Donnerstag, 10. Mai

Am Vorabend hatte sich Onno Carstens gemeldet und berichtet, gerade in Cuxhaven angekommen zu sein. Es war schon spät und er wollte erst einmal ausschlafen. Am nächsten Tag sei er zu einem Gespräch bereit.

»Am Telefon möchte ich nicht so gerne über das sprechen, was damals passiert ist. Wäre es möglich, dass jemand von Ihnen zu mir rausfährt? Ich brauche nach dem langem Dienst erst einmal Erholung und mag nicht gleich wieder ins Auto steigen.«

Kurz nach neun Uhr traf Gisela Schmidt in Osterholz-Scharmbeck ein. Die Verdener Kommissionsleiterin wollte es sich nicht nehmen lassen, zusammen mit Köster die Vernehmung des anscheinend so wichtigen Zeugen durchzuführen. Sie setzte sich auf den Beifahrersitz und lehnte sich entspannt zurück.

»Schön, wieder einmal mit dir unterwegs zu sein. Es ist schon so lange her.«

Peter schaute sie schmunzelnd von der Seite an. »Darf ich dich daran erinnern, dass wir fast jedes Wochenende miteinander verbringen?«

Doch sie ließ sich nicht beirren und streckte sich. »Na klar, ich meine doch dienstlich. Außerdem waren wir noch nie gemeinsam in Cuxhaven. Und die See mag ich besonders. So wie ich dich kenne, geht es dir auch so.«

Er nickte, wurde aber wieder ernst. »Ich hoffe nur, dass sich der weite Weg lohnt und dieser Seemann wirklich etwas von den Ereignissen an Bord mitbekommen hat. Vielleicht wollte er sich nur wichtig machen.«

Auf der Autobahn kamen sie zügig voran. Ein leiser Nieselregen setzte ein, der die Landschaft in ein graues Licht hüllte. Doch als sie sich der Küste näherten, klarte es wieder auf.

In Cuxhaven hielten sie vor einem dreigeschossigen Mietshaus. Wenig später öffnete ihnen Onno Carstens, ein schlanker kleiner Mann mit einem gepflegten Kurzhaarschnitt. Obwohl braun gebrannt, wirkte er abgespannt und müde. Die dunklen Augenringe legten Zeugnis ab vom Schlafmangel der vergangenen Wochen.

Der Steward bat sie herein. Im Flur stand ein großer Koffer, den sie umrunden mussten. T-Shirts und Hosen lagen verteilt in der Wohnung.

»Entschuldigen Sie die Unordnung. Ich habe gerade erst angefangen auszuräumen. Am besten gehen wir in die Küche.«

Am Tisch bot er den Kommissaren einen Schnellkaffee an, den beide dankend ablehnten.

Carstens füllte sich Instantpulver in eine Tasse und goss heißes Wasser darüber. Nachdem er sich gesetzt hatte, trank er einen Schluck und sah die beiden Ermittler an.

»Sie kommen wegen Dirk Henken? Warum erst jetzt nach so langer Zeit?«

Köster nickte und gab die nötigen Auskünfte.

Während seiner Ausführungen richtete sich der Steward auf, seine Müdigkeit war verschwunden und er schaute den Kommissar fassungslos an.

»Das glaube ich nicht. Wir alle dachten, er ist in Palermo über Bord gegangen. Immer wieder habe ich nachgedacht, wie das passieren konnte. Betrunken war er nicht an dem Abend, deshalb konnte ich nicht an einen Unfall glauben. Selbstmord? Es stimmt schon, er war ziemlich fertig in der Zeit vor seinem Tod, aber er hing an seinen Kindern und seiner Frau. Ich glaube nicht, dass er ihnen das angetan hätte. Deshalb habe ich gedacht, dass ihn die Gangster einfach über Bord geworfen haben. Dann lag ich wohl richtig, nur dass er an einem anderen Ort ermordet wurde.«

»Wer waren denn die Gangster, von denen Sie gerade sprachen?«, fragte die Kommissarin.

Carstens schnaufte. »Schutzgelderpresser. Die meisten kamen von den Philippinen, manche aber auch aus Indien. Sie verlangten von ihren Landsleuten Geld dafür, dass ihnen nichts passiert.«

»Und wenn sie nicht zahlten?«

»Dann gab es eben kleine Unfälle. Das fiel nicht so sehr auf. Es kann sich immer mal wieder jemand in der Wäscherei verbrühen oder in der Küche mit einem Messer schneiden. Das passierte nicht oft, denn die Leute fürchteten die Mafiatypen und entrichteten ihren regelmäßigen Beitrag an sie.«

Für einen Moment schwieg der Steward und trank einen weiteren Schluck. »Doch das ist nicht alles. Es gab auch Prostitution in den unteren Stockwerken, zum Teil unter Zwang. Die Männer waren schließlich viele Monate auf See und brauchten Abwechslung.« Carstens' Stimme bekam einen zynischen Beiklang.

»Das hat Henken erfahren? Wenn ja, von wem?«

»Unter anderem von mir. Ich mochte ihn, denn er war nicht einer dieser hochnäsigen Offiziere, wie wir sie sonst kannten. Er aß zwar immer mal wieder in deren Messe, aber meistens kam er zu uns und hörte uns zu. Ich hatte Vertrauen zu ihm und wollte loswerden, was ich von den schrecklichen Zuständen auf dem Schiff erfahren hatte.«

»Wie reagierte er darauf?«

»Er war erschüttert. Und wütend. Dann sprach er mit dem Kapitän. Doch der wimmelte ihn ab, das wäre doch alles nur Geschwätz. Auf seinem Schiff gäbe es so was nicht. Das müsste er dann ja wissen. Da fing Dirk damit an, dass er alles öffentlich machen wollte. Und ich bedauerte, dass ich Dirk davon erzählt hatte.«

Köster runzelte die Stirn. »Warum?«, fragte er.

»Haben Sie eine Ahnung, wie gefährlich diese Banditen sind? Sie hängen alle zusammen und schrecken vor nichts zurück. Und Sie sehen ja auch, wie Recht ich hatte, Dirk zu warnen.«

Ungläubig sah Gisela Schmidt den Steward an. »Aber ist Ihnen nie der Gedanke gekommen, dass diesen Kerlen das Handwerk gelegt werden muss?«

Carstens schloss kurz die Augen. »Natürlich habe ich das. Ich habe einen Brief an die Firmenleitung geschrieben, aber keine Antwort erhalten. Den Mut, mich an die Presse zu wenden, hatte ich nicht. Mir hätte dasselbe passieren können wie Dirk.«

Die Kommissionsleiterin gab nicht auf. »Und wenn Sie zur Polizei gegangen wären?«

Müde schaute der Steward sie an. »Zu welcher Polizei denn? Die Schiffe fahren unter italienischer Flagge, da gilt italienisches Recht. Von der italienischen Polizei weiß man, dass sie sich nicht wirklich für die Vorkommnisse auf den Schiffen interessiert.«

Für einen Moment schwiegen alle, bis der Seemann fortfuhr: »Glauben Sie mir, das Ganze hat mich sehr beschäftigt. Als ich von Dirks Tod erfuhr, ging es mir richtig schlecht. Ich fühlte mich schuldig. Hätte ich meine Klappe gehalten und ihm nicht alles erzählt, würde er heute noch leben. Und dann grübelte ich dauernd darüber nach, wer das wohl getan hat. Ich konnte nicht länger auf dem Schiff bleiben, auf dem das passiert war. Erst mal habe ich mich krankschreiben lassen und dann gekündigt. Danach bin ich wieder auf die Handelsflotte umgestiegen.«

»Wen haben Sie denn auf dem Schiff verdächtigt?«

»Das war ja das Problem. Ich kannte die Leute kaum. Hatte selbst nur von anderen davon gehört.

Nur einmal, als ich in die Küche kam, sah ich, wie einer der Filipinos einem anderen Geld zusteckte. Das ging so schnell und ich konnte die Leute kaum unterscheiden.«

»Wer hat Ihnen denn von den Schutzgelderpressungen und der Prostitution erzählt?«

»Unter der Hand mehrere. Meistens niemand, der davon betroffen war. Nur ein Beispiel: Als ich den Filipino aus der Küche danach fragte, was denn da gerade abgelaufen war, hat er mich nur ängstlich angeguckt und was von Schulden erzählt, die er beglichen hatte.«

Köster schaute in seine Notizen. »Gab es denn noch jemanden, dem Dirk Henken von den Vorkommnissen auf dem Schiff berichtet hat? Oder jemand, dem er besonders vertraute?«, fragte er.

»Hm, ich weiß nicht. Er sprach gern mit uns, war dann aber auch viel für sich. Ich glaube, da war noch eine Frau, mit der ich ihn öfter zusammen gesehen habe. Das war eine Leitungskraft aus dem Service. Den Namen weiß ich leider nicht mehr.«

»Können Sie uns beschreiben, wie sie aussah?«

»Mittelgroß, blond. So um die dreißig. Sie sah richtig gut aus.« Carstens lächelte.

»Ich glaube, die hatten was miteinander. So wie die sich umarmten. Das machten sie aber nur, wenn sie sich nicht beobachtet fühlten.«

Zurück im Auto atmete Gisela schwer durch, schloss die Augen und schwieg für einen Moment. Danach schaute sie Peter ernst an. »Du, ich brauche frische Luft. Können wir nicht kurz ans Meer fahren?«

»Gute Idee. Wenn du mir den Weg zeigst.«

Zehn Minuten später hielten sie auf einem Parkplatz und gingen gemeinsam zur Aussichtsplattform Alte Liebe. Über die Holzplanken liefen sie bis zum Ende und genossen den Blick auf den Hafen und die

Einmündung der Elbe. Eine Stimme aus dem Lautsprecher kündigte ein chinesisches Containerschiff an, dass sich von Hamburg kommend der offenen See näherte.

Peter nahm Gisela in den Arm. »Es war eine gute Idee, nicht gleich wieder zurückzufahren. Schön, dass du mir diesen Platz zeigst. Es ist lange her, dass ich das letzte Mal hier war.«

An ihn gelehnt schaute sie nachdenklich auf den vorbeifahrenden Frachter.

»Jetzt stell dir vor, dass die meisten Carmen-Schiffe hier vorbeifahren. Während sich die Gäste auf die bevorstehende Reise freuen, erwartet ein Teil der Crew ein Leben in den unteren Stockwerken des Schiffs, begleitet von Angst vor Erpressung, Gewalt und Prostitution.«

Sie schaute ihn fragend an. »Hast du was dagegen, wenn ich noch mit zu dir komme?«

Freitag, 11. Mai
Da Gisela in Osterholz-Scharmbeck übernachtet hatte, fuhren Peter und sie am Morgen gemeinsam zur Mordkommissionssitzung. Bayer war allein aus Verden gekommen.

Die Kommissionsleiterin eröffnete die Sitzung und fasste die Ergebnisse der Vernehmung des Stewards zusammen. »Der Verdacht, dass auf der Carmen kriminelle Vorkommnisse stattgefunden haben, erhärtet sich damit. Und auch der, dass Henken von einem oder mehreren auf dem Schiff aktiven Bandenmitgliedern verfolgt und ermordet wurde. Doch noch wissen wir nicht, wer dazugehörte. Vielleicht weiß Henkens Vertraute, die leitende Servicekraft auf der Carmen, mehr. Ihre Identität müssen wir noch ermitteln. Das hat erste Priorität.«

Köster machte sich eine Notiz. »Ich rufe noch mal den Sachbearbeiter Christian Peters an. Vielleicht kann der für uns herausbekommen, wer das ist. Und es fehlen noch die beiden Seemänner, die uns der Sachbearbeiter genannt hat.«

Kruse zuckte mit den Schultern. »Harm Meyer konnte ich immer noch nicht erreichen. Wahrscheinlich ist er auf einem Schiff unterwegs.

Seine Handynummer haben wir aber nicht. Jörn Schmidt ist nicht mehr in Deutschland gemeldet. Entweder ist er in ein anderes Land gezogen oder verstorben.«

»Harald, versuche mal herauszufinden, ob der zweite in einem anderen Land gemeldet ist.«

Der Verdener nickte. »Ich kann aber nichts versprechen.«

»Und was ist dem Kapitän? Sollten wir ihn nicht auch befragen?«, meldete sich Anne Grotheer zu Wort.

Köster schien nicht überzeugt. »Ich glaube nicht, dass sich das lohnt. Wenn es stimmt, was der Steward sagt, dann hat er damals schon alles vertuschen wollen. Auf der anderen Seite ist viel Zeit vergangen. Und möglicherweise ist er heute zu einer ehrlicheren Aussage bereit. Ich werde in der Reederei nach seinem Namen und der Anschrift fragen.«

Nachdenklich schaute die Kommissionsleiterin in die Runde. »Wir sollten auf jeden Fall versuchen, mehr über Dirk Henken in Erfahrung zu bringen. Wenn ich mich recht erinnere, haben wir von unseren Zeugen gehört, dass er gerne Sport machte. Es könnte ja sein, dass er nach Feierabend mit Kollegen von der Crew Squash gespielt hat oder gejoggt ist und dabei Gespräche über die Vorkommnisse an Bord stattgefunden haben.«

Nachdem sich Köster von den Verdenern verabschiedet hatte, rief er erneut den Sachbearbeiter der Carmen-Cruises an und bat um den Namen und die Anschrift des Kapitäns. Christian Peters sicherte ihm zu, die Information zu mailen. Köster bedankte sich und berichtete von der leitenden Servicekraft auf dem Schiff.

Peters schwieg eine Weile. »Die Beschreibung trifft auf viele weibliche Angestellte unserer Schiffe zu. Nur wenn sie noch bei uns beschäftigt ist oder erst vor kurzer Zeit aufgehört hat, haben wir eine Chance, herauszubekommen, wer sie ist.«

Samstag, 12. Mai

Nach langer Zeit fuhr Peter Köster wieder einmal nach Bremervörde. Gisela wäre gerne mitgekommen, hatte sich aber mit ihrer Tochter verabredet. Die Sonne schien und kündete einen warmen Tag an. Auf dem Weg sah er, dass die Wiesen ausgetrocknet waren und eine gelbe Farbe angenommen hatten. Es hatte länger nicht geregnet.

Gerda Behrens öffnete die Tür. Sie strahlte. »Wie schön, dass du da bist!« Braun gebrannt und gut gelaunt sah die Ehefrau des pensionierten Eisenbahners deutlich verjüngt aus. Als Peter ins Wohnzimmer trat, erhob sich Jan Behrens aus seinem Sessel und begrüßte seinen Freund. Jan hatte ebenfalls viel Farbe abgekommen, schien aber müde zu sein.

Peter schaute ihn ein wenig schuldbewusst an. »Ist es denn in Ordnung, dass ich heute schon komme? Ihr seid doch gestern erst zurückgekommen.«

»Aber klar. Ich freue mich, dass du da bist. Und selbst wieder hier zu sein.«

Jan umarmte Peter kurz und schob ihn in Richtung Terrasse. »Jetzt wollen wir erst mal Kaffee trinken. Gerda hat heute morgen bereits gebacken.«

»Das hast du schon geschafft?« Peter schaute auf den verführerisch duftenden Apfelkuchen in der Mitte des Tisches und sah Gerda bewundernd an.

»Ach, das war doch kein Aufwand. Nachdem wir zehn Tage so verwöhnt wurden und ich gar nichts machen musste, hat das richtig Spaß gemacht. Gestern Abend waren wir noch schnell einkaufen.«

Mit Genuss verspeiste Peter drei Stücke und trank Kaffee. Auch Jan griff beherzt zu, so dass zum Schluss nur noch die Hälfte des Kuchens übrig war.

Nur Gerda hielt sich zurück. »Das Essen war so lecker auf dem Schiff, ich habe einiges zugenommen.«

»Sieht man aber nicht.« Peter lächelte. »Du siehst super aus. Die Kreuzfahrt hat dir anscheinend gut getan.«

»Danke. Sie war toll.« Gerda lehnte sich zurück und schaute verträumt in die Ferne.

»Das Ganze war ein einziger Genuss. Die vielen Angebote auf dem Schiff, Theater, Musik, Sport, das war unglaublich, was wir in der kurzen Zeit alles erlebt haben! Ach ja, und dann noch die Landausflüge. Venedig hat mich am meisten beeindruckt.«

»Und wie fandest du es?« Peter wandte sich an seinen Freund.

Jan war Gerdas Ausführungen bisher still gefolgt. »Na ja, ich freue mich, dass es Gerda so gut gefallen hat. Ich bin eigentlich vor allem ihr zuliebe mitgekommen.«

Er machte eine kurze Pause und trank einen Schluck Kaffee. »Für mich war es so, wie ich es erwartet hatte. Die vielen Menschen auf dem engen Raum und der ganze Trubel, das war mir zuviel.«

»Das Essen hat dir aber geschmeckt«, bemerkte Gerda spitz.

»Stimmt, es war sehr lecker. Nach ein paar Tagen ging mir der Überfluss aber einfach auf den Wecker. Ich wäre auch mit etwas weniger zufrieden gewesen.«

»Du hast ja immer was zu meckern.« Gerdas Stimme klang genervt.

Ernst schaute Jan seine Frau an. »Apropos Venedig. Als wir da reinfuhren und vom vierzehnten Stockwerk auf die wunderbaren alten Häuser und Paläste schauten, sahen sie alle so klein aus. Und ich dachte mir, wie das wohl auf die Leute auf den Plätzen gewirkt haben wird, als das riesige Schiff so nah an ihnen vorbeigefahren ist, die vielen Leute an der Reling standen und mit ihren Handys die Touristen und Bewohner der Stadt knipsten? Dazu lagen wir im Hafen mit vier anderen großen Pötten. Als wir an Land gingen, war die Stadt dermaßen überfüllt, dass es mir unheimlich wurde.«

Als Jan Gerdas wütenden Blick sah, fügte er beschwichtigend hinzu: »Ich habe aber das Beste aus der Fahrt gemacht. An Deck im Liegestuhl zu liegen und zu lesen oder einfach die Augen zu schließen und den Fahrtwind, die gute Luft und das Geschrei der Möwen zu genießen, das war schon schön.«

Sonntag, 13. Mai

Köster nutzte den Vormittag und räumte seine Wohnung auf. Als er den Müll hinunterbrachte, begegnete er der alten Dame, die unter ihm wohnte, und grüßte sie freundlich.

Sie musterte ihn streng. »Was ist das bloß für ein schreckliches Instrument, was Sie da neuerdings spielen? Es scheppert und ist viel zu laut! Ich komme ja kaum noch zur Ruhe! Bitte unterlassen Sie das!« Ihre Stimme klang schrill.

Betroffen schaute Köster sie an. »Das tut mir leid. Ich wusste nicht, dass es Sie stört.«

»Ja, und nicht nur mich. Herr Gerdes aus der Wohnung neben Ihnen hat sich auch schon beschwert.«

»Es wäre besser gewesen, er hätte es mir selbst gesagt.« Köster spürte, wie Ärger in ihm aufstieg. »Ich werde mit ihm reden.«

Er verabschiedete sich und klingelte an der Tür seines Nachbarn. Es dauerte eine Weile, bis dieser öffnete.

»Ja?«, fragte er.

»Ich habe von Frau Nolte gehört, dass Sie sich über mein Saxophonspiel bei ihr beklagt haben.«

Der kleine glatzköpfige Mann zuckte mit den Schultern. »Na ja, es klingt ja nicht schlecht. Ist mir nur ein bisschen zu laut. Wenn Sie sich an die Ruhezeiten halten, kann ich damit leben. Also nicht in der Mittagszeit und abends nach acht Uhr. Sonst kann ich den Ton des Fernsehers nicht verstehen und muss ihn so laut stellen.«

Als Peter in Verden eintraf, spürte Gisela gleich, dass etwas seine Stimmung trübte.

»Was ist los?«

Er stöhnte. »Jetzt habe ich nach so vielen Jahren mein altes Instrument wiederentdeckt und nun beschweren sich meine Nachbarn.«

»Du wohnst in einem Mietshaus mit mehreren Parteien. Da ist das mit dem Musikmachen nicht so einfach.«

Nach einer Pause fuhr sie fort: »Ich lebe im eigenen Haus. Die nächsten Nachbarn sind weit genug entfernt. Und mich stört dein

Saxophonspiel nicht, ganz im Gegenteil, es gefällt mir. Was hältst du davon, bei mir einzuziehen? Platz genug habe ich ja.« Erwartungsvoll schaute sie ihn an.

Peter schluckte. »Danke für dein Angebot. Ich werde darüber nachdenken.«

Montag, 14. Mai

Gegen Mittag meldete sich Christian Peters aus der Personalabteilung der Carmen-Cruises bei Köster und teilte ihm bedauernd mit, dass Kapitän Rüdiger Hansen letztes Jahr verstorben war. Das gesuchte Crewmitglied hatten sie leider auch nicht finden können. »Aber als ich die Liste unserer leitenden Kräfte aus dem Servicebereich durchgegangen bin, habe ich eine andere Mitarbeiterin gefunden, die schon auf der Carmen beschäftigt war: Anna Rudolf.«

Der Kommissar notierte Namen und Adresse und bedankte sich für die Auskunft.

Wenig später erreichte er Anna Rudolf unter der angegebenen Handynummer und verabredete einen Gesprächstermin. In den Pausen zwischen zwei Carmen-Engagements arbeitete sie aushilfsweise in einem Hamburger Restaurant. Um neunzehn Uhr begann ihre nächste Schicht, so dass sie bis dahin in ihrer Altonaer Wohnung anzutreffen sein würde.

Bevor sich Köster auf den Weg nach Hamburg machte, schickte er zwei kurze Nachrichten an seine Söhne, in denen er seinen Besuch ankündigte. Wenig später erreichte ihn Johanns Antwort: »Bin um 17 Uhr zuhause. Komm doch vorbei!« Mats schrieb: »Habe noch Training, bin aber am Abend da.«

Beschwingt fuhr der Kommissar zur Autobahn. Auch wenn sich der Verkehr vor dem Elbtunnel wieder einmal staute, behielt er seine gute Laune. In Altona brauchte er eine Weile, bis er einen Parkplatz fand, und klingelte wenig später an der Haustür von Anna Rudolf.

Eine große Frau mit hochgesteckten Haaren begrüßte ihn und führte ihn in die Sofaecke ihres kleinen Appartements. Am Telefon hatte Köster bereits angekündigt, sie nach besonderen Ereignissen auf einer bestimmten Fahrt der Carmen befragen zu wollen. Sie kam gleich zur Sache.

»Was wollen Sie denn von mir wissen?«

Köster berichtete von der Fahrt im Mittelmeer, auf der Dirk Henken verschwunden war.

»Können Sie sich daran erinnern?«

Frau Rudolf nickte ernst. »Das war schrecklich. Auch wenn das schon so lange zurückliegt, weiß ich immer noch, wie fassungslos wir waren. Henken war ein toller Mitarbeiter. Wir mochten ihn alle.«

»Uns wurde berichtet, dass er auf dem Schiff in engerem Kontakt mit einer Servicekraft stand. Einer blonden, jungen Frau. Wissen Sie, wer das war?«

Sie nickte erneut. »Ja. Das war Nicole. Ich habe die beiden immer mal wieder zusammen gesehen. Allerdings war er auch viel mit einem Steward im Gespräch.«

»War das Onno Carstens?«

»Richtig, Onno.« Die Frau schaute Köster erstaunt an. »Dann wissen Sie bereits eine Menge.«

»Einiges schon. Aber es fehlen noch viele Details. Was für einen Beruf übte denn diese Nicole aus?«

»Sie war wie ich als Assistentin im Housekeeping angestellt.«

»Was kann ich mir darunter vorstellen?«

»Wir waren beide Assistentinnen der Leitenden Hausdame und damit für das Personal in der Wäscherei und der Zimmerreinigung zuständig. Wir mussten die Mitarbeiter kontrollieren und immer mal wieder durch die Kabinen schauen, ob alles in Ordnung war. Ach ja, wir haben auch die Dienstpläne gemacht. Inzwischen habe ich mich zur Hausdame hochgearbeitet. Mir macht die Arbeit viel Spaß.«

»Wissen Sie, wo sie wohnte? Und zu wem sie sonst noch Kontakt hatte?«

Anna Rudolf dachte nach. »Ich glaube, sie kam aus einem Ort an der Küste. Sie sprach einmal davon, dass sie schon als Kind die Seeluft und die Schreie der Möwen geliebt hat und deshalb unbedingt auf einem Schiff anheuern wollte. Es könnte Cuxhaven oder Bremerhaven gewesen sein. Und dass ihr Vater Krabbenfischer war oder ist. Leider habe ich seit der Fahrt damals keinen Kontakt mehr zu ihr gehabt. Sie hat danach anscheinend bei den Carmen-Cruises gekündigt.«

»Zurück zu Ihrer Fahrt damals: Gab es dort besondere Vorkommnisse, an die Sie sich erinnern?«

»Besondere Vorkommnisse, was meinen Sie damit?«

Köster fasste den Bericht des Stewards über die Schutzgelderpressungen und die Prostitution an Bord zusammen. Ungläubig schüttelte Anna Rudolf den Kopf. »Davon weiß ich nichts. Na ja, es gibt häufig Gerüchte unter den Angestellten. Doch dran ist meistens nicht viel. Und dass es immer mal wieder Sex in der Crew gab und immer noch gibt, ist ja normal bei der langen Zeit an Bord. Manchmal auch zwischen Crewmitgliedern und Gästen, doch das wird nicht so gern gesehen. Doch das geschieht in gegenseitigem Einvernehmen und auf keinen Fall unter Zwang. Was die Crew damals in den unteren Stockwerken gemacht hat, weiß ich allerdings nicht so genau.«

Sie schwieg einen Moment. »Und Sie glauben, dass das alles stimmt?«

Köster nickte und fügte den Bericht über den Leichenfund im Teufelsmoor hinzu. »Anscheinend wusste Henken zuviel und musste deshalb sein Leben lassen.«

Erschüttert schüttelte sie den Kopf. »Das ist ja furchtbar. Und ich habe nichts davon mitbekommen.« Sie schloss die Augen und atmete tief durch. Im nächsten Moment wandte sie sich wieder dem Kommissar zu und schaute ihn ernst an.

»Da war etwas. Kurz bevor Henken verschwand, war auch eines unserer Mädchen nicht mehr da. Am Abend vorher hatte sie noch ein Bett frisch bezogen, danach wurde sie nicht mehr gesehen.«

»Wurde das nicht untersucht?«

»Doch, der Kapitän bekam Bescheid und ließ sie überall auf dem Schiff suchen und alle Besatzungsmitglieder befragen. Diskret natürlich, damit die Gäste nichts davon mitbekamen. Sie wurde aber nicht gefunden. Da wir gerade in einem Hafen lagen, es war noch in Italien, dachten wir, dass sie heimlich mit jemandem von Bord gegangen ist. Oder über die Reling gefallen. Dasselbe vermuteten wir ja auch bei Henken.«

Ungläubig fragte Köster:»Zweimal hintereinander solch ein Unfall, fiel das nicht auf?«

Die Hausdame zuckte mit den Achseln.»Das war schon ungewöhnlich. Aber es kommt immer wieder vor, dass jemand über Bord geht. Und es konnte ja sein, dass ihr die Arbeit zuviel wurde und sie einfach nachhause wollte. An dem Abend waren noch einige Gäste unterwegs und sie konnte ohne weiteres einer der Gruppen oder einem Paar gefolgt sein.«

Nachdem sich der Kommissar von Frau Rudolf verabschiedet hatte und zu seinem Auto zurückgekehrt war, schaute er auf die Uhr. Es war kurz nach siebzehn Uhr, Johann müsste zuhause eingetroffen sein. Doch konnte er seinen Sohn so einfach in seinem früheren Haus besuchen, ohne es mit seiner Noch-Ehefrau abzusprechen?

Peter schrieb seinem Sohn eine WhatsApp:»Habe jetzt Zeit. Wollen wir uns beim Italiener treffen?« Umgehend kam die Antwort:»Gute Idee, aber später. Komm erst mal zu uns. Mama hat nichts dagegen.«

Der Feierabendverkehr staute sich auf den Straßen. Peter brauchte eine gute halbe Stunde von Altona bis nach Winterhude. Johann erwartete ihn bereits an der Haustür und schien sich zu freuen. Der Vater nahm seinen Sohn fest in den Arm.

»Komm rein. Mama hat Tee gekocht.«

Sabine empfing ihn in der Küche. Dieses Mal trug sie einfache Jeans und ein T-Shirt; sie schien sich nach der Arbeit umgezogen zu haben. Peter wunderte sich, dass sie so früh zuhause war. Sie begrüßte ihn lächelnd.»Jetzt sehen wir uns nach so kurzer Zeit schon wieder, wie schön. Du bist ja gekommen, um deine Söhne zu treffen. Johann freut sich schon sehr und Mats hat mir geschrieben, dass du unbedingt auf ihn warten sollst.«

Als würde sie seine Gedanken lesen können, fügte sie hinzu:»Eigentlich hätte ich noch einen Termin mit einem Kunden, doch der hat abgesagt. Da habe ich früher Schluss gemacht. Das passte gut.«

Etwas unbeholfen reichte er ihr die Hand und nahm schon einmal die Teekanne entgegen.

Inzwischen hatte Johann den Couchtisch gedeckt und zu den Teetassen noch eine Schale mit Keksen gestellt. »Mehr hatten wir nicht da«, fügte Sabine entschuldigend hinzu.

Peter hob die Arme. »Damit habe ich gar nicht gerechnet. Ihr müsst mich hier nicht bewirten.«

Johann übernahm das Einschenken. Seine Mutter griff nach einem Plätzchen.

»Du hast beim letzten Mal erzählt, dass es in eurem jetzigen Fall um eine Geschichte auf einem Kreuzfahrtschiff geht. Ich habe mich noch einmal umgehört, aber nichts Neues über die Arbeitsbedingungen auf den Schiffen erfahren.«

Johann richtete sich auf. Seine Stimme klang erregt. »Kreuzfahrtschiffe? Die Riesenpötte, die dauernd bei uns im Hafen anhalten und die Luft verpesten? Gegen die sollte man unbedingt was unternehmen!«

Abwehrend hob der Vater seine Hände. »Da kannst dich du an Protesten der Umweltbewegung beteiligen. Das hilft uns nicht bei unseren Ermittlungen.«

»Da ist Mats schon dabei. Wusstest du nicht, dass er neuerdings bei der Greenpeace-Jugend mitmacht? Ihn interessiert das Thema ebenfalls. Aber geht es nicht auch, wie Mama sagte, um die Arbeitsbedingungen auf den Schiffen? Da könnten wir doch recherchieren!«

Johann lächelte breit. »Und ich hätte gleich ein Thema für ein Sozialkundereferat. Das gibt Extrapunkte, die ich gut gebrauchen kann. Wir machen das hier und stören dich auch nicht. Die Ergebnisse bekommst du per Mail.«

Köster lenkte ein. »Na gut. Dann schaut mal, was ihr herausbekommt.«

Dann hörten sie, wie die Haustür aufgeschlossen wurde. Mats stürmte herein und strahlte. »Hallo Papa!« Im nächsten Moment erhob sich der Vater und umarmte seinen Sohn.

»Wie wär's denn, wenn wir jetzt essen gehen?«, fragte Johann. »Da können wir weiter über alles sprechen.«

»Gute Idee.« Peter wandte sich an Sabine. »Kommst du mit?«

Sie winkte ab. »Geht ihr besser mal zu dritt. Ihr habt euch sicher viel zu erzählen.«

Bei ihrem Italiener, den sie als Familie früher oft besucht hatten, begrüßte sie der Wirt überschwänglich:»Ah, Commisario Brunetti, wieder einmal im Lande! Ich sehe, es zieht Sie doch immer wieder in unsere Hafenstadt. Wie schön, dass Sie mit Ihren Söhnen vorbeikommen! Wieder das Übliche? Für Sie Tagliatelle mit Lachs-Sahnesoße? Für Johann die Pizza vegetale und für Mats die Prosciutto?« Peter und die Jungen nickten und bedankten sich. Lächelnd wandte sich der Vater an seine Söhne:»Luigi kann es es nicht lassen. Wahrscheinlich hat er gerade wieder den neuesten Donna-Leon-Krimi gelesen.«

Die Kösters wussten, dass der Italiener ein großer Fan der amerikanischen Autorin war und Peter gern mit dem venezianischen Kommissar verglich. Und sie staunten immer wieder über sein gutes Gedächtnis.

Sie aßen mit großem Appetit. Als sie das Besteck beiseite gelegt hatten, schaute Mats nachdenklich in Richtung des Tresens.»Mit Mama kommen wir nur selten her. Dafür waren wir mit ihrem Peter schon einige Male bei so einem Nobel-Italiener.«

Johann krauste die Stirn und wandte sich an seinen jüngeren Bruder. »In letzter Zeit aber gar nicht mehr. Ist dir aufgefallen, dass er kaum noch zu Besuch kommt? Heißt das, dass sie sich weniger sehen oder treffen sie sich vor allem bei ihm?«

»Ich weiß nicht.« Mats zuckte mit den Achseln.»Sie waren auch schon einige Monate nicht mehr zusammen auf Sylt. Anscheinend ist die Beziehung abgekühlt.«

Grinsend lehnte sich Johann zurück.»Ich habe nichts dagegen. Der Mann ist politisch so was von unkorrekt. Wirtschaftsanwalt und dann fährt er noch den großen Porsche. Der schluckt vielleicht Sprit!«

Peter folgte still der Unterhaltung seiner Söhne. Er wusste, dass Sabine seit gut eineinhalb Jahren mit diesem Peter zusammen war. Einmal war er seinem Vornamens-Vetter begegnet, als Sabine und ihr Freund Mats und Johann aus Osterholz-Scharmbeck abgeholt hatten. Bisher war Peter davon ausgegangen, dass Sabine die Beziehung zu dem Juristen guttat. Allerdings hatte sie sich schon bei ihrem Gespräch im letzten Sommer darüber beklagt, dass der Wirtschaftsanwalt wenig Verständnis für ihre Sorgen zeigte. Seit der bevorstehenden Übernahme der väterlichen Reederei beschäftigte sie sich mit Themen wie Ausflaggung und Umweltbelastung durch ihre Schiffe.

Während Peter aß, fragte er sich, ob seine Söhne ihr Gespräch über die Beziehung ihrer Mutter zu dem Juristen für ihn inszenierten. Und wenn es stimmte, was sie ihrem Vater mitteilen wollten? Ihm gefiel der Gedanke, dass sich Sabine von ihrem Freund entfremdete. Gleichzeitig mochte er diesem Gefühl keinen Raum geben und musste an Gisela denken.

Dienstag, 15. Mai

In der Morgenbesprechung der Mordkommission berichtete Köster von seinem Gespräch mit Anna Rudolf. »Es kann kein Zufall sein, dass kurz vor Henkens Flucht ein indisches Zimmermädchen spurlos verschwunden ist. Wir müssen unbedingt diese Nicole finden. Sie weiß sicher mehr darüber. Leider kennen wir ihren Nachnamen nicht. Ich fürchte, dass Christian Peters sie nicht mehr ausfindig machen kann, da sie schon länger nicht mehr bei Carmen arbeitet. Als Anhaltspunkte haben wir ihre mögliche Herkunft aus einem Ort an der Küste zwischen Bremerhaven und Cuxhaven und ihren Vater, der dort Krabbenfischer ist oder war. Wenn seine Tochter heute fünfunddreißig bis vierzig Jahre alt ist, müsste er um die sechzig bis siebzig Jahre alt sein.«

Anne lächelte. »Ich glaube, das ist eine Aufgabe für Harald. Der liebt so komplizierte Recherchen.«

Beim Hinausgehen drehte sich Kruse noch einmal um. »Hast du nicht Lust, mal wieder zu uns zu kommen? Erika würde sich auch freuen. Sie fragt immer wieder mal nach dir.«

Überrascht sah Köster seinen Kollegen an. Gleich meldete sich sein schlechtes Gewissen. In seiner Anfangszeit in Osterholz-Scharmbeck hatte ihn der Ältere willkommen geheißen und ihn öfter eingeladen. Er erinnerte sich vor allem an das erste Silvesterfest, an dem er in den Freundeskreis der Kruses eingeführt worden war. Das alles hatte ihm den Start in das Leben in der Kleinstadt erleichtert. Nachdem Gisela und er sich angenähert hatten, war er schon länger nicht mehr zu Thomas und seiner Frau gefahren. Auch wenn die Kollegen inzwischen längst wussten, dass die Verdenerin und er ein Paar waren, versuchte er noch immer, sich möglichst nicht privat mit ihr zu zeigen.

Thomas riss ihn aus seinen Gedanken. »Erika hat am Freitag Geburtstag. Wir machen da einen kleinen Umtrunk, nichts Großes. Wenn du Lust hast, komm doch einfach vorbei. Du kannst Gisela gern mitbringen.«

Harald Bayer rief bei der Erzeugergemeinschaft der deutschen Krabbenfischer in Cuxhaven an und fragte nach Mitgliedern in der Region, die kurz vor oder im Rentenalter wären.

Der Mitarbeiter fragte nach dem Hintergrund der Recherche. Als der Name Nicole fiel, wusste er sofort, um wen es sich handelte. »Das ist die Tochter von Tom Wiemers. Sie war ganz wild auf die Seefahrt. Und fuhr schon früh mit ihrem Vater raus zum Krabbenfang.«

Der Verdener Kommissar versuchte die Familie Wiemers in Wremen zu erreichen. Am Telefon meldete sich Nicoles Mutter. Als Bayer nach der Tochter fragte, schwieg Hanne Wiemers eine Weile. »Ich weiß nicht, wo sie ist«, antwortete sie kurz angebunden. »Sie ist einfach verschwunden.«

»Haben Sie eine Idee, wo sie sein könnte?«

»Weiß ich nicht. Wir haben uns schon lange den Kopf zerbrochen, alle Freundinnen von ihr gefragt, aber keine weiß, wo sie abgeblieben ist. Wir hatten erst solche Angst, es könnte ihr etwas zugestoßen sein und hatten sie bei der Polizei als vermisst gemeldet. Doch dann bekamen wir eine Postkarte von ihr. Sie schrieb, es ginge ihr gut. Sie hätte Gründe, unterzutauchen und wir sollten nicht nach ihr suchen. Mehr weiß ich nicht.«

Für einen Moment war es still in der Leitung. Betroffen suchte Bayer nach Worten.

»Das muss für Sie ganz schrecklich sein. Wie lang ist es denn her, dass sie verschwunden ist?«

»Das war nach ihrer letzten Fahrt auf der Carmen vor elf Jahren. Sie kam nur kurz nachhause und wirkte sehr blass. Noch in derselben Nacht hat sie ein paar Sachen gepackt und am nächsten Morgen war sie nicht mehr da.«

»Und wann kam die Karte?«

»Einen Monat später.«

Gleich darauf berichtete Harald Bayer seinen Kollegen in der MoKo von seinem Gespräch mit der Ehefrau des Krabbenfischers.

»Sie hatte sicher einen Grund zu verschwinden, und ich schätze, das hat was mit unserem Fall zu tun. Ich habe in den Melderegistern nach einer Nicole Wiemers gesucht, sie aber nicht gefunden.

Vielleicht hat sie ihren Namen geändert. Wir sollten noch mal mit ihren Eltern sprechen, vor allem mit dem Vater. Vielleicht ergeben sich dann doch noch Anhaltspunkte, die darauf hinweisen, warum und wohin sie gegangen ist. Ich könnte gleich fahren. Es wäre schön, wenn Anne mitkäme.«

Auf der Autobahn Richtung Bremerhaven lehnte sich der Verdener Ermittler entspannt in seinen Sitz zurück. »Ich liebe diese Strecke. Meistens ist hier wenig los. Und schau dir mal die Wolken an, wie schnell sie über den Himmel jagen und eine neue Gestalt annehmen. Und achte mal auf das Wetter. Meistens ändert es sich noch einmal, wenn wir uns der Küste nähern.«

Anne schaute ihn amüsiert an. »Du fährst wohl öfter hier lang?«

Harald nickte. »Ich mag den Fischmarkt in Bremerhaven. Da bin ich schon mit meinem Vater hingefahren. Wenn du Lust hast, lade ich dich nachher zum Essen dorthin ein.«

Die Familie Wiemers wohnte im alten Teil Wremens in der Nähe der trutzigen Wehrkirche.

Das Gespräch mit Nicoles Eltern ergab keine neuen Erkenntnisse. Der Vater wiederholte, was seine Frau bereits am Telefon mitgeteilt hatte. Weder er noch seine Frau wussten etwas von einem festen Freund. Zu ihren alten Freundinnen hatte auch kein Kontakt mehr bestanden. Während Nicole monatelang auf dem Kreuzfahrtschiff unterwegs gewesen war, hatten sie geheiratet und Kinder bekommen. Zum Schluss händigte die Ehefrau des Krabbenfischers den Kommissaren noch eine

Haarbürste aus, die sie immer noch in Nicoles Zimmer aufbewahrte. Das Foto, das sie den Ermittlern mitgab, zeigte eine hübsche blonde Frau, die fröhlich in die Kamera lachte. Traurig studierte die Mutter das Bild. »Sie war eigentlich eine lebensfrohe junge Frau. Zuletzt wirkte sie ganz anders, so ernst und ausgebrannt.«

Wieder im Auto schaute die Kommissarin enttäuscht aus dem Fenster. »Die Fahrt hat sich überhaupt nicht gelohnt.«

Der Verdener legte seine Hand auf ihren Arm. »Sag das nicht. Immerhin wissen wir jetzt ganz sicher, dass etwas vorgefallen ist, was die Stimmung dieser Nicole deutlich getrübt hat. Sie musste wirklich einen Grund haben zu verschwinden. Und wir haben jetzt ein Foto von ihr.«

Er startete den Motor. Bevor er losfuhr, wandte er sich noch einmal lächelnd an sie. »Meine Einladung in den Fischereihafen steht noch. Hast du Lust?«

Mittwoch, 16. Mai
Während Anne Grotheer die Haarbürste der Spurensicherung übergab und das Foto einscannte, suchte Bayer per PC weiter nach Nicole Wiemers. Er überprüfte die Melderegister nach einer Namensänderung. Im Bremer Standesamt wurde er fündig. Sie hatte sich in Sophie Ehlers umbenennen lassen. Dem Antrag war aufgrund eines psychologischen Gutachtens entsprochen worden, in dem Nicole Wiemers eine posttraumatische Belastungsstörung attestiert wurde, ausgelöst durch sexuell übergriffige Handlungen ihres Vaters. Daher fühlte sie sich durch ihren Nachnamen beschmutzt und wollte ihn unbedingt ablegen. Ihren Aufenthaltsort herauszubekommen war damit ein Leichtes. Sie wohnte im Bremer Viertel und arbeitete in einer Bäckerei.

Wenig später teilte der Verdener Kommissar Köster die Ergebnisse seiner Nachforschungen mit. Der zeigte sich sehr zufrieden: »Ich danke dir. Das war eine klasse Arbeit. Wir werden versuchen, Kontakt zu ihr aufzunehmen.«

»Dann viel Glück. Ich weiß nicht, ob sie begeistert sein wird, wenn sich die Polizei bei ihr meldet. Denn anscheinend ist sie untergetaucht und will nicht erkannt werden.«

Köster rief seine Kollegen zu sich in sein Dienstzimmer. Grotheer berichtete von ihrem Besuch bei dem Krabbenfischer und seiner Frau. »Wenn diese Nicole von den Machenschaften auf dem Schiff gewusst hat und auch sie bedroht worden ist, konnte sie nichts Besseres tun, als unterzutauchen und einen neuen Namen anzunehmen. Was muss sie für eine Angst ausgestanden haben!«

»Mir geht das zu schnell«, wandte Kruse ein. »Und wenn es stimmt, was in dem Gutachten steht? Dass sie wirklich von ihrem Vater missbraucht wurde? Dann hätte sie allen Grund ihren Namen zu wechseln und unterzutauchen.«

Köster runzelte die Stirn. »Thomas, du kannst Recht haben. Wie auch immer, wir müssen Kontakt zu ihr aufnehmen. Sie kann uns wichtige Informationen zu den Vorkommnissen auf dem Schiff liefern. Gehen wir mal davon aus, dass sie einen gewichtigen Grund hatte, ihren Namen zu wechseln. Dann wird sie ungern mit uns sprechen wollen. Anne, ich denke, wir sollten sie gemeinsam aufsuchen. Du führst das Gespräch. Als Frau machst du ihr vielleicht weniger Angst.«

»Mache ich. Sollte ich uns vorher telefonisch anmelden?«

»Besser nicht. Dann könnte sie ein Gespräch ablehnen oder versuchen zu verschwinden. Wenn sie am Morgen in der Bäckerei bedient, treffen wir sie jetzt zur Mittagszeit am ehesten zuhause an. Am besten, wir machen uns gleich auf den Weg.«

Eine knappe Stunde später erreichten die beiden Kriminalbeamten das Bremer Viertel. Es war nicht leicht, in den engen Straßen einen Parkplatz zu finden. In dem schmalen Haus waren gleich drei Namensschilder angebracht. »Sie wohnt ganz oben unter dem Dach.«

Die Haustür öffnete sich und eine alte Dame trat heraus mit einen Dackel an der Leine.

»Wohin wollen Sie denn?«

»Zu Frau Ehlers.«

»Wie schön. Sie bekommt so selten Besuch.«

Sie lächelte und ließ die beiden Ermittler herein.

Anne Grotheer bedankte sich und lief vor Köster die Treppen hinauf. Als die Kommissarin an der Wohnungstür klingelte, hielt er sich im Hintergrund.

Es dauerte eine Zeit, bis sie Schritte auf dem Flur hörten. Die Tür öffnete sich einen Spalt breit.

»Was wollen Sie?« Die Stimme klang abweisend und ängstlich zugleich.

»Frau Ehlers, mein Name ist Anne Grotheer und das ist mein Kollege Peter Köster. Wir sind Kriminalkommissare von der Polizei Osterholz-Scharmbeck und ermitteln in einem Mordfall, der schon elf Jahre zurückliegt. Wir wissen, dass Sie mit dem Opfer bekannt waren und uns bei der Aufklärung des Verbrechens helfen können.«

»Da sind Sie an der falschen Adresse.«

Die Tür knallte zu und die Kommissare hörten, dass innen eine Sicherungskette eingelegt wurde. Doch Anne ließ sich nicht beirren und rief mit lauter Stimme: »Machen Sie bitte auf. Es ist wirklich sehr wichtig und Sie können uns helfen.«

Es dauerte eine kleine Weile, bis Sophie Ehlers den Geräuschen nach die Sperrkette wieder löste und die Tür ein wenig öffnete, vielleicht aus der Befürchtung heraus, dass die beiden sich doch nicht abwimmeln lassen würden und die Hausnachbarn aufmerken könnten.

Leise sagte Anne Grotheer durch den Türspalt hindurch: »Haben Sie keine Angst, wir sichern Ihnen zu, dass Ihre neue Identität geschützt bleibt und niemand etwas von unserer Begegnung erfährt. Sie wollen sicher auch, dass Dirk Henkens Mörder gefasst werden.«

»Dirk Henken?«

Die Tür öffnete sich weiter.

»Ja, wir haben vor kurzem seine Leiche gefunden. Und wir wollen jetzt wissen, was vor elf Jahren auf der Carmen passiert ist.«

Anne Grotheer holte ihren Polizeiausweis aus der Tasche und hielt ihn vor den Türspalt.

»Lesen Sie. Wir sind tatsächlich Kriminalkommissare.«

Eine Hand griff nach dem Ausweis. Wenig später öffnete sich die Tür ganz und Frau stand vor den beiden Ermittlern. Ihre Haare hatte sie inzwischen dunkel gefärbt und zu einem Pferdeschwanz zusammengebunden. Aus dem blassen, schmalen Gesicht schauten zwei misstrauische Augen auf Köster und Grotheer.

»Kommen Sie rein.«

Sie folgten ihr in die Küche. Der Kommissarin fiel auf, wie mager die junge Frau war. Am kleinen Küchentisch stand nur ein Stuhl. Nicole Wiemers stellte einen Hocker dazu und holte einen Klappstuhl vom Balkon. Als alle drei saßen, eröffnete Anne Grotheer das Gespräch.

»Möchten Sie, dass wir Sie Frau Ehlers oder Frau Wiemers nennen?«

Die Angesprochene zuckte zusammen. »Ehlers ist mir lieber. Ich habe mich an den Namen gewöhnt. Dann wissen Sie ja schon einiges. Haben Sie meinen Eltern gesagt, wie ich jetzt heiße und wo ich wohne?«

»Nein, das ist nicht unsere Aufgabe«, sagte die Kommissarin entschieden.

Erleichtert atmete Sophie Ehlers durch. Doch gleich wechselte ihr Blick und sie schaute Anne Grotheer angespannt an.

»Wo haben Sie Dirk gefunden?«

Köster, der bisher stumm der Unterhaltung der beiden Frauen gefolgt war, gab ihr Antwort.

Erschüttert starrte Sophie Ehlers ihn an. Ihre Augen füllten sich mit Tränen. Die Kommissarin reichte ihr ein Papiertaschentuch.

»Ich wusste, dass ihm etwas passiert sein musste. Nachdem er vom Schiff verschwunden war, schickte er mir noch ein Zeichen, dass seine Flucht geglückt war.«

Von jetzt an übernahm die Kommissarin wieder die Befragung. »Wie sah das Zeichen denn aus?«

»Ich bekam von ihm eine SMS mit der Nachricht, dass das Paket angekommen ist. Als dann die Fahrt der Carmen zu Ende war, wollte er sich bei mir melden und mir mitteilen, wo er sich versteckt hielt. Aber da kam nichts mehr. Ich hoffte erst noch, er hätte mir die zweite Mitteilung an meine Adresse zuhause hinterlassen, aber da war auch nichts.

Da wusste ich, dass ich selbst in Gefahr war und habe mich noch in der Nacht abgesetzt.«

»Können Sie uns berichten, was vorher auf der Carmen passiert ist?« Sophie Ehlers schloss die Augen und sammelte sich. Dann begann sie zu erzählen. Das meiste war den Kommissaren bereits bekannt: Wie entsetzt Dirk gewesen war, als er von den Schutzgelderpressungen und der Prostitution auf dem Schiff erfahren hatte. Als der Kapitän keine Maßnahmen ergreifen wollte, hatte sich Dirk an die Presse wenden wollen. »Da bekam er schon die ersten Drohungen von den Gangstern auf dem Schiff.«

»Wer war das denn?«

»Einer der Filipinos kam zu ihm und steckte ihm einen Zettel zu, auf dem stand, dass Dirk den Mund halten sollte, sonst würde ihm etwas passieren. Der Mann war ganz schnell wieder verschwunden. Als dann die Geschichte mit Mira passierte, spitzte sich alles noch zu.«

»Mira? Können Sie uns erzählen, was da los war?«

»Mira war eines der Zimmermädchen aus meiner Gruppe, eine sehr hübsche Inderin. Sie bekam viele Angebote von Crewmitgliedern und auch von Gästen. Verstehen Sie, was ich meine? Aber sie hat alles abgelehnt. Eines Tages kam sie weinend zu mir, sie war ganz aufgelöst. Es dauerte eine Weile, bis sie wieder reden konnte. Sie war von einem Gast angefordert worden, sein Bett frisch zu beziehen. Als sie mit ihrer Arbeit begann, hatte er sie bedrängt. Sie versuchte sich zur Wehr zur setzen, aber er war stärker als sie und hat sie brutal vergewaltigt. Danach hat ihr dieser Kerl eingeschärft, sie dürfe mit niemanden darüber reden, sonst würde ihr etwas passieren.«

»Das ist ja schrecklich.« Anne Grotheer war sichtlich betroffen. »Was geschah dann?«

»Sie wandte sich erst an eine befreundete Kollegin aus ihrer Heimat. Die war außer sich, hatte sie doch zuvor schon von anderen Zimmermädchen gehört, die von Gästen bedrängt worden waren. Zwei von ihnen waren zum Geschlechtsverkehr gezwungen worden. Alle schwiegen, da sie von den Vergewaltigern unter Druck gesetzt wurden. Und sie hat Mira geraten, mich ins Vertrauen zu ziehen. So kam die Inderin zu mir.«

»Was haben Sie dann gemacht?«

»Ich habe erst einmal versucht, sie zu beruhigen. Dann sagte ich Dirk Bescheid. Er wandte sich an den Kapitän. Dem war das Ganze unangenehm. Dennoch wies er seinen Sicherheitsoffizier an, mit dem Gast zu sprechen. Das hat der dann auch getan. Der Mann hat aber bestritten, Mira vergewaltigt zu haben. Der Sex wäre im gegenseitigen Einvernehmen erfolgt und er hätte das Zimmermädchen dafür bezahlt. Da stand Aussage gegen Aussage und der Kapitän glaubte seinem Gast.«

»Und Sie glaubten dem Zimmermädchen?«

»Auf jeden Fall. Ich kannte sie ja von der Arbeit und von manchen Gesprächen. Sie war so zurückhaltend und ernst, feierte auch nie mit den anderen. Einmal hat sie mir erzählt, dass dies ihre letzte Fahrt auf dem Schiff sein sollte. Sie hatte dann genug Geld zusammen, um ihre Ausbildung als Krankenschwester zu finanzieren.«

»Wie ging es dann weiter?«

»Dirk hat mit dem Bordarzt geredet. Er erklärte sich bereit, sie zu untersuchen. Erst wollte Mira sich nicht vor dem Mann ausziehen. Ist ja zu verstehen, nachdem, was ihr passiert ist. Ich habe alle meine Überredungskünste aufbringen müssen, damit sie einwilligte. Der Arzt hat viele Verletzungen festgestellt. Damit konfrontiert, meinte dieser Kerl grinsend, er hätte sie eben besonders rangenommen. Damit wäre Mira einverstanden gewesen.«

Die Kommissarin schüttelte den Kopf. »Das ist ja unglaublich. Wie hat Mira darauf reagiert? Und wie Dirk Henken?«

»Mira verstummte völlig. Nach dieser schrecklichen Vergewaltigung von dem Täter auch noch als Schlampe bezeichnet zu werden, das konnte sie einfach nicht fassen. Und Dirk war wütend. Auf den Vergewaltiger selbst und auf den Kapitän, der lieber dem Mann Glauben schenkte. Als er dann noch herausbekam, dass dieser ein leitender Angestellter der Reederei war und die Reise als Dankeschön für besondere Dienste für die Carmen-Cruises geschenkt bekommen hatte, ist ihm die Hutschnur gerissen. Er rief in Hamburg bei einem der Chefs an und drohte, die ganze Geschichte öffentlich zu machen.«

»Wissen Sie, wie der Mann hieß, der Mira vergewaltigt hat und mit wem Henken in der Reederei gesprochen hat?«

»Nein, das hat Dirk mir nicht gesagt. Doch in derselben Nacht ist Mira verschwunden. Und Dirk fand in seiner Kajüte einen Zettel mit der Drohung, dass es ihm genauso ergehen würde, wenn er auch nur ein Sterbenswort über die Sache bekannt machen würde. Dabei hatte Dirk schon eine Mail an eine Hamburger Redakteurin abgeschickt, die sich mit kriminellen Machenschaften in der Schifffahrt beschäftigte. Damit war für ihn klar, dass er in Gefahr war. Darum inszenierte er seinen Selbstmord und verschwand von Bord. Er hoffte, dass sie mich in Ruhe lassen würden. Er hatte sich auch Sorgen um mich gemacht, da wir uns sehr nahe standen und ich über alles informiert war. Das hatten einige von der Crew mitbekommen.«

»Wie hat er seinen Selbstmord inszeniert?«

»Er hat mit einigen Leuten gefeiert, dabei aber nur ganz wenig getrunken. In der Nacht hat er dann seine Schlüssel und sein Handy an der Reling des Crewdecks und die Reisetasche in seiner Kabine hinterlassen und ist heimlich von Bord gegangen.«

»Das hätte doch jemand mitbekommen müssen.«

»Da war er ganz geschickt. Er zog sich Freizeitkleidung an, versteckte seine roten Haare unter einem Cap, setzte eine Brille auf und schloss sich einfach einer Gruppe von Touristen an, die am Abend noch mal in die Altstadt wollten.«

»Wie ist er dann nach Norddeutschland gekommen?«

»Er hatte vor, mit dem Zug bis Rom zu fahren. Dort wollte er einen Freund treffen, der früher auch mal zur See fuhr, aber heute als Fernfahrer arbeitet. Der sollte ihn mit seinem LKW bis Hannover mitnehmen. Danach wollte er wieder öffentliche Verkehrsmittel benutzen. So hatte er es geplant.

Ob er das so gemacht hat, weiß ich nicht. Wie gesagt, er hatte sich noch mal aus dem Zug gemeldet, dann habe ich aber nichts mehr von ihm gehört.«

Erschöpft lehnte sich Sophie Ehlers zurück und begann leise zu weinen.

»Da wusste ich, dass ihm etwas passiert ist. Doch es blieb die Ungewissheit, wie sie ihn gefunden und umgebracht haben. Dazwischen kam mir immer wieder der Gedanke: Und wenn er sich jetzt einfach abgesetzt hat und lieber allein einen Neuanfang machen wollte? Jetzt weiß ich, dass das nicht stimmte und ich ihm Unrecht getan habe.«

Donnerstag, 17. Mai

Nachdem die Kommissarin ihren Bericht beendet hatte, herrschte im Konferenzraum für einen Moment Stille. Gisela Schmidt ergriff das Wort. »Wenn wir Frau Ehlers Glauben schenken, wurde das indische Zimmermädchen vergewaltigt und anschließend ermordet, um nicht gegen ihren Vergewaltiger auszusagen zu können. Der Schiffsoffizier Henken und seine Freundin sollten ebenfalls zum Schweigen gebracht werden, damit sie die Geschichte nicht an die Öffentlichkeit bringen konnten. Henken haben sie seinen Selbstmord anscheinend nicht geglaubt, ihn verfolgt und in seinem Versteck umgebracht. Nur wer war sein Mörder? Oder waren es mehrere?«

»Meiner Meinung nach waren es nicht die philippinischen oder indischen Schutzgelderpresser. Sie wären nicht in der Lage gewesen, so etwas zu planen und unerkannt durch die Lande zu reisen und Henken ausfindig zu machen.« Köster schaute nachdenklich in die Runde.

»Das Ganze muss sich auf einer höheren Ebene abgespielt haben.« Bayer hatte einiges mitgeschrieben und las in seinen Notizen. »Dazu passt, dass der mutmaßliche Vergewaltiger ein leitender Angestellter der Reederei war. Er wurde mit der Reise für besondere Dienste belohnt. Und Henken hatte sich an jemand aus der Führungsetage der Reederei gewandt und mit Veröffentlichung gedroht.«

Die Leiterin der MoKo nickte zustimmend. »Wir müssen unbedingt herausbekommen, wer dieser Mann war und mit wem Henken damals bei Carmen-Cruises telefoniert hat.«

Kruse meldete sich zu Wort. »Eines verstehe ich nicht. Die kriminellen Typen auf der Carmen hatten dem Wikinger mit dem Tod gedroht, wenn er die Verbrechen auf dem Schiff öffentlich macht. Sie wussten sicher auch von seiner Beziehung zu Nicole Wiemers. Deshalb wollte sie ja mit Dirk Henken untertauchen. Sie hatte solche Angst um ihr Leben, dass sie sogar einen anderen Namen angenommen hat. Warum haben die

Kriminellen sie nach Henkens Verschwinden nicht schon an Bord ins Gebet genommen?«

Nachdenklich schaute Köster seinen Mitarbeiter an. »Da hast du Recht. Vielleicht war ihnen zu diesem Zeitpunkt noch nicht klar, dass der Selbstmord inszeniert war. Sie müssen es später herausgefunden haben.«

Kruse spann seinen Gedanken weiter. »Gut, wenn sie aus welchen Gründen auch immer später darauf gekommen sind, wäre es für die Leute ein Leichtes gewesen, ihre Heimatadresse zu erfahren. Warum sind sie dort nicht aufgetaucht?«

»Stimmt.« Bayer schaute durch seine Notizen. »Ihre Eltern haben jedenfalls nichts davon erzählt. Wir haben sie allerdings nicht danach gefragt. Aber wenn sich da wirklich jemand nach ihrer Tochter erkundigt haben sollte, hätten sie uns das sicher mitgeteilt.«

»Wenn wir schon bei offenen Fragen sind.« Anne sah ihre Kollegen nachdenklich an. »Was ist denn mit der Veröffentlichung der Verbrechen auf dem Schiff? Das hätte einen mächtigen Skandal gegeben. Könnt ihr euch erinnern, ob dazu vor elf Jahren etwas in der Presse stand?«

Köster schüttelte den Kopf. »Nein. Wenn, würde ich mich daran erinnern. Dem sollten wir unbedingt nachgehen. Wem hat Henken die Informationen weitergegeben? Seine Freundin hat etwas von einer Hamburger Journalistin erzählt, die spezialisiert ist auf kriminelle Machenschaften in der Schifffahrt. Wer war diese Frau? Und für welche Zeitung schreibt oder schrieb sie? Und warum kam nichts von den Vorkommnissen auf dem Schiff in die Presse?«

Harald Bayer fuhr mit Anne Grotheer vom Polizeikommissariat Osterholz noch einmal nach Wremen. Auf dem Weg schaute Anne ihren Kollegen von der Seite an. »Was sagen wir den Eltern, wenn sie nach dem Verbleib der Tochter fragen? Sagen wir die Wahrheit?«

Bayer schüttelte den Kopf. »Nein. Du hast doch schon Henkens Freundin mitgeteilt, dass es nicht unsere Aufgabe ist, die beiden darüber zu informieren. Das ist wie ein Versprechen. Wenn, soll sie sich selbst bei den Eltern melden. Wer weiß, vielleicht hat es auch noch andere Gründe, dass sie den Kontakt abgebrochen hat.«

Eine Weile schwiegen beide. Der Verdener sah kurz zu Anne hinüber. »Ich habe mich sehr gefreut, dass du vor zwei Tagen mit mir Essen warst. Hast du heute noch Mal Lust?«

Sie schüttelte den Kopf. »Ich habe meinen Eltern versprochen, im Stall zu helfen.«

Der Krabbenfischer öffnete die Tür und schaute sie gespannt an. »Gibt es etwas Neues von Nicole?«

Anne Grotheer schüttelte den Kopf. »Dürfen wir noch einmal hereinkommen?«

Der alte Mann nickte und lief vor ihnen in die Küche. Auf dem Tisch stand ein Teller mit Essensresten und eine leere Flasche Bier. »Ich bin gerade aufgestanden und habe was gegessen. Heute Nacht war ich mit meinem Schiff draußen. Meine Frau ist einkaufen gegangen.«

Er stellte den Teller auf die Spüle, setzte sich und deutete auf die freien Stühle. Nachdem die beiden Ermittler ebenfalls Platz genommen hatten, wandte sich Bayer an den Fischer: »Wir möchten noch von Ihnen wissen, ob nach dem Verschwinden Ihrer Tochter jemand bei ihnen gewesen ist und nach ihr gefragt hat.«

Erstaunt schaute Wiemers den Kommissar an. »Nein. Da war niemand. Warum fragen Sie das?«

»Vielleicht hatte Nicole vor jemandem Angst und ist deswegen untergetaucht. Falls das stimmt, könnte der- oder diejenige hier gewesen sein.«

Anne Grotheer hörte ein Geräusch aus dem Flur. Die Wohnungstür wurde aufgeschlossen und die Frau des Krabbenfischers trat mit einer großen Einkaufstasche in der Hand ein. Sie stellte diese neben den Kühlschrank und schaute die Ermittler überrascht an. »Sie schon wieder. Haben Sie Nicole gefunden?«

Wieder verneinte die Kommissarin und wiederholte die Frage, die Bayer bereits dem Ehemann gestellt hatte.

»Da waren ein paar Freundinnen, die wissen wollten, wo Nicole steckt. Und dann rief zwei Monate nach dem Verschwinden jemand von der Reederei an, warum Nicole nicht zu Arbeit erschienen ist. Sonst hat keiner nach ihr gefragt.«

Die Hausfrau zog ihren Mantel aus und hängte ihn an die Garderobe im Flur. »Entschuldigen Sie, ich muss schnell noch ein paar Sachen in den Kühlschrank räumen.« Mit ein paar Handgriffen leerte sie die Einkaufstasche, kippte die Essenreste in den Abfall und räumte den Teller in die Spülmaschine. »Möchten Sie einen Tee?«, fragte sie die Polizisten. Die beiden Ermittler lehnten dankend ab. Bevor sich Hanne Wiemers an den Tisch setzte, öffnete sie das Fenster. Anne Grotheer atmete erleichtert durch.

»Die Kommissare meinen, Nicole hat vor jemanden Angst gehabt und ist deshalb verschwunden«, erklärte der Krabbenfischer seiner Frau. Sie dachte nach. Plötzlich fiel ihr etwas ein. »Weißt du noch, kurz nachdem sie weg war, stand da so ein großes schwarzes Auto neben unserer Einfahrt. Die Scheiben waren dunkel, so dass man nicht sehen konnte, wer da drin saß. Das war richtig unheimlich.«

Der Fischer nickte. »Jetzt, wo du das sagst, erinnere ich mich daran. Das war ein Mercedes mit einem Hamburger Kennzeichen. Der blieb lange. Irgendwann bin ich rausgegangen, da ist der Wagen weggefahren. Später parkte er noch mal in unserer Straße, etwas weiter entfernt von unserem Haus.«

Zur gleichen Zeit telefonierte Köster mit Daniel Günther von der Carmen-Reederei. Nach dem Bericht des Kommissars schwieg Günther.

»Sind Sie noch da?«, fragte der Kommissar.

»Ja.« Günther räusperte sich. »Wenn das so stimmt, was Sie mir da gerade erzählt haben, sind hier ja richtig kriminelle Vorgänge passiert.«

Wieder machte er eine Pause.

Kösters Stimme klang um einiges fester als die seines Gesprächspartners. »Uns geht es darum herauszufinden, ob es wirklich stimmt. Dafür brauchen wir die Namen des indischen Zimmermädchens und der zwei betreffenden Männer.«

»Das liegt ja auch elf Jahre zurück. Ich werde versuchen, etwas herauszubekommen.«

Freitag, 18. Mai

Gleich nach Dienstbeginn begab sich Harald Bayer auf die Suche nach der Journalistin, die Henken kontaktiert hatte. Zunächst überlegte er, in den Redaktionen der in Hamburg beheimateten Tages- und Wochenzeitungen nachzufragen. Doch fürchtete er, dort von einer Sachbearbeiterin zur nächsten weitergeleitet zu werden und letztlich kaum etwas über eine vor elf Jahren angestellte Reporterin zu erfahren. Konnte es sich nicht auch um eine freischaffende Journalistin gehandelt haben? Soviel er wusste, beschäftigten die Medien aus Kostengründen immer häufiger selbstständige Mitarbeiterinnen und Mitarbeiter.

Im Internet fand der Kommissar die Datenbank des freien Journalistenverbands und überlegte, welche Suchkriterien er eingeben sollte. Die Wahl der Ortes war klar, Henkens Kontaktperson war in Hamburg ansässig. Unter Medien kreuzte Bayer Print- und Onlinemedien an. Schwieriger war es, sich für Tätigkeitsbereiche zu entscheiden. Kriminalität und Schifffahrt wurden nicht als Möglichkeit angegeben. Bayer entschied sich für Gesellschafts- und Sozialpolitik, Wirtschaft/ Finanzen und Touristik.

Letztlich wurden ihm vier Namen angeboten, drei Frauen und ein Mann. Er begann zu telefonieren. Dabei erreichte er nur eine der Journalistinnen persönlich. Sie war aber erst seit fünf Jahren im Geschäft und nicht auf Kreuzfahrtschifffahrt spezialisiert. Die anderen kontaktierte Bayer per E-Mail und bat um Rückruf.

Kösters Diensthandy klingelte.

»Günther hier.« Seine Stimme klang angespannt. Im Hintergrund war Verkehrslärm zu hören.

»Schön, dass Sie sich melden. Haben Sie etwas herausgefunden?«

»Ja und nein. Gestern konnte ich noch mit Christian Peters sprechen, den kennen Sie ja bereits. Ich dachte, weil er schon so lange in der Reederei arbeitet, weiß er vielleicht noch, wer damals für Beschwerden der Crewangehörigen über Vorkommnisse auf den Schiffen zuständig war. Peters fragte nach, warum ich das wissen wollte. Als er hörte, dass dieser Mitarbeiter in Henkens Mord verwickelt sein könnte, wurde er ganz nervös. Ich traute mich kaum noch, ihn um eine Liste der Angestellten unseres Hauses zu bitten, die als Dankeschön für besondere Dienste gratis an einer Kreuzfahrt teilnehmen durften.«

Günther atmete tief ein und fuhr fort: »Eben rief Peters zurück und bedauerte, dass es keine Informationen mehr zu den Teilnehmern der Gratisfahrten mehr gäbe. Die indische Reinigungskraft, die vom Schiff verschwunden war, ließe sich auch nicht mehr ermitteln. Als Kontaktperson käme seiner Meinung nach nur einer meiner früheren Vorgesetzten infrage. Der ist aber vor fünf Jahren aus dem Betrieb ausgeschieden und inzwischen leider verstorben.«

»Schade, dass Sie nicht mehr erfahren konnten. Aber vielen Dank für Ihre Bemühungen.«

»Dafür müssen Sie sich nicht bedanken. Wissen Sie, ich bin eher skeptisch, ob das alles so stimmt. Ich glaube nicht, dass es die Listen mit den Mitfahrern aus der Reederei nicht mehr gibt. Und selbst wenn nicht, müsste doch noch zu erfahren sein, wer damals dabei war. Und als Henkens Gesprächspartner einen verstorbenen Mitarbeiter zu nennen, macht das Ganze zu einfach. Carmen-Cruises hat anscheinend kein großes Interesse daran, die Hintergründe aufzuklären.«

Bevor Peter Köster zu Kruses Fest aufbrach, rief Johann an und berichtete, dass sein Bruder und er bereits einiges zum Kreuzfahrtgeschäft recherchiert hätten. Und er lud sich und Mats zu einem Besuch bei ihrem Vater ein.

Gut gelaunt machte sich Köster auf den Weg zum Haus seines Kollegen. Als er vom Rad stieg, hörte er viele Stimmen und lautes Lachen, das aus dem Garten zu kommen schien. Er öffnete die Pforte und lief über den Weg zur Terrasse hinter dem Haus. Erika Kruse sah ihn als Erste kommen und begrüßte ihn. Peter reichte ihr einen Blumenstrauß und gratulierte ihr zum Geburtstag. Die Gastgeberin nahm das Geschenk entgegen und umarmte Peter herzlich.

»Komm. Die meisten Gäste sind schon da. Viele kennst du ja.« Erika deutete in Richtung des Gartentisches, an dem mehrere Personen Platz genommen hatten. Peter erkannte das Lehrerpaar und den Autoschrauber

Paul von der Silvesterfeier wieder. Neben Kruse stand eine groß gewachsene, schlanke Mittvierzigerin in einem bunt bedruckten Leinenkleid. Sie kam Peter ebenfalls bekannt vor und er erinnerte sich, dass sie zu dem Schrauber gehörte und einen Secondhandladen betrieb. Der Hauptkommissar gesellte sich zu der Gruppe und wurde von seinem Kollegen freudig begrüßt, der ihm ein Bier in die Hand drückte. Wenig später saß Peter mit am Gartentisch. Als es deutlich abkühlte, wurde das Holz im Feuerkorb angezündet, und die Gäste suchten mit ihren Stühlen die Nähe zur Wärmequelle. Paul, der Schrauber, griff zur Gitarre hinter sich und stimmte ein Lied an. Er hatte eine erstaunlich gute Stimme. Beim nächsten Lied »House of The Rising Sun« kannte Peter den Text und sang leise die zweite Stimme mit.

Als Paul fertig war, schaute Thomas Kruse seinen Vorgesetzten erstaunt an. »Ich wusste gar nicht, dass du so musikalisch bist.«

Peter zuckte mit den Schultern. »Ein paar Stücke kenne ich noch von früher.«

»Von früher? Hast du mal Musik gemacht?«

»Ja, in einer Bluesband. Das liegt aber schon lange zurück.«

Doch Thomas ließ nicht locker und erfuhr so von Peters Band während des Studiums. Und von dem wiederentdeckten Saxophon, das zu spielen ihm aber durch die Nachbarn erschwert wurde. Ärgerlich schüttelte Thomas den Kopf. »Das geht nicht. Das können sie dir nicht verbieten! Ganz einfach, du brauchst eine neue Bleibe. Warte, ich habe da doch was gehört.«

Sein Blick glitt suchend über die Schar seiner Gäste und blieb bei dem Lehrer hängen.

»Gerd, hast du nicht was von dem Gartenhaus erzählt, das du vermieten willst?«

Der Angesprochene schaute erstaunt zu Thomas. »Ja, das stimmt. Wir haben es für Jan, unseren Sohn fertiggemacht. Er will aber lieber mit seiner Freundin in Bremen wohnen bleiben.«

Samstag, 19. Mai

Am späten Vormittag fuhr Peter mit dem Rad in den Südosten der Kreisstadt, vorbei an der Klosterkirche St. Marien, zu Gerd und Lena Geffken. Im hinteren Teil des lang gestreckten Grundstücks befand sich das Garten-Holzhaus. Es bestand aus zwei Zimmern und einem Bad. Im großen Wohnraum befand sich gleichzeitig die Küchenzeile. Dafür war das Schlafzimmer recht klein, ebenso das Bad. Peter gefiel der Blick von der Terrasse über die Wiesen des Teufelsmoors. Dazu lag das Haus weit entfernt von der übrigen Bebauung und niemand würde sich hier an seinem Saxophonspiel stören. Vor seinem inneren Auge richtete er das Haus bereits ein. Es fehlte ihm zwar ein Zimmer für seine Söhne. Im Wohnraum war dafür aber Platz genug für einen Esstisch und ein Klappsofa. Dort konnte er bei ihren Besuchen nächtigen und er würde ihnen das Schlafzimmer überlassen. Kurz dachte er an Gisela, und ob er nicht erst mit ihr sprechen sollte. Doch er schob den Gedanken beiseite und nickte dem Lehrer begeistert zu: »Ich nehme es.«

Wenig später trafen Mats und Johann in Osterholz-Scharmbeck ein. Dieses Mal machten sich die Jungen allein vom Bahnhof auf den Weg zu der Wohnung ihres Vaters. Zur selben Zeit räumte der Vater die Wohnung auf und bezog die Betten frisch.

Es klingelte, kurz darauf traten die beiden ein und warfen ihre Rucksäcke auf die Couch.

Johann lief in die Küche und goss sich ein Glas Wasser ein. »Mann, war das heiß im Zug! Die Klimaanlage ist ausgefallen.«

Mats nickte. »War zum Glück nur auf der Strecke von Bremen hierher. Aber jetzt sind wir da. Sollen wir gleich anfangen?«

Peter schüttelte den Kopf. »Jetzt kommt ihr erst mal an. Dann gehen wir zum Eisessen.«

Auf dem Marktplatz setzten sich die drei mit ihren Bechern auf eine Bank und folgten mit ihren Blicken den Enten, die aus dem Graben den Abhang hinauf watschelten und auf dem Pflaster Krümel aufpickten.

»Apropos Wasser, ich glaube, ich brauche ein Bad. Lasst uns eine Radtour an die Hamme machen und schwimmen gehen.«

Johann stimmte zu. »Aber heute Abend stellen wir dir unsere bisherigen Ergebnisse vor.«

Nach ihrer Rückkehr aßen die drei in ihrer Pizzeria zu Abend. Während sie auf ihr Essen warteten, berichteten die Söhne von ihren Recherchen.

Mats begann: »Du hast uns da auf ein Thema gebracht, das uns beide sehr interessiert. Ich glaube, Johann hat dir schon erzählt, dass ich seit zwei Monaten bei der Greenpeace-Jugend mitmache. Da sind auch die Kreuzfahrtschiffe Thema. Und Johann kann das Ganze gut für ein Referat gebrauchen. Am Mittwochabend haben wir uns zusammengesetzt und schon mal im Netz nachgesehen, was es Kritisches zum Thema Kreuzfahrt gibt. Ganz schön viel, sage ich dir! Viele Zeitungen haben dazu Artikel veröffentlicht. Es gab auch einige Radio- und Fernsehsendungen. Und natürlich schreiben die Umweltverbände etwas dazu. Wenn du Lust hast, fassen wir mal das Wichtigste zusammen. Ist das in Ordnung?«

Peter Köster nickte. »Eine gute Idee.«

Johann griff in seine Hosentasche, holte einen dicht bedruckten Zettel heraus und begann:»Früher ging es bei Schiffsreisen darum, möglichst schnell einen Zielhafen zu erreichen. Das ist in der Kreuzschifffahrt anders. Im Mittelpunkt steht das Leben an Bord, viel Unterhaltung, gutes Essen, dazu tolle Landgänge.« Johann schaute auf und lächelte. »Schön praktisch, so viel zu erleben und gleichzeitig so bequem zu reisen. Kein Wunder, dass sich davon viele Leute angezogen fühlen. Jetzt zur Geschichte der Kreuzfahrt: Schon Mitte des 19. Jahrhunderts gab es Luxusreisen per Schiff von England nach Gibraltar, Malta und Athen, zehn Jahre später auch nach Norwegen. Die Hamburger Reederei Hapag nutzte ihre Auswandererschiffe ab dem Jahr 1891 in den Wintermonaten für Vergnügungsreisen in den Orient und das Mittelmeer. Das waren alles Reisen für vermögende Kunden. Es gab eine feste Kleiderordnung, mehrmals am Tag zog man sich um. An Bord waren auch mehrere ältere betuchte Damen, die bequem reisen und nicht dauernd das Hotel wechseln wollten. Da die Männer in der Unterzahl waren, hatten einige Reedereien ihr Personal um elegante Tänzer und Unterhalter erweitert. Das hat doch was.«

Johann grinste. Sein Vater nickte lächelnd.

Jetzt ergriff Mats das Wort. »Später wurden Kreuzfahrten auch im Dienste des Staates eingesetzt. Zuerst im Nationalsozialismus und nach dem Krieg dann in der DDR. Dabei waren diese Reisen zusätzlich als Belohnung für besondere Dienste gedacht.

In Westdeutschland begann die Kreuzfahrtgeschichte nach dem Zweiten Weltkrieg, als die Bundesrepublik wieder eigene Passagierschiffe bekam. Seit den neunziger Jahren werden die Kreuzfahrten immer beliebter. Das geht nur, weil die Reisen immer günstiger und die Schiffe ständig größer werden. Auf dem bisher größten Schiff, der *Symphony of the Seas* können fast 7.000 Passagiere und 2.200 Crewmitglieder untergebracht werden! Das ist vergleichbar mit den Einwohnern einer Kleinstadt. Gleichzeitig kam es zu einer Konzentration der Kreuzfahrtreedereien auf wenige Großunternehmen mit vielen Tochtergesellschaften. Registriert sind alle Schiffe in Ländern, aus denen sie nicht stammen. Du kannst dir vorstellen, warum.«

In diesem Augenblick wurde das Essen gebracht und die Jungen unterbrachen ihren Bericht. Hungrig machten sie sich über ihre Pizzen her. Auch ihr Vater genoss seine Lasagne und den Salat.

Als sie ihre Mahlzeit beendet hatten, fragte Johann: »Magst du noch mehr hören?«

»Am besten machen wir das zuhause. Ich zahle erst mal.«

Zurück in der Wohnung holten sich Johann und Mats eine Flasche Schweppes aus dem Kühlschrank, gossen sich jeder ein Glas ein und setzten sich auf die Couch im Wohnzimmer. Sie warteten, bis ihr Vater sich ein Glas Wein eingeschenkt und ihnen gegenüber im Sessel Platz genommen hatte. Erwartungsvoll schaute er sie an. »Dann macht mal weiter.«

Die beiden schienen sich schon im Voraus abgesprochen zu haben, Johann begann.

»Lange wollen wir dich auch nicht mehr nerven. Wir schicken dir per Mail die Datei mit den bisherigen Ergebnissen unserer Recherche. Da kannst du noch mal alles nachlesen.

Ich erzähle kurz was zu den Arbeitsbedingungen auf den Kreuzfahrtschiffen. Wenn die Touristen eine Sieben-Tage-Kreuzfahrt zu einem Preis buchen, für den sie an Land gerade mal zwei bis drei Nächte in einem guten Hotel ohne Essen und Unterhaltung bezahlen, bleibt für die Crew nicht viel übrig. Immerhin gibt es seit 2013 eine internationale Vereinbarung, die die tägliche Arbeitszeit auf maximal vierzehn und die Wochenarbeitszeit auf höchstens zweiundsiebzig Stunden festlegt. Das ist unglaublich viel, und dennoch werden die Zeiten oft noch überschritten. Und dazu arbeiten viele der Crewmitglieder, vor allem in den unteren Lohngruppen, neun bis zehn Monate auf den Schiffen ohne einen Tag Pause! Du kannst dir vorstellen, wie fertig die Leute sind.

Und der Verdienst? Ein Kabinensteward bekommt im Schnitt 611 Dollar Monatsgehalt bei einer Sieben-Tage-Woche mit 341 Arbeitsstunden im Monat. Das entspricht einem Stundenlohn von 1,23 Dollar. Eine Barhelferin bringt es auf 1,07 Dollar Stundenlohn.

Es wird immer wieder argumentiert, die Filipinos verdienen bedeutend mehr als in ihrer Heimat. Das mag vielleicht stimmen, doch dafür müssen sie dort sicher nicht so viel und ununterbrochen arbeiten wie auf den Schiffen und leben in der Heimat. Erhielten die Crewmitglieder deutschen Mindestlohn, kämen sie bei der Arbeitszeit sicher auf 2.000 Euro.«

Johann schaute seinen Vater ernst an. Der schüttelte den Kopf. »Das darf doch nicht wahr sein! Das hört sich ja nach moderner Sklaverei an!«

»Stimmt!« Johanns Stimme wurde laut. Zornig fuhr er fort: »Das ist noch nicht alles. Da die Betreiber ihre Schiffe in Staaten wie Malta, Liberia, Panama oder den Bahamas angemeldet haben, wird noch mehr Geld eingespart: Malta etwa verlangt gar keine Steuern auf Einkommen aus dem Schifffahrtsverkehr, in Italien muss keine Lohnsteuer auf Crewgehälter abgeführt werden. Kein Wunder, dass die Kreuzfahrt sich zu einer wahren Gewinnmaschine entwickelt hat.«

Peter Köster schüttelte den Kopf. »Das muss ich erst mal verdauen. Ich glaube, für heute reicht's mir. Könnt ihr morgen weitermachen?«

Sonntag, 20 Mai

Der Gesang einer Amsel weckte Peter. Auf dem Weg ins Badezimmer horchte er ins Gästezimmer. Dort war es still, seine Söhne schienen noch zu schlafen. So besorgte er wie üblich Brötchen und kochte Kaffee. Als die beiden gegen halb elf in der Küche erschienen, hatte ihr Vater bereits gefrühstückt und die Sonntagszeitung gelesen.

»Guten Morgen«, begrüßte er seine Söhne. »Gut geschlafen?«

Sie nickten. »Croissants, lecker.« Mats griff sich eines und setzte sich an den Tisch. Nach wenigen Minuten hatte er sein Frühstück beendet und lehnte sich zurück.

»Hast du Lust, jetzt noch etwas zu meinem Thema zu hören, zur Umweltbelastung durch die Kreuzfahrt?«

Peter nickte. Mats zog seinen Zettel aus der Tasche. »Die meisten Schiffe werden mit Schweröl betrieben, dem Dreckigsten und Billigsten, was an Treibstoff auf dem Markt ist - einem Abfallprodukt der Raffinerien. Wer eine Woche auf einem Schiff unterwegs ist, das haben die Stiftung Warentest und die Organisation Atmosfair berechnet, verbraucht 1.500 Kilogramm Kohlendioxid. So viel wie ein Mittelklassewagen auf einer Strecke von 9.000 Kilometern. Das »klimaverträgliche Jahresbudget« pro Kopf liegt bei 2.300 Kilogramm CO_2-Emissionen. Da bleibt nach einer Kreuzfahrt für die restlichen 51 Wochen nicht mehr viel übrig,

Dann noch das Thema der Lebensmittel: Die vielen Touristen an Bord werden kulinarisch in vielen Restaurants und Bars versorgt. Laut Statistik wird auf solch einer Reise wesentlich mehr gegessen und getrunken als zu Hause. Auch die Mitarbeiter auf dem Schiff brauchen Nahrung. Woher kommen also die Lebensmittel? Sie werden erstmal nach Deutschland geschafft und dann zum Teil an die Orte geflogen, wo sich das Schiff gerade befindet. Das gibt noch zusätzliche CO_2-Emmissionen. Es werden keine frischen Lebensmittel vor Ort eingekauft und die lokale Bevölkerung hat demnach gar nichts oder nur wenig von dem Besuch der Touristen. Während man meinen sollte, dass man als Reisender etwas zurückgeben sollte, wenn man schon seinen Fuß auf das Land setzt, ist das in diesem Fall lediglich Luftverpestung, Müll und verunreinigtes Wasser.

Denn ungefähr vierzig Prozent der Reisezeit liegt ein Kreuzfahrtschiff in Häfen. Hierbei wechselt es auf Dieselbetrieb, läuft in dieser Zeit kontinuierlich weiter und verbraucht dabei die Energie einer Kleinstadt. Die Konsequenz? Der NABU hat unlängst eine Studie veröffentlicht, die die massiven Gesundheitsschäden für Anwohner durch Schiffsabgase belegt. Die WHO ging bereits 2012 davon aus, dass jährlich etwa 50.000 Menschen durch diese Abgase sterben, insbesondere durch die krebserzeugenden Rußpartikel.

Die Müllentsorgung ist ein weiteres Thema. Du kannst dir vorstellen, was bei so einer riesigen Menschenmenge anfällt. Und wie viel von dem nicht gegessenen Essen von den Buffets einfach weggeworfen wird. Nur ein geringer Teil wird recycelt, vieles an Bord verbrannt oder einfach über Bord geworfen. Das Brauchwasser wird einfach ins Meer abgelassen. Das bedeutet laut NABU eine ungeheure Belastung für die Meere.«

Peter schluckte. »Es wird Zeit, dass wirklich etwas dagegen unternommen wird. Und ich freue mich, dass du dich bei der Greenpeace-Jugend engagierst.« Er wandte sich an seinen älteren Sohn: »Das Ganze zu einem Thema für ein Referat zu machen, ist eine gute Idee.«

Johann nickte. »Ich bin schon fast fertig.«

Nachdem er die Frühstücksteller zusammengestellt hatte, fragte er seinen Vater nach dem Saxophon.

»Spielst du uns heute etwas vor?«

Peter schüttelte den Kopf und berichtete von dem Ärger mit seinen Nachbarn und seiner Entscheidung umzuziehen.

Sie bestanden darauf, sich das zukünftige Heim ihres Vaters anzusehen.

Johann strahlte. »Einfach cool das Haus. Und dann der Blick! Du brauchst für uns nicht dein Schlafzimmer zu räumen. Wir können genauso auf der Couch im Wohnzimmer schlafen.«

Mats stimmte zu. »Wir helfen dir auch beim Umziehen. Wie wäre es mit nächstem Wochenende?«

Peter winkte lachend ab. »So schnell geht das nicht. Ich habe noch einen Fall zu lösen.« Er freute sich über die Begeisterung seiner Söhne, doch gleichzeitig meldete sich sein schlechtes Gewissen, er würde bald mit Gisela sprechen müssen.

Am frühen Nachmittag verabschiedete er sich von seinen Söhnen. Bevor sie in den Zug stiegen, nahm er sie nacheinander in den Arm und drückte sie.»Es war so schön, dass ihr da wart. Und vielen Dank für eure Recherche. Ich bin stolz auf euch!«

Bewegt machte er sich auf den Rückweg. In seiner Wohnung griff er nach seinem Saxophon und nahm es in die Hand. Bald würde er wieder spielen können, so oft er wollte. Vielleicht sollte er doch nicht so lange mit dem Umzug warten.

Zur selben Zeit öffnete Bayer den Laptop und schaute nach seinen E-Mails. Zwei der angeschriebenen Journalistinnen hatten sich gemeldet. Die erste, eine sechsundzwanzigjährige Hamburgerin, war elf Jahre zuvor noch auf dem Gymnasium gewesen und konnte keine Informationen von Henken zu den Verbrechen auf der Carmen erhalten haben. Die zweite bedauerte, nicht Henkens Kontaktperson gewesen zu sein. Sie erinnerte sich aber daran, dass eine befreundete Kollegin vor längerer Zeit angedeutet hatte, sie hätte eine tolle Story nicht veröffentlichen können. Vielleicht hatte sie ja was damit zu tun. Name und Telefonnummer fügte sie der Mail hinzu.

Bayer hatte Glück, die Reporterin nahm gleich ab. Eine dunkle, warme Stimme meldete sich:»Gabriele Winter hier. Was kann ich für sie tun?«

»Bayer, Kriminalpolizei Verden. Ich habe einmal eine Frage: Kennen Sie Dirk Henken?«

Für einen Moment war Stille in der Leitung, bis die Journalistin kurz antwortete:»Ja. Was wollen Sie denn wissen?«

»Hat er Ihnen vor elf Jahren über die Vorkommnisse auf seinem Schiff berichtet, mit der Bitte, sie zu veröffentlichen?«

»Ja.«

»Und warum haben Sie keinen Artikel dazu geschrieben?«

»Das habe ich ja. Aber dann erhielt ich einen Anruf meiner Zeitung, dass sie die Geschichte nicht drucken würden. Der Chef ist mit dem Geschäftsführer der Reederei befreundet und wollte daher der Firma auf keinen Fall schaden. Außerdem gäbe es keine Beweise für Henkens Behauptungen. Und er konnte auch nicht mehr dazu befragt werden, da er sich anscheinend selbst umgebracht hat.«

»Wie ist denn Henken damals mit Ihnen in Verbindung getreten?«

»Er hat mir eine Mail geschickt. Danach kam noch eine kurze Nachricht.«

»Haben Sie die Mails noch?«

»Ich habe sie irgendwo abgespeichert. Das Ganze liegt jetzt schon lange zurück. Inzwischen habe ich mir einen neuen PC angeschafft, auf den ich aber die meisten Daten übertragen habe. Mal sehen, ob ich Henkens Nachrichten noch finde.«

Als Harald Bayer sich verabschiedet hatte, nahm er die Stille um sich wahr. Gleichzeitig war er hellwach und spürte, dass er auf einer wichtigen Spur war. Und dass er dies unbedingt jemanden mitteilen musste, der ihm wichtig war.

Ohne lange nachzudenken wählte er Anne Grotheers Nummer. Sie ging gleich an ihr Handy. Überrascht über den unerwarteten Anruf am Wochenende hörte sie sich seinen Bericht an. Auch sie schien erfreut über die neue Entwicklung. »Das ist ja Klasse! Ich bin gespannt, ob sie die Mails noch findet.«

Wieder staunte Thomas über sich selbst, als er sich fragen hörte: »Hast du heute noch etwas vor?«

Eine Stunde später holte er sie von ihrem Zuhause ab. Er fuhr mit ihr nach Verden und zeigte ihr die Altstadt. Ihr letzter Besuch in der Kreisstadt lag schon lange zurück. Beeindruckt war sie vor allem vom Dom. Der Weg führte sie hinunter zur Aller. In einem Restaurant am Wasser aßen sie zu Abend. Eine Weile saßen sie noch eng aneinandergeschmiegt auf einer Bank und schauten dem Sonnenuntergang zu. Zuletzt zeigte er ihr seine Wohnung in einem Zweifamilienhaus mit Blick über den Fluss. Es wurde zu spät, um sie noch nachhause zu fahren.

Sie rief bei ihren Eltern an, um ihnen mitzuteilen, dass sie bei einem Kollegen übernachten würde.

Montag , 21. Mai

Kurz vor Dienstbeginn trafen Grotheer und Bayer in Osterholz-Scharmbeck ein. Unmittelbar nach dem Einbiegen in die Osterholzer Straße legte Anne ihre linke Hand auf den Arm des Fahrers. »Lass mich bitte gleich aussteigen. Ich laufe die kurze Strecke bis zum Kommissariat zu Fuß. Es müssen ja nicht alle gleich wissen, dass wir zusammen hergekommen sind.«

Er nickte, hielt an der Seite und zog sie noch einmal an sich und wollte sie küssen. »Es war sehr schön gestern.« Seine Stimme klang sehr bewegt. Sie erwiderte seine Umarmung nur flüchtig. »Ja, aber jetzt muss ich los.«

Wenig später saßen sie zu viert in Kösters Dienstzimmer. Grotheer und Bayer berichteten vom Gespräch mit dem Wremer Krabbenfischer und seiner Frau, Köster von den Telefonaten mit dem Personalreferenten der Carmen-Cruises.

»Hat uns das weitergebracht?« Kruse sah sie fragend an. »Wir können jetzt annehmen, dass Henkens vermeintliche Mörder wohl auch nach dessen Freundin gesucht haben. Ihre Eltern haben sich nicht das ganze Kfz-Kennzeichen gemerkt, so wissen wir nur, dass er oder sie einen schwarzen in Hamburg gemeldeten Mercedes fuhren. Die Wremer haben den oder die Fahrer nicht gesehen, also gibt es nicht einmal eine vage Personenbeschreibung. Und der Mitarbeiter der Reederei hat nicht in Erfahrung bringen können, wer die zwei von uns gesuchten Männer sind.«

»Du hast Recht, Thomas.« Köster runzelte die Stirn. »Auf der anderen Seite vermute ich wie der Personalreferent auch, dass in dem Kreuzfahrt-Unternehmen kein Interesse besteht, den Fall noch einmal aufzurollen. Es scheint jemand den Sachbearbeiter aus der Personalabteilung angewiesen zu haben, nicht weiter nach den Beteiligten zu suchen und dafür den verstorbenen Vorgesetzten als Henkens Kontaktperson anzubieten. Ich denke, wir sollten selbst in die Reederei fahren und Nachforschungen anstellen.«

Harald Bayers Handy klingelte. Die Hamburger Journalistin war am Apparat.

»Ich habe sie!« Ihre Stimme klang triumphierend. Der Kommissar brauchte einen Moment, bis er begriff, was sie meinte. »Wunderbar! Können Sie mir die Mails schicken?«

Fünf Minuten später trafen die Nachrichten auf seinem Computer ein. Die Kollegen hatten das Gespräch verfolgt und schauten Bayer erwartungsvoll an. Während er vorlas, war es vollkommen still im Raum.

Sehr geehrte Frau Winter,
ich hatte Ihnen ja versprochen, einen Bericht über die kriminellen Machenschaften auf dem Schiff zu schicken. Wie ich Ihnen schon am Telefon erzählt habe, ist auf dem Schiff eine Gruppe philippinischer und indischer Schutzgelderpresser aktiv, die systematisch einen großen Teil ihrer Landsleute aus der Küche und der Wäscherei bedrohen und Geld von ihnen verlangen. Dieselben Täter treten auch als Zuhälter auf, indem sie eine Reihe von Frauen aus den unteren Lohngruppen mehr oder weniger gegen ihren Willen an andere Crewmitglieder oder an Gäste vermitteln. Leider ist keine der betroffenen Frauen und der Männer bereit, als Zeuge auszusagen, zu groß ist die Angst vor den Bandenmitgliedern.

Doch das ist noch nicht alles: Laut Aussage mehrerer weiblicher Crewmitglieder scheinen Gäste immer wieder Zimmermädchen sexuell zu belästigen und zum Teil zum Geschlechtsverkehr zu zwingen. Vorgestern verschwand eine junge Inderin auf hoher See, die zuvor von einem Mitarbeiter der Reederei brutalst vergewaltigt wurde. Sein Name ist Paul Lehmann aus der Abteilung für Öffentlichkeitsarbeit der Carmen-Cruises. Ich gehe davon aus, dass sie über Bord geworfen wurde. Mehrere Male sprach ich den Kapitän Rüdiger Hansen auf die Vorkommnisse an. Er zeigte aber kein Interesse, dem nachzugehen, sondern versucht die Straftaten zu vertuschen.

Zuletzt informierte ich Dr. Hirsch, einen leitenden Angestellter in der Rechtsabteilung der Reederei. Er versprach, dem nachzugehen, forderte mich aber auf, erst einmal Ruhe zu bewahren und weitere interne

Ermittlungen abzuwarten. Und auf keinen Fall die Presse zu informieren. Für mich klang es so, als ob er nicht an der Aufklärung interessiert ist. Ganz im Gegenteil, dass er wie der Kapitän die Straftaten am liebsten vertuschen möchte.
Mit freundlichen Grüßen
Dirk Henken

Der Verdener Kommissar hielt einen Moment inne, bevor er fortfuhr: »Diese Mail war vom 5.2.2007. Die zweite, kürzere folgte einen Tag später.«

Sehr geehrte Frau Winter,
ich bin in Eile, da sich die Situation auf dem Schiff zuspitzt. Ich wurde bedroht, im Falle einer Veröffentlichung diese Fahrt nicht zu überleben. Daher bitte ich Sie, damit noch zwei bis drei Wochen zu warten. Dann ist das Schiff wieder in Hamburg eingetroffen. Ich werde aus Sicherheitsgründen schon vorher untertauchen.
MfG Dirk Henken

Als Bayer fertig war, schwieg er einen Moment, bevor er fortfuhr: »Das meiste, was der Schiffsoffizier in den Mails geschrieben hat, bestätigt unsere Ermittlungsergebnisse sowie unsere Vermutungen. Neu sind die beiden Namen, nach denen wir schon eine Weile suchen: Paul Lehmann und Karl Hirsch.«

Köster lächelte. »Klasse, Harald. Da wissen wir, was wir jetzt tun müssen. Spannend wird sein, ob unsere weiteren Ermittlungen ergeben, dass beide in den Mord verwickelt sind.«

Er informierte umgehend Gisela Schmidt über die aktuellen Erkenntnisse. Die Kommissionsleiterin nahm daraufhin Kontakt mit der Verdener Staatsanwaltschaft auf und beantragte die Genehmigung zur Überwachung der Telefongespräche der beiden Verdächtigen.

Bayer öffnete seinen Dienstlaptop erneut. Als erstes gab er den Mitarbeiter aus der Öffentlichkeitsabteilung ein. Der einundfünfzigjährige Paul Lehmann besaß die deutsche Staatsangehörigkeit und war seit dem 10. Mai 2009 in Bremerhaven gemeldet. Er lebte dort allein, war aber noch verheiratet. Vorher hatte er zusammen mit seiner Ehefrau und seinem Sohn in Hamburg-Harburg gewohnt. Noch voll auf seine Nachforschungen konzentriert murmelte Bayer: »Damit scheint er nicht mehr für Carmen-Cruises zu arbeiten. Der Weg von Bremerhaven nach Hamburg ist zu weit.«

Es gab noch einige Bilder bei Google, die Lehmann selbstbewusst lächelnd im Kreis einiger Reedereimitarbeiter zeigten.

Anne Grotheer schaute dem Verdener über die Schulter. »Der sieht schon gut aus. Und er weiß das auch.«

Bayer schien davon weniger überzeugt. »Na ja, die Bilder scheinen ja schon ein paar Jahre älter zu sein. Wer weiß, ob er noch so ausschaut.«

Karl Hirsch, ebenfalls Deutscher, war inzwischen 56 Jahre alt und lebte im Hamburger Stadtteil Eppendorf. Unter seiner Adresse waren auch seine Ehefrau und seine zwei Söhne gemeldet.

Der Kommissar fand nur ein einziges Bild von ihm in einem Verzeichnis der leitenden Angestellten der Reederei.

Anne Grotheer zog die Augenbrauen hoch. »Der ist nicht so attraktiv wie Lehmann. Auf jeden Fall hat er einige Pfunde zuviel auf den Rippen.«

Am Nachmittag fuhren Bayer und Grotheer nach Bremerhaven. Anne schwieg und schaute eine Weile aus dem Fenster. Schließlich atmete sie tief durch, wandte sich Thomas zu und schaute ihn ernst an. »Es war wirklich eine schöne Nacht mit dir. Aber ich hatte es ganz schwer einzuschlafen und war ganz früh wieder wach. Das kommt dir vielleicht komisch vor: Dabei dachte ich an Sven und hatte ein ganz schlechtes Gewissen.«

Harald berührte kurz ihren Arm. Seiner Stimme war die Betroffenheit anzumerken. »Das wollte ich nicht und es tut mir leid.«

Sie nickte. »Ja, es ging mir wohl alles viel zu schnell. Ich brauche ein bisschen Abstand. Lass uns jetzt auf unsere Arbeit konzentrieren.«

Er versuchte seine Enttäuschung zu verbergen und nickte.

Das Navi führte sie in den Stadtteil Lehe in die Nähe des Speckenbütteler Parks. Der Kommissar betrachtete das neu gebaute Mehrfamilienhaus.

»Das hat sicher einiges gekostet. Die Mieten sind in Bremerhaven niedriger als in anderen Städten.«

Anne stimmte zu, fand aber einen Einwand. »Dafür wird hier auch nicht soviel Geld verdient. Die Arbeitslosenquote ist sehr hoch.«

Paul Lehmann wohnte im dritten Stock. Bayer klingelte, aber niemand reagierte. Daraufhin versuchte er es in der Nachbarwohnung. Es meldete sich eine weibliche Stimme, die auf eine ältere Dame schließen ließ. Sie teilte den Ermittlern mit, dass Lehmann meistens gegen 18 Uhr nachhause käme.

Unschlüssig schauten sich die beiden Kommissare an. Bayer sah auf seine Armbanduhr.

»Noch eine Stunde. Was machen wir?«

»Zum Essen gehen reicht es nicht. Hier ist doch ein Park in der Nähe. Lass uns dort hingehen.«

Der Weg führte sie durch ein fantasievoll gestaltetes Tor mit kleinen Türmchen vorbei an großen gepflegten Rasenflächen zu einem Blumengarten. Die Sonne schien und beleuchtete die roten Rosenblüten. Wenig später erreichten sie einen Teich. Einige Enten schwammen quakend am Ufer entlang. In der Ferne sahen sie ein Ruderboot, das langsam den kleinen See durchquerte.

Anne staunte. »Ich wusste gar nicht, dass es hier so einen schönen Ort gibt. Dabei war ich schon öfter in Bremerhaven. Aber meistens in den Havenwelten oder im Fischereihafen.«

»Ja, mir gefällt es hier auch.« Harald deutete auf eine Bank, Anne nickte. Für eine Weile saßen sie nah beieinander und blickten schweigend auf das Wasser.

Ein zweites Mal klingelten sie an der Haustür. Dieses Mal meldete sich eine raue Männerstimme. »Lehmann.«

Bayer stellte seine Kollegin und sich als Kriminalkommissare vor und bat eingelassen zu werden. Einen Moment passierte nichts, dann ertönte der Summer.

In der Wohnungstür erwartete sie ein groß gewachsener, schlanker Mann, dessen dunkelbraunes Haar an den Schläfen bereits ergraut war.

Er trug einen Dreitagebart und enge Jeans mit einem hellblauen Poloshirt. Skeptisch musterte er die beiden Ermittler. »Was wollen Sie von mir?«

Anne Grotheer trat einen Schritt vor. »Dürfen wir reinkommen?«

»Von mir aus.« Der Flur führte in ein kleines Wohnzimmer, an dessen Couchtisch sie Platz nahmen.

Bayer hielt sich nicht mit langen Vorreden auf. »Wir möchten mit Ihnen über die Ereignisse auf der Kreuzfahrt auf der Carmen im März 2007 reden, an der Sie teilgenommen haben und bezichtigt wurden, eine junge indische Angestellte vergewaltigt zu haben.«

»Wegen der alten Geschichte kommen Sie zu mir?« Ungläubig schüttelte Lehmann den Kopf.

»Das Zimmermädchen hatte mit mir einvernehmlichen Sex. Was sie danach gemacht hat, war üble Nachrede. Das Ganze hat sich schon auf dem Schiff geklärt. Der Kapitän hat das verstanden und war zum Glück auf meiner Seite.«

»Sie wissen, dass das Mädchen danach verschwunden und wahrscheinlich über Bord gegangen ist? Es besteht der Verdacht, dass sie ermordet wurde.«

Lehmann zuckte mit den Schultern. »Ja, ich erinnere mich. Das war tragisch. Wahrscheinlich hat sie nicht aufgepasst und es war ein Unglücksfall. Oder sie hat Selbstmord begangen, weil sie mit ihrer Geschichte nicht durchgekommen ist.«

»Am Tag darauf ist auch noch Dirk Henken verschwunden, ein Schiffsoffizier. Das kann kein Zufall sein.«

Ärgerlich erhob Lehmann seine Stimme. »Das weiß ich nicht. Und ich habe damit nichts zu tun. Ich kannte diesen Offizier gar nicht.«

»Das glauben wir nicht. Henken unterstützte damals zusammen mit einer Kollegin die junge Inderin und war mehreren Vergehen auf der Carmen auf der Spur. In welchem Verhältnis standen Sie zu Dr. Hirsch?«

»Dr. Hirsch? Nie gehört.«

»Er arbeitet in der Rechtsabteilung der Carmen-Cruises. Sie müssen ihn kennen. Zu ihm hat Henken damals Kontakt aufgenommen und über die Vorkommnisse auf dem Schiff berichtet. Der Rechtsanwalt Schuster hat sicher auch mit Ihnen gesprochen.«

»Nein, hat er nicht.« Lehmanns Stimme klang trotzig. »Warum wollen Sie das alles wissen?«

Nachdem Bayer vom Auffinden der Leiche im Teufelsmoor berichtete, schien Lehmann kurze Zeit verunsichert. Doch er fing sich schnell wieder. »Das ist tragisch. Aber ich habe bestimmt nichts damit zu tun.«

»Und seit wann arbeiten Sie nicht mehr bei den Carmen-Cruises?«

»Seit 2009. Ich hatte hier in Bremerhaven in einer Tiefkühlfirma eine leitende Stellung in der Marketingabteilung angeboten bekommen.«

Als die beiden Kommissare wieder auf der Straße standen, schüttelte Anne ärgerlich den Kopf.

»So ein aalglatter Kerl. Er weiß von nichts und ist so unschuldig! Wenn ich mir vorstelle, dass der die junge Frau tatsächlich so brutal vergewaltigt hat und alles abstreitet, werde ich richtig wütend.«

»Du hast Recht. Ich bin mir auch sicher, dass er Dr. Hirsch kennt. Hast du gesehen, wie seine Augen flackerten, als dessen Namen fiel?«

Bayer stimmte ihr zu. »Von wegen toller Job in einer Tiefkühlfirma. Ich schätze, die Reederei hat ihm nach dem Vorfall auf der Carmen gekündigt und er konnte froh sein, diese Arbeit zu finden. Und wie ich herausbekommen habe, ist er sie wieder los. Seit einem halben Jahr ist er arbeitslos.«

⁕

Die Leiterin der Mordkommission begleitete Köster das erste Mal in seine Heimatstadt. Während er fuhr, lehnte sie sich entspannt in ihrem Sitz zurück.

»Ich war schon lange nicht mehr in Hamburg. Und noch nie in der neuen HafenCity.«

Köster lächelte verhalten. »Na ja, da gibt es vor allem neue Hochhäuser. Viel Beton und Glas.«

»Aber eben alles am Wasser gebaut«, widersprach Gisela Schmidt. »Die vielen Kanäle und Wasserwege in Hamburg sind schon was Besonderes.«

Eine Weile schwiegen sie, bis die Hauptkommissarin die Stille unterbrach und Köster von der Seite ansah. »Du bist in letzter Zeit häufig in deiner alten Heimatstadt gewesen. Was ist das denn für ein Gefühl? Zieht es dich wieder zurück?«

Überrascht schaute er sie an, dann richtete er seinen Blick wieder auf die Straße. »Das kann ich nicht so genau sagen. Ich fühle mich inzwischen so wohl in Osterholz-Scharmbeck. Ich liebe die Ruhe und freue mich, so schnell ins Umland zu kommen. Und das wichtigste seid ihr, die Kollegen und im Besonderen du.« Er lächelte. »Dich möchte ich nicht mehr missen.«

Nach einer Pause atmete Köster tief durch. »Doch wenn ich in Hamburg bin, ist da immer noch das Gefühl, nachhause zu kommen. Hier bin ich aufgewachsen und alles ist so vertraut. Auch wenn vieles sich verändert, so wie die HafenCity.«

Gisela sah erstaunt zu dem großen Bürogebäude mit der Glasfassade hoch. »Das ist ja bombastisch.«

Ihrem Kollegen folgend durchquerte sie die Eingangshalle bis zur Rezeption. Der Ermittler erkannte die Frau mit dem makellosen Gesicht und dem nach hinten gekämmten blonden Haar wieder.

»Wir möchten Dr. Hirsch sprechen.«

»Haben Sie denn einen Termin?«

»Ja, wir haben angerufen. Melden Sie die Kriminalhauptkommissare Gisela Schmidt und Peter Köster an.«

Im achten Stock empfing sie eine Mitarbeiterin, die in ihrem Aussehen und ihrem Auftreten der Frau am Empfang glich. Sie führte die Kriminalbeamten durch einen langen Flur. Am Ende hielt sie vor einer Glastür und öffnete sie. »Dr. Hirsch erwartet Sie.«

Direkt an der Fensterfront mit einem weiten Blick über die HafenCity stand ein ausladender Schreibtisch, hinter dem ein großer untersetzter Mann mit einer Stirnglatze saß. Er erhob sich und reichte nach der gegenseitigen Vorstellung seinen Gästen die Hand. »Setzen Sie sich.«

Er deutete auf die beiden Stühle vor dem Schreibtisch und nahm selbst wieder Platz.

Der Anwalt lächelte kühl-herablassend. »Was kann ich für Sie tun?«
Köster schluckte, er hasste die Begrüßungsfloskel, die er in diesem
Fall noch besonders abweisend erlebte. »Wie wir Ihrer Sekretärin schon
am Telefon mitgeteilt haben, ermitteln wir im Fall des Schiffsoffiziers
Dirk Henken. Er fuhr vor elf Jahren auf einer der Mittelmeerrouten Ihrer
Linie.«

»Ja, wie ich gehört habe, ist er bei der Fahrt über Bord gegangen. Ein
sehr tragischer Unglücksfall. Nur, warum wird die Geschichte jetzt noch
mal aufgerollt? Und wie kann ich Ihnen dabei behilflich sein?« Hirsch
zog unmerklich eine Augenbraue hoch.

»Wie wir in Erfahrung bringen konnten, hat Henken Sie kurz vor
seinem Verschwinden noch angerufen und Ihnen von den Vorfällen auf
dem Schiff berichtet.«

Jetzt runzelte der Anwalt die Stirn und lehnte sich in seinem Schreib-
tischsessel zurück.

»Daran kann ich mich nicht erinnern. Kein Wunder, das Ganze liegt
ja schon viele Jahre zurück. Was waren denn das für Vorfälle? Und woher
haben Sie diese Informationen?«

»Diese beiden Nachrichten hat Henken am 5. und 6. Februar 2007
an eine Hamburger Journalistin geschickt.« Der Kommissar reichte den
Ausdruck über den Schreibtisch.

Während der Anwalt die Mails las, veränderte sich seine Mimik kaum.
Als er den Zettel beiseite legte, räusperte er sich.

»Das sind ja schreckliche Anschuldigungen. Ich kann mich beim besten Willen nicht mehr an diesen vermeintlichen Anruf erinnern. Diese
Mails beweisen außerdem nicht, dass er wirklich stattgefunden hat.
Nicht einmal, dass Henken die Nachrichten geschrieben hat. Ein anderer
könnte seinen Computer benutzt haben. Falls der Offizier mich wirklich
kontaktiert hätte, wäre ich der Geschichte natürlich nachgegangen. Nur
warum tauchen diese Nachrichten jetzt erst auf und warum ermitteln Sie
in dem alten Fall?«

Dieses Mal übernahm es Gisela Schmidt, vom Fund der Leiche im
Teufelsmoor zu berichten.

»Außerdem gibt es eine ehemalige Mitarbeiterin, die die Vorgänge, die in den Mails beschrieben werden, bestätigt.«

Der Anwalt schüttelte den Kopf. »Das hört sich an wie eine richtige Räuberpistole. Ich kann mir nicht vorstellen, dass sich das wirklich so zugetragen hat. Ich werde dennoch versuchen herauszubekommen, ob in diesem Haus etwas von der Fahrt damals dokumentiert wurde.«

Wenig später verließen die beiden Kriminalbeamten die Zentrale der Reederei.

»Nun bin ich gespannt, mit wem er jetzt telefoniert. Aber das werden wir bald wissen.«

Gisela Schmidt schaute Köster ernst an. »Ich bin mir ganz sicher, dass er uns nicht die Wahrheit gesagt hat und er mehr von der Geschichte weiß und darin verwickelt ist.«

»Das sehe ich auch so. - Immer noch so beeindruckt von dem Glaspalast?« Lächelnd deutete der Ermittler auf das große Gebäude hinter sich.

Gisela zuckte mit den Schultern. »Natürlich weiß ich, dass so gebaut wird, um zu repräsentieren. Dazu passen der riesige Empfangsbereich, die langen Flure und Hirschs Büro mit dem monumentalen Schreibtisch. Die Aussicht war dennoch fantastisch.«

Auf der Rückfahrt wurde Peter sehr schweigsam. Gisela bemerkte es und schaute ihn von der Seite an. »Ist etwas mit dir?«

Er räusperte sich und berichtete vom Erika Kruses Geburtstagsfest, auf dem er von dem zu vermietenden Holzhaus in Osterholz erfahren hatte. Von der idealen Lage am Rande der Bebauung und der wunderbaren Aussicht.

»Du hast es dir schon angesehen?«

Er nickte.

»Und zugesagt?«

Wieder nickte er.

Jetzt schwieg Gisela. Peter sah, wie sie die Augen schloss und schluckte.

»Du hättest vorher mit mir darüber reden sollen.« Ihre Stimme klang gepresst.

»Ich weiß, dass du jetzt enttäuscht bist. Ich habe mich auch sehr über dein Angebot gefreut, zu dir zu ziehen. Aber Verden ist einfach zu weit von meiner Arbeit entfernt. Vielleicht können wir später ein gemeinsames Heim auf dem halben Weg zu beiden Dienststellen finden, zum Beispiel in Fischerhude.«

Während er sprach, spürte er bereits, dass seine Rechtfertigungsversuche sie nicht erreichten.

Dienstag, 22. Mai

In der Morgenbesprechung der Mordkommission berichtete Bayer von den bisherigen Ergebnissen der Telefonüberwachung von Dr. Hirsch und Herrn Lehmann.

»Gleich nachdem Anne und ich gegangen waren, ging ein Anruf von Lehmann bei den Carmen-Cruises ein. Lehmann verlangte, mit Dr. Hirsch verbunden zu werden. Die Dame an der Rezeption meinte aber, der wäre nicht zu sprechen.«

»Dann kennt er den Anwalt also doch. Ich nehme mal an, der hat sich verleugnen lassen?« Köster runzelte die Stirn. »War das alles von Lehmann?«

»Nein, jetzt wird es spannend: Er probierte es noch bei einer Nummer, die wir bereits kennen. Es ist die Handynummer von Onno Carstens, der war Steward auf der Carmen.«

»Onno Carstens? Was hat der denn mit Lehmann zu schaffen?«, fragte Anne Grotheer ungläubig.

»Weiß ich leider nicht. Lehmann hat ihn nicht erreicht. Wir können nur hoffen, dass er ihn noch mal anruft.«

»Und der Anwalt?«

»Hirsch hat nach eurem Besuch nur zweimal auf seinem Festnetzanschluss telefoniert. Beides waren geschäftliche Anrufe, die nichts mit unserem Fall zu tun hatten. Sein Handy hat er benutzt, um seiner Frau mitzuteilen, dass er später nachhause kommt. Dann sprach er noch mit seinem Sohn, der dem Gespräch zufolge gerade ein Auslandssemester in den USA macht.«

Kruse seufzte. »Ich schätze, Hirsch ahnt, dass er abgehört wird und verhält sich deshalb so unauffällig wie möglich. Nur wie kommen wir ihnen dann auf die Spur?«

Köster ließ sich nicht beirren. »Wartet ab, Lehmann scheint nervös zu sein und ist nicht so abgebrüht wie der Anwalt. Das zeigen seine Telefonaktivitäten nach unserem Besuch. Wir sollten ihn überwachen lassen.«

Gisela Schmidt stimmte der Observation von Lehmann zu und wollte gleich mit der Staatsanwältin in Verden darüber sprechen.

Für sich befand Peter Köster, dass Gisela die Sitzung wie immer umsichtig und aufmerksam leitete. Sie sah nur blasser aus als sonst. Und er fragte sich, wie sie jetzt zu ihm stand? Und ob sie sich wieder näherkommen würden? Er hoffte es sehr.

Bisher hatte Kruse sich noch nicht am Gespräch beteiligt. Er schaute in seine Unterlagen. »Als ihr in Bremerhaven und Hamburg gewesen seid, habe ich noch einmal alle bisherigen Protokolle durchgelesen. Dabei ist mir eine Unstimmigkeit aufgefallen. Es geht um Henkens Verschwinden, besser gesagt, um seinen angeblichen Selbstmord.

Seine Ehefrau war die erste, die uns davon erzählt hat, dass am Morgen des Verschwindens seine Schlüssel in der Nähe der Reling gefunden wurden. Nach dem Bericht seiner untergetauchten Freundin hatte Henken aber seine Schlüssel und sein Handy zurückgelassen. Wenn das so war, wo ist das Handy geblieben? Seine Frau hat ja die Sachen ihres Mannes geschickt bekommen. Da war es aber nicht dabei.«

Bayer, der dem Gespräch gefolgt war, meldete sich noch einmal. »Stimmt, das ist mir noch gar nicht aufgefallen. Telefon und Schlüssel dazulassen, macht seinen vorgetäuschten Suizid noch glaubwürdiger. Gleichzeitig konnte das Handy auch Informationen enthalten, an die seine Verfolger nicht unbedingt kommen sollten. Also musste er sie zuvor gelöscht haben. Nur wo ist es geblieben? Haben es seine Verfolger verschwinden lassen oder ist es doch bei seiner Ehefrau gelandet und sie hat uns nichts davon erzählt?«

»Dazu sollten wir noch einmal mit Saskia Henken reden«, befand Gisela Schmidt.

»Es könnte für uns auch von Bedeutung sein, ob sie etwas von der Beziehung ihres Mannes zu Nicole Wiemers weiß.«

»Und das Prepaidhandy? Wo ist das geblieben?« Anne Grotheer war noch einen Schritt weiter in ihren Gedanken. »Henken muss sich eins angeschafft haben. Sonst hätte er nicht seine Freundin nach der Flucht vom Schiff darüber informieren können, dass alles geklappt hat. Seine Mörder könnten es an sich genommen haben. Papiere und Portemonnaie wurden bei ihm ja auch nicht gefunden. Oder Jan Otten hat alles beiseite geschafft?«

Gisela Schmidt rief den Leiter der Kriminalpolizei in Bremerhaven an und bat um Unterstützung bei der Observation des verdächtigen Lehmann. Trotz angespannter Personallage wurde ihrer Bitte entsprochen.

Noch am selben Nachmittag fuhr Kruse in die Seehafenstadt und bezog gemeinsam mit einem Bremerhavener Kollegen Stellung in einem neutralen Auto in der Nähe von Lehmanns Hauseingang im Stadtteil Lehe. Seine Telefonaktivitäten und die von Dr. Hirsch wurden weiter überwacht.

Für einige Stunden blieb es ruhig. Noch einmal versuchte der ehemalige Reederei-Mitarbeiter Onno Carstens zu erreichen, ebenso eine andere bisher unbekannte Nummer. Bayer versuchte herauszufinden, wem dieser Anschluss gehörte.

Am späten Abend verließ Lehmann das Haus und lief in Richtung Speckenbütteler Park. Kruse folgte ihm. Vor einer Eckkneipe hielt der Mann an und betrat den Schankraum. Der Kommissar wartete einen Moment und betrat ebenfalls das kleine Lokal. Rauch hing in der Luft, so dass er erst einmal einen Hustenreiz unterdrücken musste. An der Theke saß ein einsamer Trinker, ein zweiter an einem Tisch vor der Garderobe. Zu diesem hatte sich Lehmann gesetzt und sprach leise mit ihm. Während der Wirt ein Bier zapfte, das anscheinend für Lehmann bestimmt war, suchte sich Kruse einen Platz an der Theke mit Sicht auf den Tisch mit den zwei Männern. Nachdem er ein Alster bestellt hatte, schaute er immer mal wieder unauffällig zu den beiden hinüber. Zum Glück ließ ihn sein Thekennachbar in Ruhe, er schien schon einiges getrunken zu haben und schaute versunken in sein Glas. Lehmann sprach ununterbrochen, der andere hörte zu, drückte seine Zigarette aus und steckte sich sofort eine neue an. Als er zum Glas griff, sah Kruse auf dessen rechtem Handrücken ein Tattoo, das sich unter dem Ärmel des Sweatshirts fortzusetzen schien. Der Ermittler glaubte eine Schlange zu erkennen. Als der Wirt das Bier an den Tisch brachte, schwieg Lehmann das erste Mal und nahm einen tiefen Schluck. Der andere erwiderte etwas, stand auf, zog seine Jacke über und ging zum Tresen.

»Zahlen!«, rief er mit rauer Stimme. Die Kleidung schlotterte um seinen mageren Körper. Die ungesunde Gesichtsfarbe passte zum übermäßigen Tabakkonsum.

Nachdem Lehmann ebenfalls gegangen war, legte auch Kruse einen Fünf-Euro-Schein auf die Theke und verließ den Schankraum. Er sah noch, wie Lehmann um die nächste Ecke bog. Da er anscheinend den Heimweg eingeschlagen hatte, folgte ihm der Kommissar in größerem Abstand. Wenig später schloss Lehmann seine Haustür auf und verschwand im Treppenhaus.

Kruse setzte sich wieder neben seinen Kollegen ins Auto und berichtete, was er beobachtet hatte. Dann verabschiedete er sich. Der Bremerhavener würde in einer Stunde abgelöst werden.

Gegen fünfzehn Uhr machten sich Bayer und seine Osterholzer Kollegin noch einmal gemeinsam auf den Weg nach Stade.

»Wie geht es dir?« Seine Stimme klang besorgt.

»Besser. Ich habe letzte Nacht gut geschlafen und auch nicht mehr so viel an Sven gedacht.« Ernst wandte sie sich an Harald. »Und mir ist klar geworden, wie gerne ich mit dir arbeite. Wir können über alles miteinander reden. Du bist für mich ein richtiger Freund geworden. Ich hoffe, dass dir das vorerst reicht.«

Harald lächelte verhalten. »Aber klar. Ich habe mir so was schon gedacht. Du warst so viele Jahre mit Sven zusammen, da bist du ihm noch sehr verbunden. Auch ich freue mich sehr, wenn wir weiter zusammenarbeiten. Unsere Freundschaft ist für mich sehr wichtig.«

Saskia Henken nahm ihnen gegenüber am Küchentisch Platz und schaute sie erwartungsvoll an. »Wissen Sie jetzt, wer meinen Mann umgebracht hat?«

Anne Grotheer schüttelte bedauernd den Kopf. »Nein, leider noch nicht. Aber wir sind mit unseren Ermittlungen um einiges weitergekommen. Dazu möchten wir Sie noch einmal befragen. Können Sie sich erinnern, was Ihnen von der Reederei zum angeblichen Unfall Ihres Mannes berichtet wurde? Es geht uns vor allem darum, was am nächsten Morgen neben der Reling von ihm gefunden wurde.«

»Aber das habe ich Ihnen doch schon erzählt.« Die Witwe zog die Augenbrauen hoch.

»Das war sein Schlüsselbund. Bevor er über die Reling kippte, sei es ihm wohl aus der Tasche gefallen.«

»Richtig. Dann waren die Schlüssel bei den Sachen ihres Mannes dabei, die Ihnen von den Carmen-Cruises geschickt wurden?«

»Ja sicher.«

»Wie ist es denn mit seinem Handy. Das auch?«

Erstaunt schaute Saskia Lehmann die Kommissarin an und schüttelte langsam den Kopf.

»Nein. Ich bin damals davon ausgegangen, dass es mit ihm über Bord gegangen ist.«

Sie schluckte. »Wissen Sie, für mich war das ein richtiger Schock, als Sie mir das letzte Mal erzählten, dass Dirk im Teufelsmoor ermordet worden ist. Ich habe das erst so richtig begriffen, nachdem Sie wieder gegangen waren. Es war schon schlimm genug, damit klarzukommen, dass er in Palermo an den Folgen eines Unfalls gestorben ist. Auch wenn ich das erst schwer glauben konnte, hatte ich doch irgendwie meinen Frieden damit gemacht. Jetzt drehen sich meine Gedanken dauernd darum, wer ihm das angetan hat. Und wie schrecklich er sich auf seiner Flucht gefühlt haben muss. Immer wieder frage ich mich, warum er nicht mit mir über die schlimmen Vorkommnisse auf dem Schiff gesprochen hat und warum er nicht zu uns gekommen ist. Wir hätten ihm doch helfen können! Und warum ist er nicht zur Polizei gegangen?«

Die Kommissarin legte ihr sacht die Hand auf den Arm. »Er wollte Sie bestimmt schützen.«

Mit Tränen in den Augen sah die Witwe sie an. »Das sagten Sie bereits. Das kann ja sein. Aber ich bin seine Frau und habe nicht gewusst, in welchen Schwierigkeiten er steckt!«

Anne Grotheer reichte ihr ein Taschentuch und wartete, bis sich Saskia Henken die Nase geputzt hatte. »Es ist es ihm sicher schwer gefallen, Sie da rauszuhalten. Doch Ihr Schutz war ihm anscheinend das Wichtigste. Die Menschen, die Ihren Mann umgebracht haben, sind wirklich skrupellos. Wäre er damals zur Polizei gegangen, wären Sie und Ihre Kinder wahrscheinlich auch in Gefahr gewesen.«

Gedankenverloren nickte die Witwe. »Sie haben wohl Recht.«

Sie atmete tief durch und setzte sich auf. »Warum sind Sie dann noch einmal gekommen. Und warum haben Sie mich nach Dirks Handy gefragt?«

Jetzt übernahm Bayer die Antwort. »Eine Zeugin, die auch auf dem Schiff gefahren ist, hat uns berichtet, dass nach dem vermeintlichen Unfall neben der Reling der Schlüsselbund und das Handy Ihres Mannes gefunden wurden. Sie haben uns aber nur von den Schlüsseln erzählt. Es hätte ja sein können, dass Ihnen sein Handy gemeinsam mit den Sachen zugeschickt wurde und Sie vergessen haben, uns davon zu erzählen. Für unsere Ermittlungen wäre der Fund seines Mobiltelefons eine große Hilfe gewesen.«

»Ich verstehe. Leider habe ich es nicht bekommen.« Bedauernd hob Saskia Henken die Arme und wandte sich dann an den Kommissar. »Wenn diese Zeugin von dem Handy berichtet hat, weiß sie vielleicht, wo es geblieben ist.«

»Nein, leider nicht. Auch sie hat nur davon gehört.«

»Was ist das denn für eine Zeugin? Weiß sie noch mehr von dem, was mit meinem Mann passiert ist?«

»Sie war die stellvertretende Hausdame auf der Carmen und war für die Einteilung und die Beaufsichtigung des Personals zuständig, das die Kabine reinigte und die Wäsche wusch. Hat Ihr Mann sie Ihnen gegenüber erwähnt?«

Nachdenklich schüttelte die Witwe den Kopf. »Nein. Ich kann mich nicht erinnern.«

»Über sie hat Ihr Mann auch von Missständen auf dem Schiff erfahren.«

Zum Abschied wandte sich Anne Grotheer noch einmal an Saskia Henken. »Es tut uns leid, dass wir Sie noch einmal stören und wieder an die Ermordung Ihres Mannes erinnern mussten.«

Diese schaute die Kommissarin ernst an. »Sie machen nur Ihre Arbeit, und es ist für mich auch wichtig, dass Sie herausbekommen, wer Dirk umgebracht hat. Ich denke in letzter Zeit sowieso dauernd an ihn.«

Auf der Rückfahrt schwieg Anne Grotheer eine Weile. In Gedanken versunken schaute sie aus dem Fenster. Kurz hinter Stade drehte sie sich zu ihrem Kollegen um. »Glaubst du wirklich, sie wusste nicht, dass ihr Mann eine Freundin hatte? Eine Frau spürt doch so was.«

Bayer lächelte. »Henken war immer wieder viele Wochen auf See und damit getrennt von seiner Frau. Da ist es kein Wunder, dass er sich der Mitarbeiterin aus dem Service angenähert und sich in sie verliebt hat. Es soll ja bei Seeleuten häufiger vorkommen, dass sie in zwei Welten leben, in der sie jeweils eine Liebesbeziehung unterhalten. Um sich den Ärger zu ersparen, wird Henken seiner Frau nichts davon erzählt haben.«

»Da kannst du Recht haben. Aber das mit dem Handy finde ich schon merkwürdig. An der Existenz des Telefons besteht für mich kein Zweifel. Irgendwo, bei irgendwem muss es doch geblieben sein.«

Mittwoch, 23. Mai
Am Morgen meldete sich ein Bremerhavener Kollege und berichtete von Lehmanns Observation. In der Nacht hatte der Verdächtige weder telefoniert noch das Haus verlassen. Am Vormittag hatte er einige Lebensmittel im nahe gelegenen Supermarkt besorgt und am Abend war er noch einmal in die Eckkneipe gegangen. Ein Bremerhavener Beamter war ihm gefolgt und berichtete später, dass er sich dort zu einem anderen Gast an den Tisch gesetzt hatte. Der Beschreibung nach musste es der Mann

gewesen sein, dem er schon am Tage zuvor dort begegnet war. Beide hatten ein Bier bestellt und sich kurz unterhalten, bis der andere Lehmann ein kleines Paket über den Tisch zuschob. Lehmann hatte es geöffnet und ein kleines, schwarzes Gerät herausgezogen. Der Kriminalbeamte konnte es aus der Ferne nicht genau sehen, vermutete aber, dass es sich um ein Smartphone handelte. Er wurde in seiner Vermutung bestätigt, als wenig später das Display aufleuchtete. Lehmann stellte das Handy wieder ab, schob es in seine Tasche und reichte seinem Gegenüber einen Geldschein. Wenig später zahlten beide und verließen die Kneipe.

»Jetzt hat er sich ein Handy mit einer nicht registrierten Prepaid-SIM-Karte besorgt, um nicht von uns überwacht zu werden.« Kruse schüttelte ärgerlich den Kopf.

»Lass mal«, erwiderte Bayer. »Damit wird er kein Glück haben.«

Er telefonierte kurz mit Gisela und wandte sich wieder den Kollegen zu.

»Die Kriminaltechniker werden das neue Gerät orten und mit ihren Möglichkeiten auch abhören können. Ich habe es eilig gemacht, damit wir schnell herausbekommen, mit wem Lehmann Kontakt aufnehmen will.«

Wenig später erhielten die Ermittler die Nachricht, dass Lehmann mit seinem neuen Handy einen Mann namens Peer angerufen hatte. Sie sprachen nur kurz miteinander und verabredeten sich für den nächsten Tag um zwölf Uhr vor dem Auswandererhaus. Köster rief seine Bremerhavener Kollegen an und bat sie, die beiden bei der Begegnung zu observieren.

Anschließend bestellte er seine Osterholzer Mitarbeiter in sein Dienstzimmer.

»Hoffentlich wissen wir bald, ob dieser Peer etwas mit unserem Fall zu tun hat.« Kruse runzelte die Stirn. »Die Ermittlungen laufen sehr zäh. Wir sind der Aufklärung bisher kein Stück näher gekommen.«

Anne Grotheer nickte zustimmend. »Unser Gespräch mit der Witwe hat nichts ergeben. Sie hat das Handy ihres Mannes anscheinend nicht bekommen und kennt Nicole Wiemers nicht. Allerdings bin ich mir nicht sicher, ob das stimmt.«

»Nur, wenn der Wikinger sein Mobiltelefon wirklich an Deck gelassen hat, wo ist es geblieben? Ich bleibe dabei: Irgend jemand muss es an sich genommen oder entsorgt haben.« Kruse schaute seine beiden Kollegen fragend an.

»Vielleicht wissen Onno Carstens und Sophie Ehlers als ehemalige Crewmitglieder mehr zu dem Thema. Wir sollten sie noch mal befragen«, befand Köster. Carstens möchte ich aber noch in Ruhe lassen, bis geklärt ist, in welcher Beziehung er zu Lehmann steht.«

Anne Grotheer versuchte Frau Ehlers per Handy zu erreichen, doch sie meldete sich nicht. Daraufhin rief sie in der Bäckerei an, in der sie arbeitete und gab sich als Freundin der Verkäuferin aus. Dort erfuhr sie, dass sie seit zwei Tagen nicht zum Dienst erschienen und auch telefonisch nicht zu erreichen war.

Beunruhigt informierte die Kommissarin Köster. Noch vor Dienstschluss machten sich die beiden auf den Weg zu der Wohnung der Vermissten.

Ehlers öffnete die Haustür nicht. Als sie an der unteren Klingel drückten, ertönte der Summer, und sie konnten eintreten. Die alte Dame, die beim letzten Besuch der Kommissare gerade das Haus verlassen hatte, schaute sie erwartungsvoll an. »Wollen Sie wieder Frau Ehlers besuchen?«, fragte sie. »Ich weiß aber gar nicht, ob sie da ist.« Bevor sie in ihre Wohnung zurückkehrte, drehte sie sich noch einmal um. »Ist schon komisch. Sie hat so selten Besuch und jetzt kommen Sie schon das zweite Mal. Und dann waren da auch noch die zwei Männer, die nach ihr gefragt haben.«

Alarmiert schaute Köster die betagte Frau an. »Was wollten denn die Männer von Ihnen wissen?«

»Wo denn Frau Ehlers wäre. Und wo sie abgeblieben sein könnte. Das weiß ich doch nicht!«

Empört erhob sie ihre Stimme. »Dann wurden sie auch noch unfreundlich. Ich müsste das wissen, wo ich doch mit ihr unter einem Dach wohne. Selbst wenn ich es gewusst hätte, hätte ich es ihnen nicht gesagt. Die beiden waren mir nicht geheuer.«

»Wie sahen sie denn aus?«

»Der eine groß und sehr schlank mit rasiertem Kopf. Wie es heute viele Männer machen, die eine Glatze bekommen. Der andere etwas kleiner und untersetzt. Der hatte so stechende Augen.«

»Und wann waren sie hier?«

»Heute Vormittag so gegen elf Uhr. Ich wollte gerade einkaufen gehen.«

»Und was passierte dann?«

»Sie sind wieder gegangen. Ich habe noch gesehen, dass sie in ihr Auto gestiegen und wieder gefahren sind.«

»Können Sie sich noch erinnern, was das für ein Wagen war?«

»Junge Frau, auf so was achte ich nicht. Der war ziemlich groß und dunkel. Mehr kann ich nicht dazu sagen.«

Köster bedankte sich und lief mit seiner Kollegin die Treppe zu Ehlers Wohnung hinauf.

Die Tür war verschlossen. Auf ihr Klingeln öffnete niemand. Auch als sich die Kommissarin laut vorstellte und darum bat, eingelassen zu werden, blieb es ruhig.

»Anscheinend ist sie wirklich untergetaucht. Sie hatte wohl Grund dazu, denn die beiden Männer waren ihr auf der Spur. Nur wo ist sie hin?« Anne Grotheer schaute den Hauptkommissar ratlos an.

Die beiden Ermittler suchten noch einmal die alte Dame auf und stellten sich als Kriminalbeamte vor, die Sophie Ehlers wegen einer wichtigen Zeugenaussage befragen wollten. Köster kündigte an, einen Kriminaltechniker zur Erstellung eines Phantombildes der Männer vorbeizuschicken.

Zurück im Polizeikommissariat setzen sie sich mit Kruse zusammen.

»Jemand muss Sophie Ehlers gewarnt haben, so dass sie untergetaucht ist.« Nachdenklich schaute Anne Grotheer aus dem Fenster. »Da die zwei Männer ihr gefolgt sind, hatte sie anscheinend einen Grund dazu.«

Köster ergänzte: »Nur wer war das? Aber noch viel wichtiger: Wie sind die Verfolger auf ihre Spur gekommen? Und wo hält sie sich versteckt?« Kruse sah seine beiden Kollegen fragend an.

Wenig später erhielt Anne Grotheer einen Anruf aus Wremen. Hanne Wiemers, die Frau des Krabbenfischers, meldete sich. Ihre Stimme klang aufgeregt.

»Stellen Sie sich vor, Nicole war bei uns! Wir waren so überrascht und glücklich, als sie vorgestern plötzlich vor unserer Tür stand. Sie erklärte uns, warum sie untertauchen musste. Sie waren ja bei ihr und wissen das alles. Am Abend haben wir noch ganz lange miteinander geredet und sind spät zu Bett gegangen. Am Morgen bin ich früh aufgewacht und habe aus dem Fenster geschaut. Da sah ich da draußen auf der anderen Straßenseite einen großen, dunkelblauen Audi mit einem Hamburger Kennzeichen. Ich hatte ein ganz ungutes Gefühl und habe Nicole geweckt. Sie hat telefoniert, schnell ihre Sachen gepackt und ist aus der Hintertür verschwunden. Vorher hat sie uns versprochen, dass sie sich bald wieder melden wird. Ich glaube, sie ist durch die Gärten zur nächsten Straße und hat sich da von einem Taxi abholen lassen. Als sie weg war, wollte ich mir einen Zettel holen und das Kennzeichen aufschreiben, da ist der Wagen abgefahren.«

»Haben Sie etwas von dem Kennzeichen gemerkt?«

»Nur den Anfang: HH-AH. Die Nummer dahinter weiß ich nicht mehr. Ich war so aufgeregt! Ich hatte solche Angst, dass die Kerle Nicole doch noch erwischen könnten!«

»Das glaube ich nicht«, versuchte die Kommissarin die Mutter zu beruhigen. »Sie wird sicher entkommen sein. Die Fahrer haben sie gar nicht sehen können. Wir werden auf jeden Fall versuchen, das Auto und damit den oder die Verfolger ausfindig zu machen. Bitte melden Sie sich wieder, wenn sie etwas von Ihrer Tochter hören oder das Auto noch mal auftaucht.«

Noch einmal setzten sich die Osterholzer Ermittler zusammen und beschlossen, das Haus des Krabbenfischers und seiner Frau durch die zuständige Polizei überwachen zu lassen. Kruse erklärte sich bereit, seine Kollegen vor Ort dabei zu unterstützen.

Am Abend klingelte Kösters Telefon. »Paul hier, der Schrauber. Du weißt, wer ich bin?«

Peter nickte. »Von Thomas habe ich erfahren, dass du Saxophon spielst und schon mal in einer Band warst. Das finde ich toll. Ich mache selbst mit einigen Leuten Musik, so in der Richtung Rock und Blues und wollte dich fragen, ob du Lust hast mitzuspielen.«

»Das mit meiner Bandzeit ist schon lange her. Und ich fange mit dem Saxophon gerade erst wieder an.«

»Macht nichts. Wir sind ja keine Profis. Es geht uns mehr um den Spaß an der Mucke.«

Donnerstag, 24. Mai

Am Morgen erschien Bayer im Polizeikommissariat Osterholz und begann zu recherchieren. In Hamburg waren zehn dunkelblaue Audis mit den Buchstaben AH gemeldet. Die Besitzer waren schnell ermittelt. Von ihnen hatte einer seinen Wagen drei Tage zuvor als gestohlen gemeldet.

Ein Bremerhavener Polizeibeamter legte Hanne Wiemers das Bild eines Autos desselben Typs vor. Sie bestätigte, dass der Wagen an ihrer Straße so ausgesehen hatte.

Kurz nach der Abfahrt des Audis war dieser Richtung Cuxhaven in eine Radarfalle geraten.

Das Kennzeichen HH-AH-325 und die Gesichter der Fahrzeuginsassen waren auf dem Foto deutlich zu erkennen: Der Fahrer ein kleinerer Mann mit rundem Gesicht und Doppelkinn, der Beifahrer groß und glatzköpfig. Beide waren bisher noch nicht erkennungsdienstlich behandelt worden. Die alte Mitbewohnerin von Sophie Ehlers in Bremen erkannte sie aber als diejenigen wieder, die sich bei ihr nach der jungen Bäckereiverkäuferin erkundigt hatten.

»Damit ist erwiesen, dass es dieselben Männer waren, die in Bremen und in Wremen nach Frau Ehlers gesucht haben. Also waren sie ihr wirklich auf der Spur. Leider konnten wir die Identität der beiden noch nicht ermitteln.«

Köster atmete tief durch. »Gibt es schon was Neues von Lehmanns Observierung und diesem Peer vor dem Auswandererhaus?«

Bayer nickte. »Eben hat unser Bremerhavener Kollege angerufen und durchgegeben, dass sich die zwei vor dem Eingang getroffen haben und anschließend im Museum verschwunden sind. Bevor er ihnen gefolgt ist, konnte er noch unauffällig ein Foto von ihnen machen. Das hat er mir gleich geschickt.«

Der Verdener reichte den Kollegen sein Smartphone mit dem Bild zweier Männer in größerer Entfernung. »Das Foto müssen unsere Techniker unbedingt vergrößern und in der Qualität verbessern, damit wir diesen Peer erkennen können.«

Gegen elf Uhr machte sich Köster noch einmal auf den Weg nach Hamburg. Es war sommerlich warm und er genoss den Blick auf die blühenden Gärten. Zur Mittagszeit erreichte er die HafenCity und suchte ein Bistro in der Nähe der Reederei auf. Kurz nachdem er an einem Tisch mit Blick aufs Wasser Platz genommen hatte, traf auch Daniel Günther, der Personalreferent der Carmen-Cruises, ein. Er schaute sich ängstlich um, setzte sich dann aber entspannter zu dem Kommissar.

»Hallo Herr Köster. Zum Glück ist keiner meiner Kollegen hier.«

Als beide etwas zu essen bestellt hatten, zeigte der Ermittler Günther zunächst das Radarfallen-Foto der beiden Männer im Audi. Günther studierte es eine Weile, dann schüttelte er den Kopf. »Die kenne ich nicht.«

Das von dem Bremerhavener Polizisten aufgenommene Foto vor dem Auswandererhaus sah er ebenso lange an. Bevor er es zurückgab, deutete er auf Lehmanns Begleiter.

»Den habe ich schon mal gesehen. Allerdings nicht in Wirklichkeit, sondern auf einem alten Werbefilm unserer Reederei. Ich glaube, er war früher ein Angestellter der Carmen-Reederei. Soweit ich mich erinnern kann, trug er die Uniform eines Stewards.«

»Können Sie in Erfahrung bringen, wer das ist?«

Günther zuckte mit den Schultern. »Wenn Sie mir das Foto dalassen, kann ich Christian Peters aus der Personalabteilung fragen. Ich glaube aber, ich lasse es besser. Er hat das letzte Mal angeblich nichts gefunden und wohl meine Anfrage weitergeleitet. Aber ich kenne jemanden aus der Öffentlichkeitsabteilung, der über die alten Werbefilme Bescheid weiß. Vielleicht erkennt er den Steward wieder.«

»Das würde uns sehr helfen, danke! Wenn der Film auf der Carmen gemacht wurde, auf der auch unser Mordopfer mitgefahren ist, würden wir auf die Weise noch einiges mehr über die Besatzung erfahren. Könnten Sie uns den besorgen?«

»Ok, ich werde meinen Kollegen fragen, ob er weiß, wo der Werbespot gedreht wurde. Wenn es auf der besagten Carmen war, versuche ich ihn aus unserem Firmenarchiv herunterzuladen. Schicken werde ich ihn Ihnen aber von meinem privaten PC.«

Eine gute Stunde später öffnete Anna Rudolf ihre Haustür.

»Sie haben Glück, dass Sie mich noch antreffen. Ab Morgen bin ich wieder auf See.«

Der Kommissar und die Hausdame der Carmen-Reederei nahmen auf dem kleinen Balkon Platz. Der Blick öffnete sich zu einer Reihe grüner Hinterhausgärten mit großen Laubbäumen, in denen einige Vögel zwitscherten. Beide hielten eine Tasse frisch gebrühten Kaffee in den Händen. Köster streckte sich und genoss den schattigen Platz, an dem sich die Mittagshitze gut aushalten ließ. Wenig später griff er in seine Tasche und holte ein zweites Mal die Bilder heraus. Anna Rudolf erkannte ebenfalls nur den Steward wieder.

»Das ist Peer. Er war mit auf Dirks letzter Fahrt.«

»Wissen Sie noch, wie er mit Nachnamen hieß?«

»Da muss ich nachdenken. Wir sprechen uns ja meistens nur mit Vornamen an.«

Die Hausdame schloss die Augen und sprach mehr mit sich selbst. »Sein Name hatte irgendwas mit der Natur zu tun, ich glaube mit Bäumen. Fichte, Birke, Buche, Linde. Linde heißt er, Peer Linde! Das habe ich mir damals gemerkt, weil so ein Baum vor meinem Balkon steht. Sehen Sie selbst!«

Köster schaute auf den blühenden Baum vor sich und hörte jetzt die Bienen summen.

»Was wissen Sie denn noch von diesem Peer Linde?«

»Er war eigentlich immer bestens gelaunt. Da er gut aussah und den älteren Damen häufig Komplimente machte, bekam er von ihnen einiges an Trinkgeld.«

»Wie war denn sein Verhältnis zu Dirk Henken, Onno Carstens und zu Ihnen und Ihrer Kollegin Nicole Wiemers?«

»Hm, mit Dirk hatte er nicht viel zu tun. Onno und er verstanden sich, wobei Onno nicht ganz so beliebt war bei der Damenwelt. Nicole und ich trafen ihn gerne in unserer eigenen Lounge, da er immer für Stimmung sorgte.«

»Wie hat er auf die Vorkommnisse auf dem Schiff reagiert?«

»Ich glaube, er hat erst einmal versucht, sie zu ignorieren. Ich will das mal so sagen: Er wollte sich seine Laune nicht verderben lassen. Da störten so negative Nachrichten. Die gingen ihn einfach nichts an. Ich weiß nicht mehr genau, wie er auf die Vergewaltigung des indischen Zimmermädchen reagierte. Irgendwie ist er da innerlich weggetaucht. Dabei erinnere ich mich noch, wie er kurz danach einmal mit uns am Tisch saß und ganz still und in sich gekehrt war. Ich denke, das Ganze hat auch ihn getroffen.«

»Wie lange fuhr er denn mit Ihnen noch auf der Carmen?«

»Noch ein, zwei Jahre. Soviel ich weiß, arbeitet er aber immer noch für unsere Reederei, nur ist er jetzt auf einem anderen Schiff.«

Nachdem Köster ins Kommissariat zurückgekehrt war, rief er Gisela Schmidt an und informierte sie über die neuen Entwicklungen. Sie bedankte sich und machte eine Pause.

»Ich würde dich gern heute noch sehen. Können wir uns in Fischerhude treffen?«

Überrascht stimmte Peter zu. Selten trafen sie sich innerhalb der Woche privat.

Auf dem Parkplatz am Ortseingang stand sie bereits und wartete auf ihn. Das war das erste Mal, dass sie vor ihm da war. Sie ließ sich von ihm in den Arm nehmen und schaute ihn ernst an.

»Gehen wir ein paar Schritte?«

Er nickte und ging an ihrer Seite den Weg entlang der Wümme. Beide schwiegen eine Weile, bis sie anhielt und das Wort ergriff. »Ich habe noch mal über uns nachgedacht. Dein Entschluss zu dem Umzug hat mich doch sehr getroffen. Ich kann schon verstehen, dass du nicht gleich zu mir nach Verden ziehen wolltest. Aber hätten wir nicht auch zusammen nach etwas Gemeinsamen hier im Ort suchen können?«

Köster schaute zu Boden. »Ich wollte dir nicht zumuten, dein eigenes Haus aufzugeben. Du hängst so daran.«

Ärgerlich griff sie nach seinem Arm. »Du hättest mit mir darüber reden und mich nicht vor vollendete Tatsachen stellen sollen! Dann hätte ich selbst entscheiden können, ob ich dazu bereit bin. Ich glaube eher, dass das eine müde Ausrede ist. Du bist noch nicht bereit, mit mir zusammenzuleben.«

Köster schwieg schuldbewusst und suchte nach Worten. »Vielleicht hast du Recht. Dein Vorschlag kam für mich so plötzlich. Und ich möchte nicht, dass wir die Entscheidung zum Zusammenziehen aus der Not heraus treffen, weil ich bei mir keine Musik machen kann. Wenn, dann sollten wir uns das reiflich überlegen.«

»Für mich war es der richtige Zeitpunkt, für dich aber anscheinend nicht.«

Sie setzten ihren Weg fort, jeder in den eigenen Gedanken versunken. Noch einmal blieb sie stehen. »Dann bist du in letzter Zeit häufig allein in Hamburg gewesen und hast auch deine Frau wieder getroffen. Ich kann mir gut vorstellen, dass dich das zum Nachdenken gebracht hat. Vielleicht seid ihr beide euch dabei ja wieder nähergekommen.«

Bevor Peter widersprechen konnte, fuhr sie fort: »Für mich ist es besser, wenn wir uns eine Zeit lang privat nicht mehr sehen. Ich brauche einfach etwas Abstand, um das alles zu verarbeiten. Und du kannst die Zeit nutzen, um dir klarer zu werden, was du willst. Beruflich bleiben wir ja in Kontakt.«

Eine halbe Stunde später schloss Peter seine Wohnungstür auf und legte den Schlüssel auf die Anrichte. Er öffnete den Kühlschrank und zögerte. Eigentlich hätte er etwas essen müssen, aber er hatte keinen Hunger. Gisela hatte seine Einladung in eines der Gasthäuser abgelehnt und war gleich nach Verden zurückgekehrt. In der Seitentür steckte noch ein Bier. Peter nahm es heraus, öffnete es und setzte sich auf seinen Balkon. Heute hatte er kein Ohr für den Gesang der Amsel. Noch immer war er geschockt von Giselas Entschluss. Dabei war er doch so gern mit ihr zusammen, freute sich über jedes Treffen mit ihr. In dem vergangenen Jahr war bereits soviel Nähe entstanden, dass der Gedanke, sie nicht mehr außerhalb der Arbeit zu sehen, ziemlich schmerzte. Er trank einen Schluck und stellte die Flasche wieder ab. Doch warum hatte er vor seiner Zusage zum neuen Haus nicht mit ihr gesprochen? Der Gedanke war ihm kurz gekommen, er hatte ihn aber gleich wieder verworfen. Er war so begeistert von diesem Haus und sie hätte ihn sicher davon abbringen wollen, es zu mieten. Sie hatte wohl Recht, er war noch nicht bereit zum Zusammenziehen.

Es wurde ihm zu kalt auf dem Balkon und er kehrte zurück ins Wohnzimmer. Sein Blick fiel aufs Saxophon. Er nahm es aus dem Kasten und begann zu spielen. Mochte sich die Nachbarin ruhig aufregen.

Freitag, 25. Mai
Kurz nach seiner Ankunft im Polizeikommissariat Osterholz suchte Bayer Köster in dessen Dienstzimmer auf und legte ihm einen Computerausdruck auf den Schreibtisch. Darauf waren Peer Lindes Anschrift sowie dessen Geburtsdatum und Familienstand wiedergegeben. Er war einundvierzig Jahre alt, in Bad Bederkesa gemeldet, geschieden und Vater eines zehnjährigen Sohnes, der bei seiner Mutter in Bremen lebte.

Seit über zwanzig Jahren fuhr Linde auf verschiedenen Schiffen zur See. Zwölf Jahre zuvor hatte er als Steward bei der Carmen-Reederei angeheuert. Im Augenblick fuhr er auf der Route um die Kanarischen Inseln. Bisher war er noch nicht erkennungsdienstlich behandelt worden. Köster rief den Leiter der Bremerhavener Kriminalpolizei an und bat ihn, Peer Linde ebenfalls observieren zu lassen.

Zur selben Zeit erhielt Anne Grotheer einen Anruf von Inge Tietjen, der Tochter der früheren Besitzer des Moorhofes. Ihre Stimme klang gehetzt.
»Ich bin gerade auf der Arbeit und habe nicht viel Zeit. Gestern ist meine Mutter gestürzt und musste ins Kreiskrankenhaus in Osterholz-Scharmbeck gebracht werden. Da sie dort noch bleiben muss, habe ich

heute morgen noch einige Sachen für sie rausgesucht und in ihre alte Reisetasche getan. Dabei fand ich in der Außentasche noch einen Umschlag mit Fotos. Wenn meine Schicht zu Ende ist, fahre ich zu ihr in die Klinik. Soll ich Ihnen die Bilder vorbeibringen?«

»Oh ja. Das ist eine gute Idee. Wann werden Sie denn kommen?«

»Um viertel nach zwölf habe ich Schluss. Von dem Altenheim in Hambergen brauche ich etwa zehn Minuten zu Ihnen. Damit könnte ich halb eins bei Ihnen sein.«

Zehn Minuten nach der angegebenen Zeit stand die Hauswirtschafterin in Grotheers Dienstzimmer.

»Meine Chefin hat mich aufgehalten. Sie wollte mit mir noch unbedingt besprechen, wie ich eine der demenzkranken Mitbewohnerinnen dazu bringen kann, selbstständig zu essen. Dabei habe ich überhaupt keine Zeit, mich stundenlang dazuzusetzen und zu warten, dass sie selbst den Löffel nimmt. Das meiste geht dann sowieso daneben.« Inge Tietjen stöhnte. Sie holte einen Briefumschlag aus ihrer Umhängetasche und reichte ihn der Kommissarin.

»Nach dem Tod meines Vaters war meine Mutter so sehr verstört und hat es nicht mehr allein in der Wohnung ausgehalten. Der Umzug musste ganz schnell gehen und wir haben all ihre Sachen verpackt. Dabei ist uns schon aufgefallen, was für ein Chaos in ihren Schränken herrschte. Früher war sie immer so ordentlich gewesen. Ich schätze, ihr Abbauprozess hat schon angefangen, als mein Vater noch lebte. Wir haben es nur nicht richtig mitbekommen.« Sie lächelte traurig.

»Wie Sie ja gesehen haben, gibt es aus den früheren Ehejahren einige Fotoalben. Später haben meine Eltern alle Bilder nur noch in Pralinenschachteln und Umschläge gesteckt. Ein Umschlag ist wohl im Außenfach der Reisetasche gelandet und wir haben ihn beim Auspacken vergessen.«

Grotheer holte die Fotos heraus und blätterte sie durch. »Können wir sie uns einmal zusammen ansehen?«, fragte sie.

Zögernd setzte sich die Hauswirtschafterin. »Aber nur kurz. Ich muss gleich los und meiner Mutter die Sachen bringen.«

»Das dauert nicht lange. So viele Bilder sind es ja nicht.«

Während die Ermittlerin die Fotos auf dem Tisch auslegte, kommentierte Inge Tietjen einzelne von ihnen. »Soweit ich mich erinnern kann, stammen die vom siebzigsten Geburtstag meines Vaters. Wir haben ihn in einem Gasthof im Ort gefeiert. Sehen Sie, da sitzt er zusammen mit meiner Mutter im Kreis der Verwandten und Nachbarn. So ganz wohl haben sie sich da nicht gefühlt.« Sie deutete auf das Bild, auf dem Grotheer die beiden Bauern wiedererkannte. Sie saßen mit anderen festlich gekleideten Gästen an einem langen Tisch und lächelten etwas unbeholfen in die Kamera.

Auf dem letzten Foto, das vor dem Bauernhaus aufgenommen worden war, stand Jan Otten neben einem Paar mit zwei kleinen Kindern. »Die kenne ich nicht.« Ratlos sah die Tochter auf. »Ich weiß nicht, wer das ist.«

Anne Grotheer beugte sich über das Bild und studierte erstaunt die Gesichter. »Ich aber.«

Wenig später legte sie Köster das Foto auf den Schreibtisch. »Na, wen erkennst du hier?«

Erstaunt schaute er seine Mitarbeiterin an. Für einen Moment studierte er das Bild.

»Na ja, das ist der Bauer Otten vor seinem Hof. Nicht mehr ganz so jung. Ich schätze mal so um die siebzig, fünfundsiebzig? Und die anderen? Das Paar kommt mir irgendwie bekannt vor. – Moment, das kann nicht sein.« Er schüttelte ungläubig den Kopf. »Sie sagte doch, dass sie die Ottens nicht kennt und noch nie auf dem Hof war!«

»Dann hat sie gelogen. Und das muss einen Grund haben.«

In Stade öffnete sie den beiden Ermittlern erst nach zweimaligem Klingen. Sie sah müde aus. Anscheinend hatten die Kriminalbeamten sie geweckt.

»Oh, mit Ihnen habe ich nicht gerechnet. Gibt es etwas Neues?«

»Hallo, Frau Henken. Dürfen wir hereinkommen?«

Sie nickte und ließ die beiden ein. Wieder nahmen sie am Küchentisch Platz. Dieses Mal bot ihnen die Lehrerin nichts an und wartete ab. Ohne etwas zu sagen holte die Kommissarin das Foto aus der Tasche und legte es auf den Tisch.

Nachdem Saskia Henken ihre Brille aufgesetzt hatte, nahm sie das Bild in die Hand und erblasste.

»Was sagen Sie dazu? Ich dachte, Sie kennen den Hof nicht und waren nie dort?«

Die Witwe schluckte. »Es stimmt. Als Sie mich danach fragten, habe ich nicht mehr daran gedacht.«

Die Kommissarin spürte, wie Wut in ihr aufstieg. »Sie können uns doch nicht für dumm verkaufen! Sie waren dort zu Besuch und haben die Bauern kennengelernt. So was vergisst man doch nicht!«

Bisher war Köster dem Gespräch schweigend gefolgt und nahm zum ersten Mal wahr, wie seine Kollegin ihren Ärger ausdrücken konnte. Mit ruhiger Stimme wandte er sich an die vor Schreck erstarrte Lehrerin. »Dann erzählen Sie uns jetzt bitte, was wirklich passiert ist.«

Sie schloss die Augen und schien sich zu sammeln. Dann begann sie zu sprechen. Der zu Beginn noch stockende Bericht wurde immer flüssiger. Währenddessen schaute sie unentwegt auf einen imaginären Punkt an der Wand.

Kurz nachdem sie die Nachricht vom Tod ihres Mannes bekam, hatte jemand angerufen und sich mit dem Namen Ralf vorgestellt. Er war Steward auf der Carmen, auf der auch Dirk unterwegs war. Sie hatte bisher noch nie von einem Ralf gehört. Er erzählte ihr, dass Dirk ein Verhältnis zu einem Crewmitglied namens Nicole hatte.

Die beiden würden es schon seit einiger Zeit miteinander treiben. Doch das reichte ihnen jetzt nicht mehr. Sie planten unterzutauchen und miteinander unter einem andern Namen ein neues Leben anzufangen. Dirk hatte das Schiff schon heimlich verlassen und dabei seinen Selbstmord vorgetäuscht. Die Nachricht hatte sie ja schon erhalten. In Wirklichkeit war er unterwegs zu einem Versteck, zu dem auch diese Nicole kommen sollte. Von dort wollten sie in ihr neues Leben starten.

»Als er mir das erzählt hat, war ich total entsetzt. Ich habe es ihm zuerst nicht geglaubt. Dann schickte er mir ein Foto, das beide in enger Umarmung zeigte. Aber auch das konnte nichts bedeuten. Zwei Tage später bekam ich per Express ein Päckchen geschickt, das sein Handy enthielt mit einem Zettel, auf dem stand, ich sollte mir mal die SMS Dirks durchlesen. Da habe ich die Nachrichten entdeckt, in denen er sich mit ihr verabredet hatte.«

Sie schwieg für einen Moment. Es fiel ihr schwer, weiterzusprechen. »Ich war so außer mir! Erst die Nachricht von seinem Tod. Und dann soll alles nicht wahr sein. Wie konnte er mich so belügen und betrügen? Zwei Tage später rief dieser Ralf noch einmal an und fragte mich, ob ich ihm jetzt glauben würde. Als ich schwieg, fragte er weiter, ob ich das denn so einfach geschehen lassen wollte? Es läge in meiner Macht, diesen Betrug zu verhindern. Ich wüsste sicher einen Ort, an dem er sich mit seiner Liebsten verstecken könnte.«

»Und da haben Sie ihm den Hof in Moordamm genannt?«

»Nein, so schnell ging das nicht. Auch wenn ich wütend war, konnte ich doch noch denken. Ich wollte von diesem Ralf wissen, warum er mir denn helfen wollte? Und was er dann mit den beiden vorhatte? Da erzählte er mir, dass Dirk ihm und anderen Crewmitgliedern von einer Notlage erzählt hatte, in der wir uns befänden, und sich viel Geld von ihnen geliehen hatte. Eines unserer Kinder sei schwer erkrankt und brauchte eine sehr teure Behandlung, die von der Krankenkasse nicht bezahlt werde.«

Nach Dirks angeblichem Sturz über die Reling sei sein Handy gefunden worden. Seine Nachrichten an Nicole hätte er gelöscht, aber eines der betrogenen Crewmitglieder kannte sich damit aus und hätte sie wieder lesbar gemacht. Daher hätten die Leute gewusst, dass die beiden das Geld brauchten, um ihren Start ins neue Leben zu finanzieren. Jetzt fühlten sich seine Kollegen betrogen und wollten sich das Geld zurückholen.

»Und wenn sie ihn und seine Liebste in ihrem Versteck ausfindig machen könnten, würde er vielleicht auch zur Vernunft kommen und zu mir zurückkehren. Falls ich das dann noch wollte.«

»Und da haben Sie diesem Ralf die Adresse der Ottens genannt?«

Sie nickte. »Danach habe ich nichts mehr von meinem Mann gehört. Die erste Zeit ging es mir so schlecht, nicht zu wissen, was mit Dirk passiert war. Er könnte sich an einem anderen Ort mit dieser Nicole versteckt haben und letztlich ganz mit ihr untergetaucht sein. Dazu passte, dass sie nicht mehr bei der Reederei arbeitete. Das erfuhr ich, als ich mich bei Carmen-Cruises nach ihr erkundigte.«

Die Witwe richtete ihren gequälten Blick jetzt auf den Kommissar. »Oder dieser Ralf und seine Leute hatten ihm etwas angetan und ich war schuld daran! Einen Ralf konnte ich nicht ausfindig machen, den gab es anscheinend nicht auf der Carmen. Ich hielt es dann einfach nicht mehr aus und bin zu den Ottens nach Moordamm gefahren.«

»Wann war das?«

»Das war im Sommer, im Juli. An einem richtig heißen Tag. Als ich auf dem Hof ankam, erschrak der Bauer erst. Dann fing er sich aber wieder und meinte, er wäre so in Gedanken versunken gewesen und als ich so plötzlich um die Ecke gekommen war, habe er sich verjagt. Das waren seine Worte. Er hatte wie die anderen Familienmitglieder und Freunde eine Todesanzeige bekommen und wusste Bescheid von Dirks angeblichem Ableben. Er sprach mir sein Beileid aus und lud mich ins Haus ein. Seine Frau nahm mich in den Arm und kochte uns einen Kaffee. Beide versicherten mir, lange nichts von Dirk gehört zu haben. Da glaubte ich ihnen.«

Wieder schaute Saskia Henken aus dem Fenster. »Und ich fand mich damit ab, dass Dirk und diese Nicole miteinander verschwunden sind. Bis ich von Ihnen erfuhr, dass seine Leiche im Moordamm gefunden wurde. Jetzt weiß ich, dass mich dieser Ralf und seine Leute benutzt haben, um Dirk ausfindig zu machen und ihn umzubringen. Und dass der Bauer Jan Otten mir auch nicht die Wahrheit gesagt hat. Dabei sah er so gar nicht nach einem Verbrecher aus. Sie glauben gar nicht, wie schlimm ich mich seitdem fühle. Nachts kann ich kaum noch schlafen.«

Anne Grotheer legte mitfühlend den Arm auf ihre Schulter. »Das kann ich gut verstehen. Doch es ist nicht ihre Schuld, dass Ihr Mann getötet wurde. Seine Verfolger hätten ihn sowieso ausfindig gemacht. Wir glauben nicht, dass Otten Ihren Mann getötet hat. Das waren andere. Vielleicht musste er ihn verschwinden lassen und ihm wurde gedroht, ja nichts davon zu erzählen.«

»Haben Sie das Handy noch?«, fragte Köster.

Saskia Henken nickte, stand auf und kam wenig später mit einem kleinen Mobiltelefon zurück.

»Ich habe es weggeschlossen. Es wird nicht einfach sein, es wieder zum Laufen zu bringen.«

»Wir haben dafür Techniker, die schaffen das schon«, versicherte Köster. Der Kommissar steckte das Handy ein und erhob sich. »Danke, dass Sie jetzt so aufrichtig zu uns waren.«

»Es war gut, dass ich darüber sprechen konnte.« In den Augen der Lehrerin sammelten sich erneut die Tränen.

»Eine Frage noch zu dem Anrufer Ralf. Würden Sie sich zutrauen, seine Stimme wiederzuerkennen?«

Saskia Henken nahm sich eine Weile Zeit mit der Antwort. Köster merkte ihr an, wie sehr sie sich um eine Erinnerung bemühte.

»Mich haben die Anrufe immer sehr aufgewühlt, da habe ich nicht auf die Stimme geachtet. Ich weiß nur noch, dass sie recht ruhig und neutral klang. Ich bin mir aber sicher, dass ich sie nicht wieder erkennen würde. Ich kann Ihnen da leider gar nicht helfen.«

Die beiden Kriminalbeamten sahen sich fragend an und Köster nickte dann nur.

Auf der Rückfahrt staute sich der Verkehr kurz in Bremervörde. Danach kamen die beiden Ermittler zügig voran.

Anne Grotheer schaute Köster nachdenklich an. »Dann stimmte es doch, dass Henkens Handy bei seiner Frau gelandet ist. Nur konnten wir nicht ahnen, wie sie dazu gekommen ist. Sie tut mir wirklich leid, da sie ja erst jetzt weiß, dass er wirklich ermordet wurde und sie auch noch mit ihren Schuldgefühlen zurechtkommen muss.«

Köster schüttelte seinen Kopf. »Mich ärgert vor allem dieser Steward. Ich schätze, dass er es war, der bei ihr angerufen und sich als Ralf ausgegeben hat. Allein ihr brühwarm von dem Verhältnis ihres Mannes zu berichten und ihr auch noch die infame Lüge aufzutischen, er hätte seine Mitarbeiter um Geld betrogen, um die Krebserkrankung seiner Tochter zu bezahlen! Alles nur, um Henkens Versteck ausfindig zu machen, damit er oder andere ihn aus dem Weg räumen konnten.«

Am Abend kehrte der Kommissar müde in seine Wohnung zurück. Er verspürte wenig Appetit, schob aber dennoch eine Tiefkühlpizza in den Backofen. Am liebsten hätte er sich in der Wartezeit auf den Balkon gesetzt, aber es nieselte. Er nahm am Küchentisch Platz, öffnete eine Bierflasche und griff nach seinem Smartphone. Weder seine Söhne noch Gisela hatten ihm geschrieben. Einen Moment zögerte er, dann verfasste er selbst eine Nachricht an seine Freundin. Er brauchte Zeit, denn es fiel ihm schwer, ihr mitzuteilen, wie sehr er sie vermisste und hoffte, dass sie wieder zusammenkommen würden.

Wenig später erhielt er die Antwort. Sie bedankte sich für die Nachricht. Mehr schrieb sie nicht.

Samstag, 26. Mai

Das Handy klingelte. »Sophie Ehlers hier! Sind Sie Frau Grotheer?«

Überrascht bejahte dies die Kommissarin, fasste sich aber gleich wieder. »Wie schön, dass Sie sich melden! Können Sie uns sagen, wo Sie sind?«

»Darauf komme ich gleich, wir müssen uns dringend treffen. Aber vorher habe ich eine Bitte: Könnten Sie sich um meine Eltern kümmern? Ich habe solche Angst, dass Ihnen etwas passieren könnte.«

»Ja, wir wissen Bescheid. Machen Sie sich keine Sorgen, sie werden rund um die Uhr überwacht.«

»Ah, dann hat sich meine Mutter bei Ihnen gemeldet?«

»Ja, und sie hat fast mit denselben Worten wie Sie gesagt, dass sie Angst hat, Ihnen könnte etwas passiert sein.«

Die Anruferin schwieg einen Moment. »Nein. Ich hatte Glück und war schnell weg. Jetzt zum Treffen, könnten Sie zu mir kommen? Und auch etwas zu essen und trinken mitbringen?«

Zehn Minuten später machten sich Köster und Grotheer auf den Weg ins Teufelsmoor. Über einen Umweg in einen Supermarkt hielten sie vor einer Gaststätte in Viehspecken, stellten dort ihr Auto ab, nahmen zwei Einkaufstaschen heraus und gingen zu Fuß über die kleine Hammebrücke zum Campingplatz.

Am Rand stand Sophie Ehlers und winkte sie zu sich heran. Sie wirkte noch blasser als das letzte Mal und hatte tiefe Ringe unter den Augen. Nachdem sie sich ängstlich umgeschaut hatte, begrüßte sie die beiden Kommissare und bat sie, ihr zu folgen. Vor einer der dunklen Holzhütten hielt sie an und öffnete die Tür.

»Sie gehört einer meiner Kolleginnen aus der Bäckerei«, erklärte sie. Dankbar nahm sie die Lebensmittel in Empfang und verstaute sie in der Küchenzeile. »Ich hatte zu wenig eingekauft und traute mich jetzt nicht, in den nächsten Ort zu fahren.«

Sie setzte Wasser auf und strich sich ein Butterbrot. Nachdem sie Tee aufgegossen und drei Tassen auf dem Tisch verteilt hatte, setzte sie sich zu den beiden Ermittlern. Sie aß ihr Brot und verteilte den Tee auf die Becher.

»Das tut gut. Danke, dass Sie gleich gekommen sind und auch meine Eltern beschützen.«

»Das ist für uns selbstverständlich. Sie haben sich so gefreut, Sie wiederzusehen und sind jetzt sehr in Sorge um Sie.«

Sie nickte. »Nach unserem Gespräch kam alles wieder hoch, was damals passiert ist. Und ich bekam große Sehnsucht, Mama und Papa wiederzusehen. Doch als das Auto bei uns parkte, wusste ich, dass ich noch mal untertauchen musste. Und dieses Mal an einem anderen Ort. Zum Glück hatte mir Bärbel von dieser Hütte erzählt und auch, wo der Schlüssel versteckt liegt. Bärbel gehört diese Hütte und sie hat nichts dagegen, dass ich sie benutze.«

Köster trank einen Schluck. »Es hat sicher noch einen anderen Grund, warum Sie uns sehen wollten. Ich glaube, es gibt noch einiges, was Sie uns mitteilen möchten.«

Noch einmal nickte Sophie Ehlers, atmete tief durch und begann ihren Bericht. Erst einmal sprach sie von ihrer Freundschaft zu Dirk Henken, die mit jeder Fahrt an Tiefe zugenommen hatte, bis sie beide ein Liebespaar wurden. Dirk hatte ständig unter seinem schlechten Gewissen seiner Familie gegenüber gelitten, sich aber auch nicht von ihr trennen wollen. »Dann hat er es akzeptiert, einfach in zwei Welten zu leben. In einer war er mit seiner Frau zusammen, in der anderen mit mir.« Sie lächelte traurig. Als er von der kriminellen Bande auf dem Schiff bedroht wurde, beschloss er zu fliehen und mit mir unterzutauchen. »Seine Familie sollte nichts davon erfahren. Damit wollte er sie vor den Verbrechern schützen. Der Gedanke, sie nicht wiederzusehen, ist ihm sehr schwer gefallen.«

»Sie waren aber auch in Gefahr und sind es noch heute.«

»Ja, wohl weil ich zu viel weiß.«

Sie schwieg einen Moment und schaute in ihren Teebecher. Die beiden Kommissare warteten. Anne Grotheer schob ihr das Bild des Stewards hinüber. Die Frau nahm es in die Hand und legte es wieder auf den Tisch.

»Das ist Peer. Er war die Kontaktperson zu den philippinischen Schutzgelderpressern auf dem Schiff. Und der Mann, der Mira vergewaltigt hat, gehörte auch dazu.«

»Woher wissen Sie das?«

»Dirk hat ein Gespräch von Peer mit einem der Küchenhilfen mitbekommen, in dem es um Geld ging, das Peer noch von den Filipinos bekommen sollte. Dann hat Dirk Peer und den Vergewaltiger noch einmal mit diesem Mann zusammen gesehen, konnte aber nicht hören, worum es ging. Wir waren uns danach sicher, dass sie unter einer Decke steckten und auch an der Bedrohung gegen ihn beteiligt waren. Als dann der Anwalt der Reederei, dem Dirk von all dem erzählt hatte, nicht reagierte und ihn zum Stillhalten aufforderte, vermutete Dirk, dass er mit zu der Bande gehörte. Oder jemand anderes deckte.«

»Haben Sie denn einen Beweis für Ihre Vermutungen?«

»Dirk hat damals heimlich Aufnahmen von den Zusammenkünften der Kerle gemacht und mir geschickt. Ich habe sie abgespeichert und immer bei mir.«

Sophie Ehlers griff nach ihrer Tasche, holte einen Computer-Stick heraus und reichte ihn dem Kommissar. »Auf einem der Bilder ist zu sehen, wie Peer ein Bündel Geldscheine von dem Asiaten bekommt.«

Köster bedankte sich und schaute die junge Frau ernst an.

»Wir werden dafür sorgen, dass Sie an einem sicheren Ort untergebracht und geschützt werden.«

Der Kommissar zögerte einen Moment, dann fasste er sich und rief Gisela Schmidt an. Es war das erste Mal, dass er nach ihrem gemeinsamen Spaziergang in Fischerhude wieder allein mit ihr redete. Er versuchte, so sachlich wie möglich den derzeitigen Stand der Ermittlungen wiederzugeben und sie versprach, eine Schutzwohnung zu organisieren. In einem weiteren Gespräch informierte er Kruse von dem Verdacht gegen Peer Linde und Paul Lehmann und gab ihm auf, die Bremerhavener Kollegen um besondere Aufmerksamkeit und Vorsicht bei der Observierung zu bitten. Eine Stunde später hielt ein Zivilfahrzeug des Polizeikommissariats Osterholz vor dem Campingplatz und holte Sophie Ehlers ab. Köster und Anne Grotheer machten sie sich auf den Weg zurück nach Osterholz-Scharmbeck.

Gleich hinter Vollersode klingelte Kösters Diensthandy. Kruse war am Apparat.

»Ich habe gerade die Nachricht bekommen, dass Peer Linde seine Wohnung in Bad Bederkesa verlassen hat und mit dem Auto Richtung Bremerhaven unterwegs ist. Es kann sein, dass er Paul Lehmann aufsuchen will.«

»Am besten, du überlässt die Überwachung des Hauses des Krabbenfischers Tom Wiemers den Kollegen und machst dich auf den Weg nach Bremerhaven. Wir werden nachkommen.«

Köster bat seine Mitarbeiterin, Lehmanns Adresse in das Navi einzugeben und beschleunigte das Tempo.

Fünfunddreißig Minuten später erreichten sie das Ziel. Kruse saß neben seinem Bremerhavener Kollegen in dessen Wagen. Er informierte Köster: »Vor einer Viertelstunde ist dieser Peer angekommen und in das Haus gegangen. Seitdem haben wir nichts mehr von ihm gesehen. Was sollen wir tun?«

In diesem Moment öffnete sich die Haustür und ein Mann stürmte heraus. Köster erkannte ihn gleich vom Observierungsfoto her, es war Peer Linde. Als er in sein Auto steigen wollte, griffen Kruse und Köster zu. Der Steward wehrte sich, hatte aber gegen die beiden Männer keine Chance.

Er wurde vorläufig festgenommen. Bei der anschließenden Durchsuchung wurde in seiner Kleidung eine Pistole kleinen Kalibers entdeckt. Ihm wurden Handschellen angelegt und er musste sich auf den Rücksitz des Polizeifahrzeugs setzen. Das alles war eine Sache weniger Minuten.

»Was ist mit Lehmann?«, fragte Köster.

Linde zuckte mit den Schultern und schwieg.

Köster bat den Bremerhavener Kollegen, auf den Verhafteten aufzupassen und ging zusammen mit Kruse und Grotheer zur Haustür. Zum Glück war sie nicht abgeschlossen, so dass sie schnell durch das Treppenhaus zu Lehmanns Wohnung im dritten Stock gelangen konnten.

Die Wohnungstür war nur angelehnt. Der Kommissar schob sie auf und ging vorsichtig in den Flur, gefolgt von seinen beiden Mitarbeitern. Im Wohnzimmer fanden sie Lehmann, der blutüberströmt am Boden lag. Köster prüfte seinen Puls: Er lebte noch, schien aber viel Blut verloren zu haben. Der Ermittler entdeckte ein Einschussloch im Bauch und wandte sich an seinen Kollegen. Bevor er etwas sagen konnte, hatte Kruse schon zum Telefon gegriffen und den Notruf getätigt.

Köster beugte sich über den Schwerverletzten. »Können Sie mich hören? Es kommt gleich Hilfe.«

Fünf Minuten später hörten die Ermittler die eiligen Schritte auf der Treppe. Während der Notarzt die Erstversorgung übernahm, rief einer der Sanitäter einen Hubschrauber. Kurz darauf verließen die Rettungskräfte mit der Bahre das Haus und liefen zu der nahe gelegen Wiese, auf der der Helikopter gelandet war.

Peer Linde beobachtete die Aktion teilnahmslos vom Rücksitz des Polizeiautos. Er schwieg während der erkennungsdienstlichen Behandlung auf der Wache und blieb auch still beim Verhör, das Köster gemeinsam mit einem Bremerhavener Kollegen durchführte.

»Ich möchte zuerst einen Anwalt sprechen«, war alles, was er von sich gab.

Eine halbe Stunde später erschien ein Pflichtverteidiger und sprach mit seinem neuen Mandanten.

»Jetzt kann er plötzlich reden.« Kruse schaute missbilligend durch die Einwegscheibe auf die beiden. »Ich möchte nur gerne wissen, was er ihm erzählt.«

Der Anwalt erhob sich und winkte die Ermittler herein.

»Mein Mandant möchte eine Aussage machen.«

Das erste Mal sah Linde Köster in die Augen. Auch wenn sich der Festgenommene um Fassung bemühte, wirkte er gehetzt. »Ich habe Lehmann besuchen und mit ihm über alte Zeiten reden wollen. Da wurde er sehr aggressiv und hat mich bedroht. Er hatte plötzlich ein Messer in der Hand und wollte mich abstechen. Da habe ich geschossen. Das war reine Notwehr.«

Köster runzelte die Stirn. »Weshalb war er denn so außer sich? Haben Sie sich gestritten?«

»Ich weiß auch nicht, was in ihn gefahren ist. Ich glaube, er war sauer, weil ich immer noch für die Firma arbeite und er inzwischen arbeitslos ist. Er trinkt zuviel und ist gar nicht gut drauf.«

»Und da schießen Sie so einfach auf ihn? Woher haben Sie denn die Waffe? Das ist ein Kaliber 22. Laufen Sie immer damit herum?«

»Ja, ich bin Sportschütze. Die Pistole ist angemeldet, alles legal. Ich fühle mich einfach sicherer, wenn ich bewaffnet bin.«

»Und wo ist das Messer, mit dem er sie bedroht hat? Wir haben keins gesehen.«

»Was weiß ich. Ich war so geschockt, dass ich gleich weggelaufen bin.«

»Und haben ihn einfach so liegenlassen. Wenn wir nicht gekommen wären, wäre er in kürzester Zeit verblutet.«

»Ich hätte gleich den Notdienst informiert, das können Sie mir glauben. Da Sie mich sofort festgenommen haben, kam ich nicht mehr dazu.«

Nachdem Linde in eine Zelle gebracht worden war, winkte ein Polizeibeamter Köster zu sich.

»Die Klinik hat angerufen. Das Opfer ist gerade notoperiert worden. Er ist sehr schwach und noch nicht außer Lebensgefahr.«

»Gibt es schon Ergebnisse von der Spurensicherung?«

»Sie sind noch vor Ort.«

»Kann ich mit den Kollegen dort sprechen?«

Der Bremerhavener tippte eine Nummer ein und reichte das Telefon an Köster weiter. Auf diese Weise erfuhr der Kommissar, dass am Tatort kein Messer gefunden worden war.

Die Osterholzer kehrten in zwei Autos ins Polizeikommissariat Osterholz zurück. Unterwegs erhielt Kruse die Nachricht, dass Tom Wiemers und seine Frau Hanne zu Bett gegangen wären und keine verdächtigen Bewegungen in der Nähe des Hauses stattfanden. Köster berichtete Gisela Schmidt telefonisch von dem Mordversuch des Stewards an dessen ehemaligem Kollegen aus der Reederei.

Die MoKo-Leiterin schwieg einen Augenblick. »Das ist unglaublich, was alles auf diesen Leichenfund im Teufelsmoor folgt. Und dann noch diese dumme Ausrede mit dem Messerangriff. Wir können nur hoffen, dass Lehmann überlebt und bald aussagen kann. Sophie Ehlers ist übrigens in ihrer sicheren Unterkunft angekommen. Es geht ihr den Umständen entsprechend.«

Sonntag, 27. Mai

Gegen zehn Uhr traf sich die Mordkommission noch einmal im Polizeikommissariat Osterholz.

Bayer hatte inzwischen den Computer-Stick der ehemaligen Servicekraft der Carmen ausgewertet.

»Wie Frau Ehlers schon sagte, sind auf den drei Bildern Peer Linde und ein schlanker kleiner Mann zu sehen, der aus einem asiatischen Land zu stammen scheint. Leider sind sie von schlechter Qualität. Kein Wunder, wenn sie heimlich und aus größerer Entfernung aufgenommen wurden. Dennoch erkennt man auf einem, wie dieser Asiate dem Steward tatsächlich einen Bündel Geldscheine übergibt.«

»Da bin ich gespannt, was er darauf sagt.« Die Ermittlungsleiterin runzelte die Stirn.

»So unverfroren, wie er sich nach dem Mordanschlag auf Lehmann herauszureden versuchte, wird er wieder eine Ausrede finden. Das Bild allein wird nicht reichen, ihm die Zugehörigkeit zu einer kriminellen Vereinigung nachzuweisen.«

Eine halbe Stunde später traf die Nachricht aus Bremerhaven ein, dass Lehmann aufgewacht und ansprechbar war. Dem behandelnden Arzt hatte er mitgeteilt, dass er mit den beiden Kommissaren sprechen wollte, die ihn schon mal in seiner Wohnung aufgesucht hätten.

Als Harald Bayer und Anne Grotheer in der Klinik ankamen, wurden sie zuerst zur diensthabenden Ärztin gerufen. Sie erlaubte ihnen nur kurz, mit dem Verletzten zu sprechen, da er noch nicht aus der Krise heraus sei.

Lehmann hatte die Augen geschlossen. Eine Schwester kontrollierte noch einmal die Infusionsflasche und ließ sie anschließend allein. Die beiden Kommissare näherten sich dem Bett.

Lehmann öffnete die Augen und winkte sie heran und flüsterte.

Bayer und Grotheer mussten sich zu ihm herunterbeugen, um ihn zu verstehen.

»Ich muss Ihnen was sagen. Nachdem Peer mich beinahe umgebracht hat, möchte ich jetzt auspacken und reinen Tisch machen.«

Für einen Moment schwieg er und sammelte seine Kräfte.

»Dürfen wir das aufnehmen?«, fragte Bayer.

Lehmann nickte.

Der Verdener nahm sein Handy aus der Tasche und drückte auf die Aufnahmetaste.

»Dann sagen Sie uns noch mal kurz Ihren Namen und fahren in Ihrem Bericht fort.«

Die leise Stimme klang brüchig. »Mein Name ist Paul Lehmann. Ich war viele Jahre Angestellter in der Abteilung für Öffentlichkeitsarbeit in der Carmen-Reederei. Als Belohnung für meine Dienste erhielt ich 2007 eine Gratisfahrt auf einem der Schiffe auf der Mittelmeerroute. Was mir da vorgeworfen wurde, wissen Sie ja bereits. Nur soviel: Ich hatte an dem Abend einiges getrunken und mir nichts dabei gedacht, als sich die Inderin ein bisschen wehrte. Ich dachte, dass machte sie immer so. Die Vorwürfe, die mir danach gemacht wurden, waren heftig. Am schlimmsten war dieser Offizier mit den roten Haaren. Peer Linde nahm mich dann zur Seite und meinte, der würde auch wegen anderer Geschichten Ärger machen und man würde ihn sowieso bald loswerden. Das waren Peers Worte. Ich bekam dann mit, wie in der Nacht die Inderin auf Anordnung von Peer von zwei Filipinos an Bord geschleppt und über die Reling geworfen wurde. Das hatte ich nicht gewollt! Ich war aber wie gelähmt und konnte nichts machen. Als Peer dann das nächste Mal mit mir und einem anderen Kollegen über den Plan sprach, Henken aus dem Weg zu schaffen, nahm ich das Gespräch auf.«

Lehmann schwieg, schloss die Augen und holte tief Luft. In dem Augenblick öffnete sich die Tür und eine Schwester schaute herein. »Jetzt reicht es! Der Patient braucht seine Ruhe!«

»Einen kurzen Moment noch«, bat Anne Grotheer. »Herr Lehmann möchte uns noch etwas sagen. Dann gehen wir auch.«

»Aber nur fünf Minuten!«

Mit einem strengen Blick schloss die Schwester die Tür.

Lehmann öffnete die Augen. »In dem Gespräch sagte Peer, dass Hirsch mit im Boot wäre und auch darauf gedrängt hätte, den Offizier verschwinden zu lassen.«

»Wo haben Sie denn die Aufnahme?«

»In meiner Wohnung auf meinem PC. Der steht in meinem Schlafzimmerschrank ganz oben unter der Wäsche. Ich glaube, Peer ist nicht mehr dazu gekommen, nach ihm zu suchen.«

Die beiden Ermittler fuhren noch einmal zu Lehmanns Wohnung. Ohne lange zu zögern, nahm Bayer ein Messer aus der Tasche und durchtrennte das Siegel, das die Spurensicherung nach ihrer Arbeit angebracht hatte und öffnete die Tür. Vorbei am Wohnzimmer, auf dessen Boden die eingekreiste Blutlache den Tatort kennzeichnete, betraten sie das Schlafzimmer und fanden im Schlafzimmerschrank den alten Laptop.

Noch am selben Abend wertete Bayer die Beweismittel auf dem PC aus. Die Tonaufnahme war sehr undeutlich. Die Kriminaltechniker würden sich des Computers annehmen müssen.

Montag, 28. Mai

Als Köster am Morgen Peer Linde mit der Aussage Lehmanns konfrontierte und die Beweismittel erwähnte, erblasste der Steward. Er bat um ein Glas Wasser und trank es in einem Zug aus. Danach war er zur Aussage bereit. »Lehmann ist ein ganz mieses Stück. Er hat die Inderin auf dem Schiff tatsächlich brutal vergewaltigt. Die Frau umzubringen war nicht meine Idee. Das haben die Filipinos selbst übernommen. Und die Beseitigung des Offiziers war eine Anordnung von Hirsch. Bei ihm liefen alle Fäden zusammen. Er wusste von den kriminellen Machenschaften auf dem Schiff und er kassierte gut dabei. Wenn dieser Henken das Ganze öffentlich gemacht hätte, wäre der Anwalt seine Einkünfte losgewesen und seinen Job sicher auch. Jetzt wollte mich Lehmann mit der Tonaufnahme erpressen.«

Aufgrund der vorliegenden Aussagen und Beweismittel wurde Dr. Hirsch noch am selben Tag in Hamburg festgenommen. Bei der polizeilichen Vernehmung leugnete er alles. Das Ganze wären Unterstellungen seiner Mitarbeiter, die jemand suchten, auf den sie die Schuld schieben könnten.

Sein Rechtsanwalt ließ sich die Beweismittel vorlegen und wies sie sofort als unzureichend ab. Das würde nicht für einen Haftbefehl reichen. Dasselbe wiederholte er vor dem Haftrichter. Hirsch wurde wieder auf freien Fuß gesetzt.

Montag, 4. Juni

Der Versuch, weitere Beteiligte auf dem Schiff sowie an Land ausfindig zu machen, scheiterte zunächst. Nach elf Jahren waren die Namen der von den Philippinen stammenden Schutzgelderpresser nicht mehr registriert. Zeugen waren auch nicht mehr zu finden.

Doch gut eine Woche nach dem Mordanschlag auf Karl Lehmann meldete sich der Personalreferent Daniel Günther telefonisch bei Köster.

»Es hat zwar gedauert, aber ich habe das Band mit der Werbeaufnahme gefunden! Wie ich vermutet habe, wurde ein Ausschnitt auf der Carmen aufgenommen. Ich werde Ihnen die Aufnahme schicken.«

Eine halbe Stunde später saßen die drei Osterholz-Scharmbecker Kommissare vor dem PC und schauten sich gemeinsam das Werbe-Video an. Sie sahen vor allem glückliche Urlauber, die das vielfältige Programm an Bord nutzten. Doch immer wieder erschienen einzelne Crewmitglieder im Bild, so mehrere Stewards, die in einem der Restaurants bedienten.

»Das ist doch dieser Peer!«, rief Anne Grotheer. »Stopp mal!«

Köster drückte auf die Pause-Taste und spulte etwas zurück.

»Stimmt. Wie formvollendet er da das Essen serviert. Kein Wunder, dass die Frauen alle scharf auf ihn waren. Seht mal, wie ihn die ältere Dame da anhimmelt.« Die Kommissarin lächelte.

Gespannt sahen sie das Video an. Die Kamera schwenkte auf die Brücke zum Kapitän im Kreise seiner Offiziere. Kruse erkannte als erstes den Offizier Dirk Henken, deutlich zu erkennen an seinen roten Haaren. Schweigend folgte er dem Interview seines Vorgesetzten.

»Das ist schon bewegend, ihn so lebendig zu sehen.« Beeindruckt studierte der Kommissar das Gesicht des Offiziers.

Anne Grotheer widersprach. »Lebend schon, aber seht mal, wie ernst er schaut. Es kann gut sein, dass er keine Lust darauf hatte, für den Werbefilm den lustigen Seemann zu spielen.«

Henken war der einzige Mann, der nicht lächelte.

Köster nickte. »Wenn er zu dem Zeitpunkt schon von den kriminellen Machenschaften auf dem Schiff wusste, ist das kein Wunder.«

Im weiteren Film tauchte noch Anna Rudolf in ihrer damaligen Funktion als stellvertretende Hausdame auf. Es wurde gezeigt, wie sie eine Kabine inspizierte. Ihre Kollegin Nicole Wiemers war nicht zu sehen, ebenso keines der philippinischen Crewmitglieder.

Samstag, 9. Juni

Als Johann und Mats um zehn Uhr in Osterholz-Scharmbeck eintrafen, hatte ihr Vater bereits das meiste in Kartons verstaut. Anerkennend nickte der ältere der beiden Söhne. »Dann packen wir jetzt mal mit an. Mama lässt dich übrigens grüßen.«

Gemeinsam bauten sie die Betten und Schränke auseinander. Zwei Stunden später klingelte es an der Tür. Thomas Kruse erschien gemeinsam mit Paul Michels, dem Schrauber. Zu fünft trugen sie die Möbel und die Kisten in den LKW, den Paul für sie besorgt hatte und fuhren sie zum neuen Haus am Rand der Kreisstadt. Bis zum Abend hatten sie alles eingeräumt und die Möbel aufgestellt.

Anne Grotheer erschien mit einem Kartoffelsalat und die neuen Vermieter mit einer Schüssel voller Würstchen. Thomas Kruse heizte den Grill an und Paul holte eine Kiste Bier aus dem Führerhaus des Lastwagens. Über seiner Schulter hing die Gitarre. »Hast du nachher Lust auf ein bisschen Mucke?«

Peter schluckte und nickte. Gut eine Stunde später gab er Paul ein Zeichen und beide verschwanden im Haus. Vorsichtig blies Peter in sein Instrument, das erste Mal nach langer Zeit in Gegenwart von anderen. Ein warmer, klarer Ton erklang. Nachdem sie die Instrumente gestimmt hatten, kehrten sie auf die Terrasse zurück und begannen zu spielen.

Epilog

Im folgenden Gerichtsprozess wurde Dr. Hirsch von der Anklage des Mordes an Dirk Henken aufgrund mangelnder Beweise freigesprochen. Wenig später verließ er die Reederei. Der Vertrag wurde »im gegenseitigen Einvernehmen« aufgelöst.

Die Leitung der Carmen-Cruises äußerte ihr Bedauern über die schrecklichen Vorkommnisse an Bord eines ihrer Schiffe. Es handelte sich dabei sicher um ein selten vorkommendes Ereignis in ihrem Unternehmen, in dem sehr viel Wert auf Fair Play und ein gutes Betriebsklima gelegt werde. In Zukunft würde das Sicherheitspersonal noch besser geschult werden, um unerlaubtes Verhalten früher wahrnehmen und eingreifen zu können..

Peer Linde wurde lediglich wegen des Mordversuchs an Lehmann und seiner Zugehörigkeit zu einer kriminellen Vereinigung zu fünfzehn Jahren Haft verurteilt. Lehmanns Urteil wegen Vergewaltigung und versuchter Erpressung lautete auf zehn Jahre Freiheitsstrafe.

Die beiden Verfolger von Sophie Ehlers konnten zwar ermittelt werden, sie gaben aber ihre Auftraggeber nicht preis. Sie waren auch zu jung, um an dem Mord an Henken beteiligt gewesen zu sein. Der Mord an Dirk Henken blieb ungesühnt.

Sophie Ehlers alias Nicole Wiemers erhielt erneut eine neue Identität und lebte fortan in Süddeutschland.

Der vermisste Johannes Berger tauchte im August desselben Jahres plötzlich wieder in Bremen auf.

Er hatte sich kurz nach seiner Entlassung aus der Heines-Klinik nach Australien abgesetzt, um dort ein neues Leben zu beginnen. Anfang dieses Jahres war seine Frau gestorben und er hatte sich entschieden, in seine Heimat zurückzukehren. Nachdem er sich eine Wohnung gesucht hatte, begann er nach seiner alten Liebe Erna Otten zu suchen. Dabei führte sein Weg auch nach Moordamm zu Petra Müller, die ihm die neue Anschrift der früheren Bäuerin aufschrieb.

Eine Woche später stand er mit einem Blumenstrauß vor der Haustür von Inge Tietjen. Berger stellte sich als Bekannter ihrer Mutter vor. Die überraschte Tochter fasste sich schnell wieder und bat ihn herein. Unsicher folgte ihr der alte Mann, trat auf Erna Otten zu und überreichte ihr den Strauß. Verwundert nahm diese ihn entgegen. Sie erkannte Johannes Berger nicht wieder.

Drei Monate später als geplant eröffneten Petra und Arndt Müller ihre Steuerberaterpraxis in Moordamm. Mit einem großen Fest stellten sie ihren Freunden und Kunden das frisch renovierte Fachwerkgebäude vor.

Danksagung

Mein Dank gilt unserem **Sohn Arne**, der als Dienstleister auf mehreren Kreuzfahrtschiffen gearbeitet hat. Er berichtete sehr lebendig vom Leben der Crew an Bord und weckte in mir das Interesse, dieses zum Thema eines Krimis zu machen.

Danken möchte ich auch meinem **Mann Winfried Picard**, der mich wie immer durch aufmerksames Zuhören unterstützt hat und mich stets ermunterte, weiterzuschreiben.

Günter Frankenfeld, der ehemalige Leiter des Polizeikommissariats Osterholz, arbeitete das Manuskript mehrfach und gründlich auf kriminalistische Schlüssigkeit hin durch und schlug alternative Formulierungen zum Tathergang und der Ermittlungstechnik vor.

Brigitta Rehage, meine Freundin und Krimi-Expertin, hat das Manuskript aufmerksam gelesen, gab wichtige Hinweise und Korrekturen.

Krimi-Bestseller von Christa Picard

Mord im Moorexpress

Krimi, 4. Auflage 2019
192 S., Taschenbuch, 14 x 19 cm, 9,90 Euro
ISBN 978-3-95494-139-1

Gerade hat der Moorexpress seine letzte Saisonfahrt vom Weihnachtsmarkt in Stade nach Osterholz-Scharmbeck beendet, da entdecken die Eisenbahner in ihrem Zug einen Toten. Die Mordkommission steht vor einem Rätsel: Bei dem Opfer, einem älteren, gut gekleideten Herrn, finden sie keine Hinweise auf seine Identität. Niemand hat etwas von dem Mord mitbekommen. Die Ermittler machen sich auf die Suche nach den Mitreisenden. Einer von ihnen muss der Mörder sein … Ein kniffliger Fall für Kommissar Peter Köster, Gisela Schmidt und ihr Team. Und dann ist da noch dieses Tagebuch einer jungen Frau aus dem Jahr 1943. Die Spuren führen ins Teufelsmoor …

Der Krimi handelt in nahezu allen Orten an der Moorexpress-Strecke: Bremen – Osterholz-Scharmbeck – Gnarrenburg – Worpswede – Bremervörde – Stade.

Verschollen im Teufelsmoor

Krimi
184 S., Taschenbuch, 14 x 19 cm, 9,90 Euro
ISBN 978-3-95494-176-6

Der Kommissar ist frisch aus dem Urlaub zurück, als Sonja Brünjes ihre Mutter vermisst meldet. Aber ist sie wirklich vermisst oder mit der neuen Liebe durchgebrannt? Als sie nach einer Woche nicht wieder zur der Arbeit erscheint, fangen die Osterholzer Kommissare mit ihren Ermittlungen an. Die Vermutung liegt nahe: Sonja ist nicht freiwillig untergetaucht.

Die Spuren führen ins Teufelsmoor, wo die Polizei in den Resten einer frisch abgebrannten Moorkate einen Schuh und eine Haarbürste der Vermissten findet. Doch welche Rolle spielen die Russen-Mafia, ein verschollenes, wertvolles Gemälde aus der NS-Beutekunst und die Bremer Spedition Spreewald und Schraube?

Ein weiterer kniffliger Fall für Kommissar Peter Köster, Gisela Schmidt, Leiterin der Verdener Mordkommission, und ihr Team.

Bremen-Krimis

Reinhard Sturm
Brönners Begräbnis

Bremen-Krimi
200 Seiten
Taschenbuch, Format 14 x 22 cm
12,90 Euro
ISBN 978-3-95494-198-8

Bremen im Herbst. Das Polizeiboot LESMONA fischt eine Wasserleiche aus der Lesum. Der Mann wurde vor seinem Tod gefoltert und in den Kopf geschossen. Er wird als Mirko Schubert, stellvertretender Leiter der Bremer Bamf-Behörde, identifiziert. Die Tat sieht nach dem Werk von Profikillern aus, aber niemand kann sich erklären, wer ein Interesse an Schuberts Tod haben könnte.

Unterdessen wird Privatdetektiv Brönner von einem alten Klienten, um Personenschutz gebeten. Widerwillig, zumal der Klient nicht sagen will, von wem und warum er sich bedroht fühlt, nimmt Brönner den Auftrag für drei Tage an. Er hat keine Ahnung, mit was für skrupellosen Gegnern er sich da anlegt. Und dass er damit auch seine Partnerin Julia Conradi zum zweiten Mal in Gefahr bringt …

Annette Freudling
BlindLinks

Bremen-Krimi
192 Seiten (Neuauflage)
Taschenbuch, Format 14 x 22 cm
9,90 Euro
ISBN 978-3-95494-200-8

Die Studentin Sonja Jung wird tot aus der Weser geborgen. War es wirklich Selbstmord, begangen aus Verzweiflung über ihre Examensarbeit? Sonjas Vater, Hanno Jung, glaubt nicht daran und wendet sich an Josch Adamis von der Bremer Kripo. Für den Polizisten beginnt eine Spurensuche ungewöhnlicher Art, als er merkt, dass ein Blinder sein inoffizieller Partner wird. Jeder nähert sich auf seine Art einem Geheimnis, das in Bremer Universitäts- und Industriellenkreisen verborgen liegt. Sie stellen fest: Bei Sonjas Abschlussarbeit ging es um weit mehr als einen Zeitzeugenbericht aus der Zeit des Nationalsozialismus.

Krimi-Bestseller von Katrin Steengrafe

Mord an der Wümme
244 Seiten, 9,90 Euro
ISBN 978-3-95494-126-1

Der 20-jährige Sven Hartmann wird am Borgfelder Deich tot aufgefunden. Weder ein Motiv noch weitere Hintergründe des Mordes sind erkennbar. Die Kommissarin Rieke Senger tappt bei ihrem ersten Fall in Bremen völlig im Dunkeln. Welche Rolle spielt der Verein »Helfende Hände e.V.«, bei dem Hartmann gerade eine Ausbildung absolvierte und Carmen Schütte ihre Stelle antritt? Die einzige Zeugin, ein depressives Mädchen, hüllt sich in Schweigen …

Weserdonner
232 Seiten, 9,90 Euro
ISBN 978-3-95494-127-8

Ein rätselhafter Mord an einem älteren Mann beschäftigt die Bremer Mordkommission. Bei ihren Recherchen stoßen die Kriminalisten immer wieder ins Leere. Sowohl die Exfrau, seine ehemalige Lebensgefährtin, aber auch Freunde und Kollegen hüllen sich in Schweigen oder machen widersprüchliche Aussagen. Schließlich führt die Spur in die Firmengeschichte einer großen, inzwischen insolventen Bremer Werft, wo der Tote Vorsitzender des Betriebsrates war. Als die Kommissarin Rieke Senger sich fast am Ziel wähnt, gerät auch ihr Leben in Gefahr …

K. Steengrafe / D. Grohnfeldt
Wesergold

220 Seiten, 9,90 Euro
ISBN 978-3-95494-177-3

Der neue Fall führt die Polizei in den Bremer Osten. Schnell konkretisieren sich Hinweise auf den möglichen Täter, der in Alt-Osterholz auf einer Großbaustelle als Leiharbeiter eingesetzt ist. Kurze Zeit später wird auf derselben Großbaustelle eine Leiche gefunden. Die Ermittlungen führen zu der Firma Mieterparadies, die im Auftrag einer Hamburger Holding die Wohnanlage verwaltet und dabei Nebenkosten und Modernisierungsumlagen sehr kreativ abrechnet. Senger und Neuhoff stoßen auf ein verwirrendes Netz aus Intrigen, Diebstählen und systematischem Betrug …